ワ文庫 NV

〈NV1083〉

英国海軍の雄ジャック・オーブリー

囚人護送艦、流刑大陸へ

〔上〕

パトリック・オブライアン

大森洋子訳

早川書房

5631

DESOLATION ISLAND

by

Patrick O'Brian

Translated by
Yoko Omori
First published 2005 in Japan by
HAYAKAWA PUBLISHING, INC.
This book is published in Japan by
arrangement with
THE ESTATE OF PATRICK O'BRIAN
c/o SHEIL LAND ASSOCIATES LTD.
through TUTTLE-MORI AGENCY, INC., TOKYO.

メアリーへ、愛をこめて

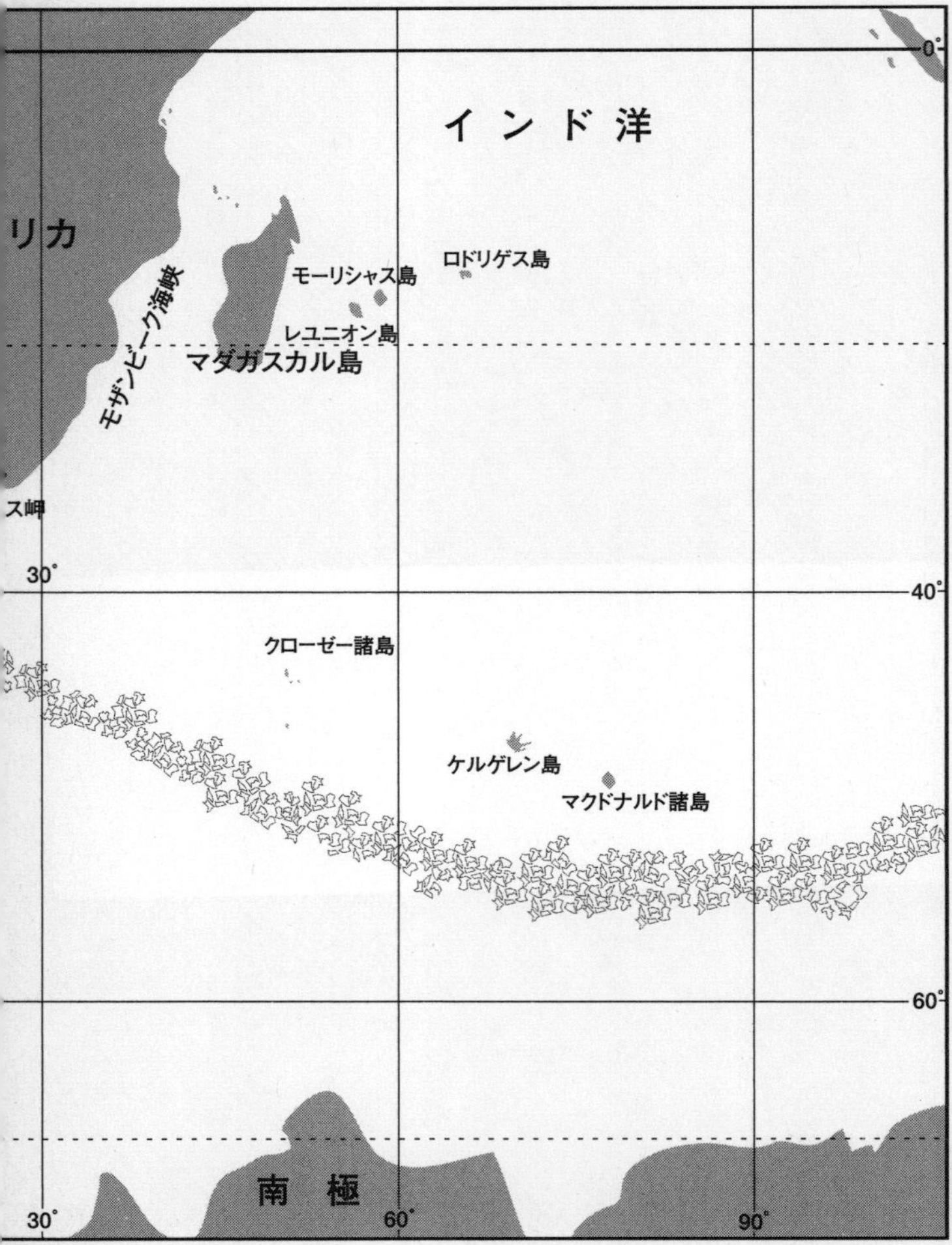

0°
インド洋
リカ
モザンビーク海峡
マダガスカル島
モーリシャス島
ロドリゲス島
レユニオン島
ス岬
30°
40°
クローゼー諸島
ケルゲレン島
マクドナルド諸島
60°
南極
30°
60°
90°

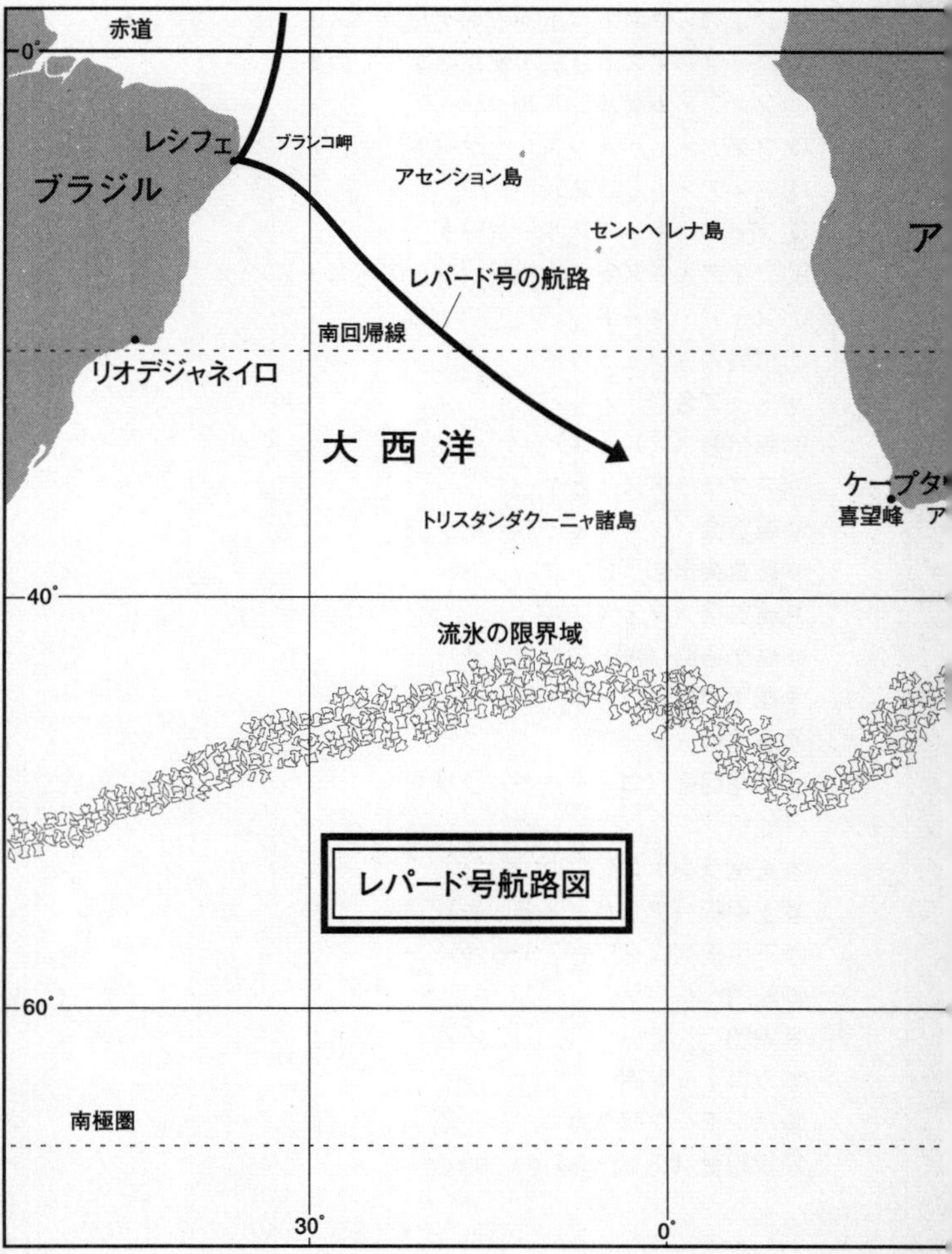
赤道
0°
レシフェ
ブランコ岬
ブラジル
アセンション島
セントヘレナ島
ア
レパード号の航路
南回帰線
リオデジャネイロ
大西洋
ケープタ
喜望峰
トリスタンダクーニャ諸島
40°
流氷の限界域
レパード号航路図
60°
南極圏
30°
0°

①フォア・マスト（上からトゲルンマスト、トップマスト、
ローワーマストと三本繋ぎになっている）
②フォア・トゲルンスル
③フォア・トゲルンスル・ヤード
④フォア・トップスル
⑤フォア・トップスル・ヤード
⑥フォア・マストの大横帆（フォア・コース）
⑦フォア・ヤード
⑧横静索（シュラウド）
⑨トップ台
⑩転桁索（ブレース）
⑪スプリットスルとヤード
⑫艦首像（フィギャーヘッド）
⑬艦首突出部（ビークヘッド）
⑭艦首楼（フォクスル）
⑮艦側通路（ギャングウェイ）
⑯艦尾甲板（コーターデッキ）
⑰艦尾楼（プープ）
⑱艦尾回廊（コーターギャラリー）
⑲舵板
⑳艦尾ランタン
㉑上甲板（アッパー・デッキ）
㉒下甲板（ローワー・デッキ）
㉓舷門
㉔砲門
㉕カロネード砲
㉖ハンモック収納カゴ
㉗投鉛台（チェーン）

二層甲板艦 概念図

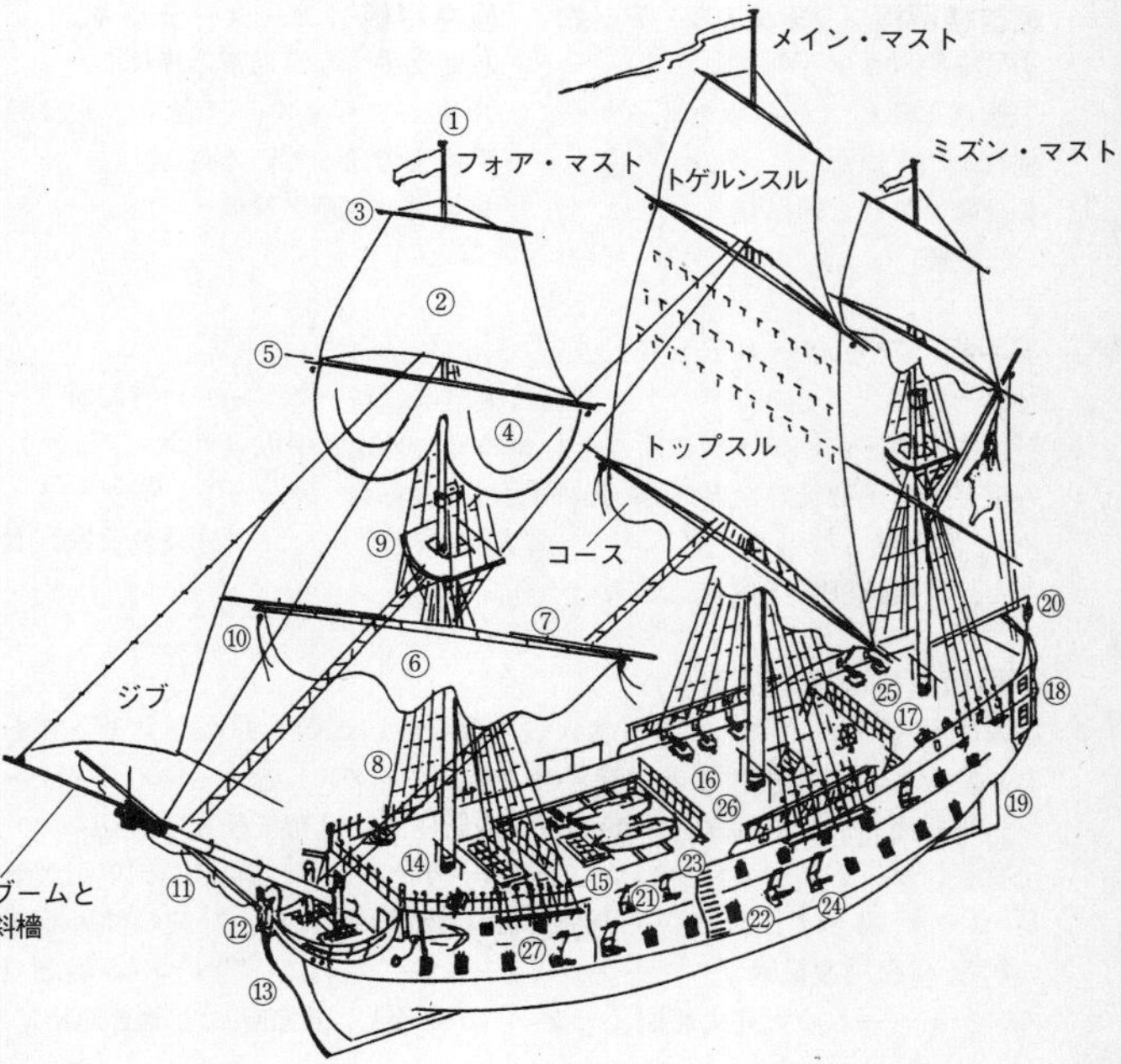

〔作成／高橋泰邦〕

艦尾楼甲板（プープ・デッキ）

①前端手すり ②ハンモック収納カゴ（乗組員のハンモックを詰めた防弾壁・海兵隊員の通常の部署）③ミズン・マスト ④天窓 ⑤艦尾手すり（艦尾ランタン）

艦首楼甲板（フォクスル・デッキ）

⑥吊錨架（キャット・ヘッド）

⑦艦首追撃砲（バウ・チェーサー、左右一門ずつ）

⑧後端手すりと鐘吊り

⑨艦載艇

艦尾甲板（コーターデッキ）

⑩前端手すり（通常の指揮所）

⑪メイン・マスト（各マストは最下甲板まで通っている）

⑫コンパス箱と舵輪

上甲板（アッパー・デッキ）

⑬第一斜檣（バウスプリット）⑭艦首突出部（ビークヘッド）⑮便所（ヘッド、水浴所・洗濯場・喫煙所などを兼ねる）⑯砲列甲板（ガン・デッキ）⑰各種昇降口・通気口など ⑱横静索固定板・投鉛台（チェーン）⑲フォア・マスト ⑳索巻き機（キャプスタン）㉑大砲 ㉒大キャビン（艦長執務室、食堂など）㉓艦長寝室 ㉔艦尾窓と長椅子

下甲板（ローワー・デッキ）

㉕調理室 ㉖メス・テーブル（水兵らの会食所。この天井にハンモックを吊る）㉗排水ポンプ用空間 ㉘索巻き機（キャプスタン）㉙キャンバス・キャビン（下級士官、士官候補生、准士官らの居住区。帆布で任意に区切った）㉚士官室（ワードルーム）または士官次室（ガンルーム）㉛副長の居室 ㉜航海長（いない場合は上級士官）の居室 ㉝海兵隊隊長または主計長の居室 ㉞軍医の居室 ㉟艦尾迎撃砲（スターン・チェーサー。左右に一門ずつ）㊱舵頭（このワードルームの天井に舵柄［チラー］が縦通し、操舵索で舵輪と連結）

最下甲板（オーロップ・デッキ／水線下）

㊲錨索庫（ケーブル・ティア）㊳帆布格納室 ㊴砲弾庫 ㊵火薬庫•装薬室 ㊶各種貯蔵室、収納所、病室など ㊷コックピット（戦闘中と以後には臨時の手術用空間として使用）㊸舵板（ラダー）

※この甲板の下は食糧、酒類、衣類などの船艙

各種甲板見取図

艦尾楼甲板（プープ・デッキ）

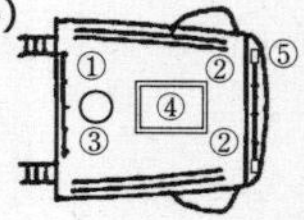

艦首楼甲板（フォクスル・デッキ）

艦尾甲板（コーターデッキ）

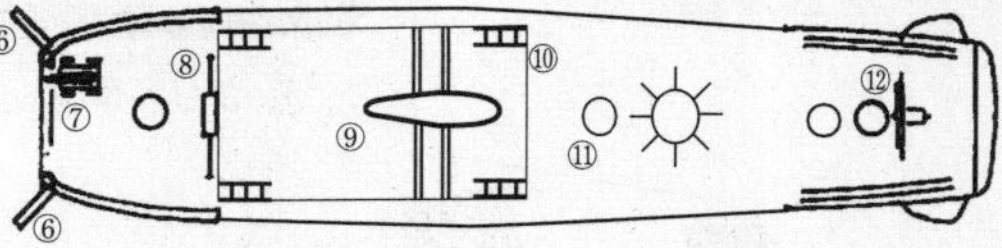

上甲板（アッパー・デッキ）

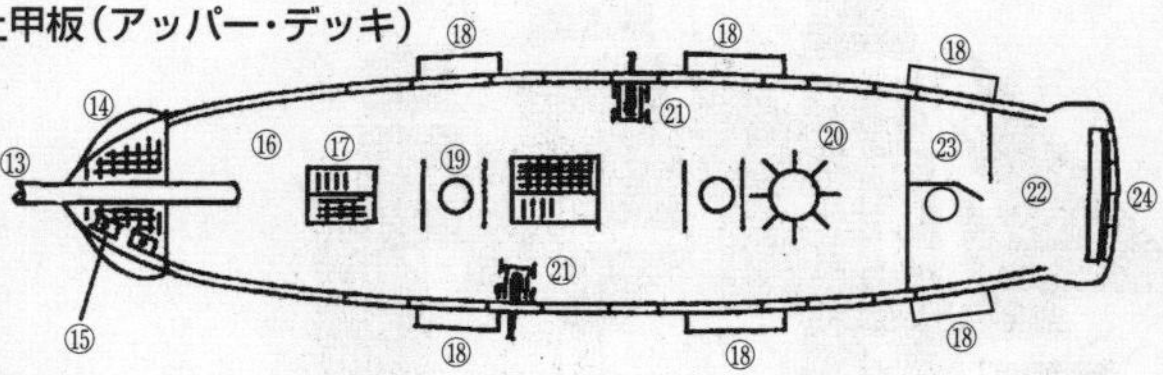

下甲板（ローワー・デッキ）

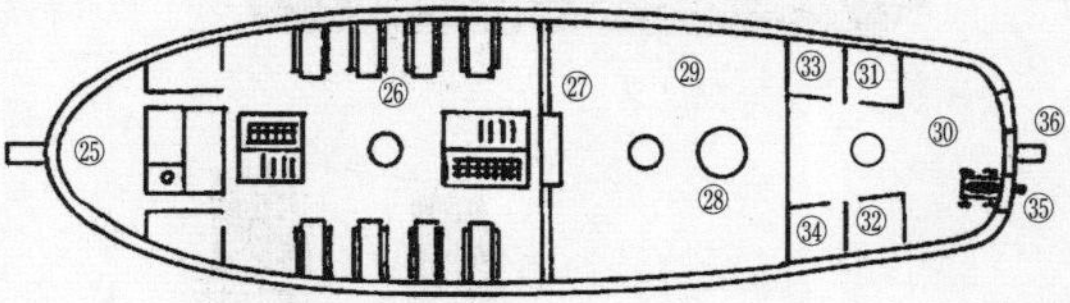

最下甲板（オーロップ・デッキ）

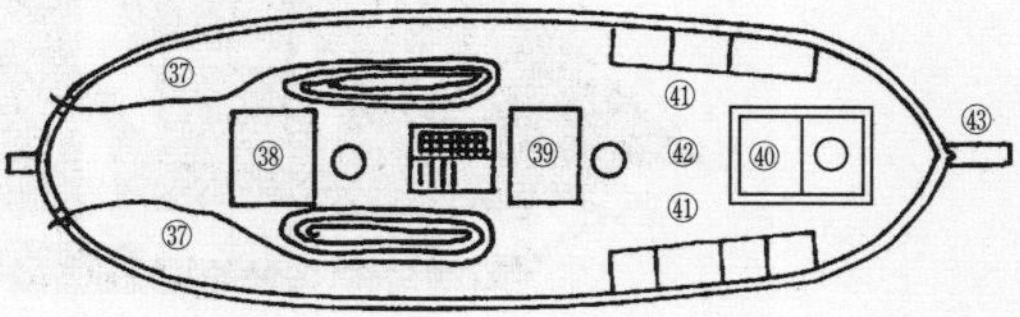

ブリッグ

シップ

バーク

帆　装　各　種

●大型船の帆装はシップ型が多い。前檣・主檣・後檣に横帆を張り、後檣のローワーマストには、ガフに縦帆をつける。これをスパンカー（ドライバー）という。（後檣が縦帆だけのものはバーク、主檣・後檣が共に縦帆だけのものはバーケンティン）。ブリッグは２檣横帆装で、その主檣（後ろのマスト）が縦帆だけのものがブリガンティン。カッターは１檣縦帆装で横帆のトップスル。当時のトップスル・スクーナーは２檣縦帆装で、前檣に横帆のトップスル。

ブリガンティン

バーケンティン

カッター

トップスル・スクーナー

囚人護送艦、流刑大陸へ
〔上〕

登場人物

ジャック・オーブリー…………英国海軍勅任艦長。英国艦レパード号艦長
スティーブン・マチュリン……オーブリーの親友。レパード号軍医
ボンデン…………………………オーブリー艦長付きの艇長
キリック…………………………同給仕
プリングズ………………………レパード号副長
グラント…………………………同二等海尉
バビントン………………………同三等海尉
ターンブル………………………同四等海尉
ポール・マーチン………………同軍医助手
バイロン
ホールズ } ………………………同士官候補生
ベントン…………………………同主計長
ラーキン…………………………同航海長
グレイ……………………………同船匠
フィッシャー……………………同従軍司祭
ムーア……………………………同海兵隊大尉
マクファースン…………………同海兵隊中尉
ハワード…………………………同海兵隊少尉
ヘラパース………………………密航者
サー・ジョゼフ…………………海軍情報部前部長
ソフィー…………………………ジャックの妻
ミセス・ウィリアムズ…………ソフィーの母親
ダイアナ・ビリャーズ…………ソフィーのいとこ
ミセス・ウォーガン……………女スパイ

1

アッシュグローブ館《コテッジ》のなかで朝食用の食堂はいちばん快適な部屋だ。大工たちが砂や生石灰やレンガの山で庭を台無しにしているが、そして、この食堂のある新しい翼廊はまだ漆喰の臭いが立ちこめてはいるが、陽がそそぎこんで、覆いをかけた銀の皿や器をきらめかせ、腰かけて夫の帰りを待つソフィー・オーブリーの顔を明るく浮きたたせていた。とても美しい目鼻立ち。結婚当初の貧乏暮らしで刻みこまれたしわがいまはすっかり消えている。だが、なにか不安そうな翳りが漂っていた。ソフィーは軍艦乗りの妻だ。海軍本部は夫のインド洋での働きぶりを認めて、ありがたい計らいをしてくれ、夫をこの土地の海上国防軍（敵の侵攻に対して土地を守るための臨時の部隊で、漁師や船乗りで構成され、海軍士官が指揮する）の指揮官に任命した——夫の意志にはまったく反していたのだが——そうやって、びっくりするほど長く夫とすごせるようにしてくれたのだが、その期間にも終わりが来ることを彼女は知っているのだ。

　夫の足音が聞こえたとたんに、不安の表情が一点の曇りもない喜びの表情に変わった。ドアが開いた。さっとひと筋、陽射しがオーブリー艦長の大きな笑顔にふりそそいだ。紅潮した顔に青い目がきらめいている。ひどく欲しがっていた馬を買ったんだわ、とソフィーは悟った、まるで夫の額にそう書いてあるかのように……。

「やあ、きみ、愛しいおまえ」と、夫はソフィーにキスすると、彼女のとなりの椅子に腰を降ろした。体重がかかって、ギギーッと幅広の肘かけ椅子がきしんだ。

「オーブリー艦長、ベーコンが冷たくなってしまいますわよ」

「まずはコーヒーを。それからありったけのベーコンだ」夫はそう応えると、あいているほうの手で覆いを持ちあげた。「おお、ソフィー――こいつはまさしく船乗りの楽園《フィドラーズ・グリーン》だ――卵にベーコン、厚切り肉、薫製イワシに肝臓、ふかふかのパン……そうだ、歯はどうした？」と、夫は息子のジョージのことをもちだした。ジョージの泣き声にこのところ、家族はみんな心配していたのだ。

「出たのよ！」ソフィーは声をあげた。「夜のあいだに生えたんです。だから、いまはもうすっかり大丈夫。かわいそうだったこと、おちびちゃん。ねえ、ジャック、朝食がおすみになったら、見てやってくださいね」

　ジャック・オーブリーはうれしくて声をあげて笑った。だが、ひと息おくと、ちょっと懸念を声にのぞかせて、「今朝、ホリッジ親方のところへ寄ってみたんだ、せっつきにな。親方は留守だったが、大工頭が今月はうちに来るつもりはないって言うんだ――漆喰が完全に乾かないだろうからって――乾いたとしても、お手上げなんだそうだ。働ける大工がいないし、配管類もまだ届いてないんだとさ」

「そんなばかなこと」と、ソフィーは声をあげた。「ついきのう、大工さんが総がかりでヘアー提督のお屋敷の配管をしてたんですってよ。ママが馬車でお屋敷を通りかかったとき、見たって。それで、ホリッジ親方に話しかけようとしたら、親方、木のかげに隠れてしまったんですって。大工さんって奇妙な、底の知れない人たちね。あなた、ひどくがっかりなさったんじゃありません？」

「もちろん、ちょっといらついてしまったさ、白状するとな。それに腹ぺこだったし。だけど、だけどな、いいかい、あそこまで行ったんだから、キャロルの牧場に寄って、雌の子馬を買ったよ。しかも四十ギニーもまけさせたんだぞ。彼女の産む子馬たちは別としても、こいつはびっくりするほど金の成る木になるぞ。あの馬はアウトボーイやウイスカースといっしょに調教されるんだからな――彼女たちの気性に感化されるだろうさ。ウォラル・ステークスでは五十対一でアウトボーイに賭けるよ」

「その馬を見てみたいわ」と、ソフィーは言ったが、気持ちは沈んだ。彼女はごくおとなしい品種以外、馬は嫌いなのだ。とりわけ競走馬は嫌いで、オールド・ボールド・ペグやフライング・チルダーズや、かのダーリー・アラビアン（英国のすべてのサラブレッドの祖先である三頭の種馬の一頭）の血を引いている馬でもいやなのだ。いろいろな理由があって馬が嫌いなのだが、彼女は夫よりも自分の感情を隠すのがうまいので、夫は気持ちを殺《そ》がれることもなく、うれしそうに勢いこんだ表情で、「午前中には来るよ」とつづけた。「ただ一つだけ気に入らないのは、新しい馬小屋の地面だ。ちょっと太陽が出て、いい北東風が吹いていてくれれば、完璧に乾いていただろうにな……湿気が残っているほど馬の蹄にとって悪いことはないんだ。今朝はお母さん、具合はどうだい？」

「とってもよさそうですわ、おかげさまで、ジャック。ちょっと頭痛が残ってますけど、卵を二つとオートミール粥を一杯、食べましたわ。もうじき子どもたちといっしょに降りてきます。お医者さまたちに診ていただくっていうんで、ひどく気が高ぶっていて、いつもより早く身支度をすませたんですのよ」

「ボンデンのやつ、なんだってこんなに遅いんだろう？」と、ジャック・オーブリーは艦尾時計へ、つまり自分の天文時計へ目をやった。

「たぶん、また落ちたのね」と、ソフィーが言った。

「キリックがいっしょなんだから、支えてやったはずだ。いや、ちがうな、もう十時十分前だ、連中、〈ブラウン・ベアー酒場〉でどうしようもない陸者《おかもの》たち相手に乗馬の腕前を吹聴してるんだ」

ボンデンはオーブリー艦長付きの艇長《コクスン》で、キリックは艦長付きの給仕《スチュワード》だ。なんとかできるかぎり、二人はオーブリー艦長について彼の指揮艦から指揮艦へと移ってきたのだ。二人とも子どものころから船乗りとして仕込まれ、ボンデンなど実際、インディファティガブル号の下甲板の大砲のあいだで生まれたのだった。どちらも軍艦乗りとしては申し分ないが、馬の扱いとなるとからっきしだめだ。しかし、海上国防軍の指揮官宛の手紙は儀礼上、馬で届けなければならないことは周知のことなので、二人は毎日、たくましくてずんぐりした背の低い乗りやすい農馬でダウンズ丘陵を往復するのだ。たくましくてずんぐりした婦人、オーブリー艦長の義母ミセス・ウィリアムズが食堂に入ってきた。後ろから赤ん坊を抱いた乳母と、小さい二人の女の子を連れた片足の軍艦乗りがついてくる。アッシュグローブ館の召使いの大半は軍艦乗りだ。というのも、女の召使いをミセス・ウィリアムズの舌の届くところにとどめておくようにするのはきわめて難しいことだからだ。だが、軍艦乗りなら、掌帆長や掌帆手の小言に長年慣れているので、夫人の舌のムチが落ちてきても平気の平左だ。ともあれ、夫人の舌の辛辣さは大いに減殺された。相手が男だし、彼らは実際、屋敷を王室ヨットに負けないほどきちんと整理整頓しているからだ。庭や植え込みを線を引いたように整えるのはすべての人の好みに合うとはかぎらないし、道を隔てる縁石を白ペンキで塗るのもそうだ。しかし、毎日、夜が明けないうちに砂をまいて擦り、叩いて乾かしてぴかぴかにした床に感激しない主婦はいないし、汚れ一つない台所に輝く銅器や、きらめく窓敷居、丹念に塗りなおされた塗装に感激しない主婦もいない。

「おはようございます、マダム」と、ジャック・オーブリーは立ちあがって、「お加減はよろしいようですが？」

「おはよう、戦隊司令官《コモドー》、いえ、艦長《キャプテン》って呼ぶべきだったわね――あたくし、決して具合が悪いって言っているのじゃなくってよ。でも、リストを作ってあるわ――」と、夫人は症状を列記した紙を振った。「こうしておけば、お医者さまたちが見られるでしょ。お医者さまたちがいらっしゃる前に、髪結いさんは来てくれるかしら？　でも、あたくしのことなんて話してる場合じゃないわね。さあ、あなたの息子よ、戦隊司令官《コモドー》、いえ、艦長《キャプテン》って呼ぶんだったわね。この子、初めて歯が生えたんですよ」

夫人が肘で乳母をつついてまえへ出させたので、ジャックは小さなピンク色の顔をのぞきこんだ。毛織物にすっぽりと包まれた顔はうれしそうで、驚くほど人間らしくなっていた。ジョージ坊やはジャックを見て笑い、くっくっと声をたてて歯をのぞかせた。ジャックは人差し指をおくるみのなかに差し入れて、「ごきげん、いかがでちゅか、え？　よろしいかい、おお、おお。最高だね、ハッハッ」

赤ん坊はきょとんとした顔になった。びっくりさえしたようで、乳母があとずさった。

「どうしてそんなに大きな声を出すんですの、ミスタ・オーブリー」と、ミセス・ウィリアムズがとがめる顔つきになった。

するとソフィーが両腕に赤ん坊を抱きとって、ささやきかけるように、「ほうら、ほうら、わたしの大事な赤ちゃん」とあやした。

小さなジョージのまわりに女たちがみんな集まって、赤ちゃんの耳は敏感なのよね、とか――雷の音でひきつけを起こすこともあるのよね、とか――小さな男の子は女の子よりずっと繊細なのよね、などと言い合う。

小さな生き物に手放しの愛情と献身をそそいでいる女たち、とりわけソフィーを見ていると、ジャックは一瞬、まったく愚かしい嫉妬をおぼえた。だが、そんな自分を恥じる間も、自分はあまりにも長いあいだ王さまでいすぎたのだと反省する間もなく、エイモス・ドレイが口元に片手をあてて、低いだみ声で、「さあ、お嬢ちゃんたち、きちんと並んで」とささやきかけた。ドレイは元HMSサプライズ号の掌帆手《ボースンズ・メイト》で、片脚を失う前は、任務第一主義、艦隊一まじめで公平なムチ打ち係だった。

清潔なエプロンドレスを着たぽっちゃり顔の小さな双子の女の子がちょこちょことまえに進みでて、絨毯につけた特別な印のところに並ぶと、そろって金切り声を張りあげた。「おはようごじゃいまちゅ、おとうちゃま」

「おはよう、シャーロット。おはよう、ファニー」二人の父親はキスしようと、半ズボンがぎしぎし言うほど腰をかがめた。「おや、ファニー、おでこにたんこぶができてるぞ」

「あたち、ファニーじゃない」と、シャーロットがしかめっ面をした。

「だけど、おまえ、ブルーのエプロンドレスを着てるじゃないか」

「だって、ファニーがあたちの、きちゃったんだもん。ファニーったら、あたちをスリッパでたたいたのよ、この——ばかっ」

シャーロットは感情を抑えられずにそう怒鳴った。

ジャックは気遣って、ちらっとミセス・ウィリアムズとソフィーのほうへ目をくれたが、二人ともまだ赤ん坊をのぞきこんでいた。ちょうどそのとき、ボンデン艇長が郵便物を手に食堂へ入ってきて、床の上に置いた。革のカバンで、真鍮板の上にアッシュグローブ館の紋章が刻まれている。それをきっかけに、子どもたちと祖母と、子どもたちの召使いが部屋から出ていき、ボンデンが遅くなった詫びを言いはじめた——実は、町は市の日だったんで。馬と家畜の……。

「混んでたんだろうな」

「めったにねえほどで、オーブリー艦長。ですが、ミスタ・ミークルジョンはちゃんと見つけて、艦長は土曜までオフィスには来なさらねえって伝えたです」そこでボンデンはためらった。どうした、という視線をオーブリーが投げると、彼はまたつづけた。

「実はす、キリックが買い物をしたんす、法にかなった買い物す。そのことをまず艦長に話してくれってやつに頼まれて」

「アイ？」と、ジャック・オーブリーは聞きかえして、カバンの鍵を開けながら、「老いぼれ馬、だろうな、きっと。まあ、よかったさ。古い馬小屋に入れていいぞ」

「老いぼれ馬なんかじゃないんで、艦長、もっとも、手綱に繋がれてたですが。スカートをはいた二本脚で、言ってみりゃね。女房なんす、艦長」

「女房なんてもらって、一体全体あいつ、なにしたいってんだ？」オーブリーは声を張りあげて、目をまん丸くした。

「あのう、艦長」ボンデンは真っ赤になって、さっとソフィーから目をそらした。「ここじゃ言えねえす。だけど、あいつ、女房を買ったんで、合法的に。どうも旦那とその女はうまくいってなかったようで、そんで、旦那が女を市に連れてきたんす、手綱つけて。そこでキリックのやつ、その女を買ったんで、合法的に——みんなのまえで金を並べて、手を握ったんす。選ぶ相手は三人もいたんですぜ」

「でも、自分の奥さんを売ることなんてできないはずよ——女の人を家畜みたいに扱うなんて」ソフィーがキンキン声を張りあげた。「ああ、なんてこと、ジャック。ほんとに野蛮だわ」

「ちょっと変に思えるが、習慣なんだよ。ずっとむかしからの習慣だ」

「こんなひどいことを、あなた、決してお許しにならないでしょうね、オーブリー艦長？」

「やれやれ、こういうことに関しては、習慣に逆らいたくない。慣習法に対してもだ、たぶん。なにかどうしてもだめだっていう理由でもないかぎり、逆らわない——言ってみれば、悪い影響があるとかな。海軍など、習慣に従わなかったら、どうなる？　キリックをなかへ入れてくれ」

キリックと女が自分のまえに並ぶと、オーブリーは、「さて、キリック」と声をかけた。彼の給仕係は不格好なほど体の厚みのないのっぽの中年男で、いまの照れくささのせいでいつもに増しておどおどしている。問題の若い女は生き生きとした黒い瞳の持ち主で、いかにも水兵の好きそうな娘だった。

「さて、キリック、おまえがよく考えもしないで結婚に走ったとは思わんが？　結婚とは非常に重大なことだぞ」

「いえ、そんなことはないです、艦長。ようく考えたです、ええ、二十分はたっぷりと。選ぶ相手が三人もいよったんで。そんで、こいつが——」と、自分の買い物をやさしく見て、「ぴか一だったんで」

「だがな、キリック、ここで考えてみるに、おまえにはマオンに女房がいた。彼女はわたしのシャツを洗ってくれた。重婚を犯してはならんぞ。重婚は法律違反だ。おまえにはたしかにマオンに女房がいた」

「女房なら二人、おったです、艦長。もう一人はワッピング・ドックにおった。だけど、あいつらとは証明書のあるような関係じゃなくて、もっとどうにでもなる関係だったんで、信じてもらえればね、艦長。合法的に買ったんじゃない、手綱はあっしの手んなかになかったんで」

「よし」と、ジャック・オーブリーは言った。「では、その娘をこの館に加えたいと思っているのだろうな。だが、まずは教区司祭のところへ行かなければならん。大急ぎで司祭館へ行ってこい」

「アイ・アイ・サー」と、キリックが応えて、「司祭館すね」

またソフィーと二人きりになると、「やれやれ、ソフィー」と、ジャック・オーブリーは声をかけた。「なんて騒ぎだ！」そこで、カバンを開けた。「一通は海軍本部からだ。もう一通は医療局から。こっちはどうやらチャールズ・ヨークからのようだ——やっぱりそうだ、これはあの男の封印だからな——わたし宛てだ。それから、この二通はスティーブン宛、きみ気付けになっている」

「あの方のこと、わたしがお世話して差しあげられたらって思いますわ、かわいそうな方」と、ソフィーは手紙に瞳をおとした。「この二通もダイアナからですわ」彼女は手紙をサイドテーブルの上に置いた。テーブルの上にはもう一通が受取人を待っていた。やはり思い切ったような太い字で医学博士スティーブン・マチュリン様、と宛名が書いてある。ソフィーは黙って三通の手紙を見つめた。

ダイアナ・ビリャーズはソフィーのいとこで、歳はちょっと若い。黒い髪に深いブルーの瞳の美人というところはソフィーにちょっと似ているが、スタイルははるかによくて、さっそうとしている。ソフィーとジャックが結婚するずっと前、まだ別々に暮らしていたころ、ジャック・オーブリーもスティーブン・マチュリンもダイアナの愛を勝ち取れるならどんなことでもやった。その結果、ジャックは軍歴も結婚もまさしくおじゃんになる瀬戸際までいった。一方、スティーブンは、ダイアナが結局は自分と結婚するだろうと思っていたので、彼女がミスタ・ジョンソンという男の世話を受けてアメリカに行ったとき、無惨なほど傷ついてしまった――あまりにも傷ついて、彼は人生に対する興味をほとんど失ってしまったのだった。彼女のように人脈があり、美人で、誇り高く、野心に燃える女性が、カトリック主義の国王に仕えるアイルランド人将校を父とし、カタロニア出身の女を母として生まれた非嫡出子と釣り合うはずはない、そう彼の理性は告げていた。しかも、チビで、いやになるほど地味で、そのうえ、表向きは海軍の軍医という男と……。ダイアナが自分と結婚するものとスティーブンが思いこんでいたのは、心が完全に彼女に奪われ、頭もその想いにどうしようもないほど支配されていたからだった。

「ダイアナが英国に戻ってきているってわたしたちが耳にする前から、あの方にはなにか予感するものがあったにちがいありませんわ、わたし、そう気づいたんですの。お気の毒なスティーブン」と、ソフィーは言った。新しいカツラ、新しい上着、一ダースもの最上等の亜麻布のシャツ――こうしたばかげた証拠をソフィーはいま持ちだそうとすれば持ちだせたのだろうが、彼女はスティーブンを兄弟のように愛しているので、ちょっとでも彼を物笑いの種にすることは耐えられなかった。

「ねえ、あなた、あの方にちゃんとした召使いを探してあげたらどうかしら？　キリックだって、いくら気がきかないときでも、十日以上も着たシャツだとか、みっともない靴下だとか、おそろしく古くなった上着であなたを外出させたことなんて、絶対にないでしょうに……。どうしてあの方は、誠実で信頼できる召使いを一度も雇ったことがないのかしら？」

なぜスティーブンが一定の期間にわたって、しかも自分のやり方をのみこめそうな男を従僕としてそばに置かずに、その場しのぎの、むしろ読み書きのできない海兵隊員や艦の年少兵、あるいは間抜けな艦尾班員などで満足してきたのか、その理由をジャックはよく知っていた。というのも、ドクター・スティーブン・マチュリンは海軍の軍医であると同時に、海軍本部でもっとも高い評価を受けている諜報員の一人なのだ。秘密を厳守することは、彼の命と、また、ナポレオンの支配下にある広大な地域で活動している彼の大勢の情報提供者たちの命を守るために肝心要なことなのだ。彼自身の任務を達成するうえでも肝心なことは言うまでもない。この秘密はスティーブンといっしょに仕事をするうちに必然的にジャックの知るところとなったが、彼はそれを人に――ソフィーにだって――話す気はなかった。だから、ソフィーには、相手がもしもへそ曲がりの頑固者なら、しじゅう言っているうちに説得できる望みもあるかもしれないが、スティーブンが相手では無理だ、どんなに説得に説得を重ねても彼の流儀を変えさせることはできないだろう、と返事しておいた。

「ダイアナならできてよ、扇を振ってね」と、ソフィーが言った。ソフィーの顔には不機嫌という表情はまるで似合わないのだが、いまはさまざまな不機嫌な感情が浮かんでいた――スティーブンを思うがための憤り、複雑な問題がこうして蒸しかえされることへの反感、性的衝動のきわめて控えめな女性がまったく正反対の女性に抱く非難や嫉妬さえも……。ただ、こうした不機嫌さは、スティーブンの問題を冷ややかに考えたり話したりしたくないという思いでいくらかやわらげられてはいたが……。

「きっと彼女ならできるだろうな」と、ジャックが言った。「そうすることで、もしもダイアナがまたスティーブンを幸せにできたら、おれとしては、うれしいよ。こんなときもあったんだよ……」と、ジャックは窓の外をじっと見つめて、「二人を引き離すことが友だちとしてのおれの義務だと考えたときが――彼のために正しいことをしていると考えたときが……。おれは彼女がただの魔性の女だと考えた――呪わしい――なにもかも壊してしまう女、そして、彼女はスティーブンの命取りになるだろうと思ったんだ。だが、いまはわからん。たぶん、そういうことに口出しすべきではないのだろう。あまりにも微妙な問題だからな。だけど、もしも目隠しされた男が穴へ向かって歩いていくのを見たら……おれは自分の考えに従って、いちばんいいと思えることをしたんだ。だが、そんなおれの考えはいちばんいいことではなかったのかもしれない」

「あなたは絶対に正しかったんですわ」ソフィーは夫の肩口に手をふれて、慰めた。

「結局、彼女は本性を表わしたんです――その、つまり、なんて言ったらいいのかしら？――浮気女」

「おやおや、浮気って言うと、おれは歳をとるにつれて、そんな浮ついたことは考えなくなってきた。しかし、人はみんなちがうからなあ、たとえ女でもだ。そういうことが男にとってとおなじ程度の意味しかもたない女もいるのだ――男と寝るのがかならずしも重大な問題ではないという女がな、心の深いところに響かないんだろう、たぶん。だから、そんなことをしても、娼婦になるっていうわけじゃないんだ。ごめんよ、おまえ、こんな言葉を使って」

「つまり」と、ソフィーは夫の最後の言葉など無視して、「戒めを破ることを重大なことだと思わない殿方がいるっていうことですの？」と訊きかえした。

「やぶ蛇だったようだな」と、ジャックは受けておいて、「おれの言いたいのはつまり……自分の言いたいことはわかっているのだが、それを言葉で言い表わす才能がない。スティーブンならはるかにうまく説明できるんだろうが——はっきりさせられるんだろうが」

「スティーブンだろうがほかの男性だろうが、そんなこと、はっきりさせてほしくなんてありませんわ、結婚の誓いを破ることが重大なことではないなんて」

こんな追いつめられた瀬戸際に、大工たちの残していったがらくたのあいだを縫って、恐ろしい動物が現われた。くすんだ青い色をした、背の低い生き物で、耳がついていれば、子馬なのだろうが……。背中に小さい男と大きな四角い箱を乗せている。

「ほら、髪結いが来たぞ」と、ジャックは声をあげた。「ひどいな——大遅刻だ。お母さんの巻き毛を結うのは、診断のあとにしなければならんな。医者たちはあと十分で来るぞ。サー・ジェームズ先生は時計のように時間に正確だからな」

「家が火事になったって、髪を巻かないで人様のまえに出るようになんて、ママを説得することはできませんわ」と、ソフィーが言った。「お医者さまたちはお庭にお通しするのね。どっちにしても、スティーブンは遅れてきますわ、きっと」

「お母さんは帽子をかぶればいい」

「もちろん帽子はかぶるんですの」と、ソフィーが申し訳なさそうに言った。「どうしてあのママに帽子なしで見知らぬ殿方をお迎えすることなんてできまして？　でも、帽子の下の髪の毛も整えておかなければならないんです」

アッシュグローブ館にそういう殿方たちが集まって診断するというのは、ミセス・ウィリアムズの健康のことだった。以前、彼女は良性腫瘍の摘出手術を受けた。そのときの毅然とした態度には、船乗りたちの文句一つ言わない我慢強さに慣れていたドクター・マチュリンもびっくりしたものだった。ところが、そのあと、夫人の心はすっかりふさぎこんでしまった。そこで、こうした権威ある高名な医者たちに、バースかマットロック・ウエルズ、あるいはもっと北の保養地で療養するよう夫人を説得してもらいたい、ということなのだ。

サー・ジェームズはレットサム医師の軽装四輪馬車に便乗してきた。二人そろって到着すると、オーブリー艦長が庭を案内したいという申し出を二人そろって固辞した。そのとき、オーブリーは、彼の新しい子馬を連れてきた馬商人に応対するよう呼ばれ、二人の医者にデカンターを預けて座をはずした。

二人の医者は、アッシュグローブ館に新しく翼廊が増築されているのに気づいていた。二棟の馬車置き小屋や、長く連なった馬小屋、それに遠くに見える塔の上にきらきらと輝いている天文観測ドームにも。二人の場数を踏んだ目はいま、居間にはっきりと表われているこの家の財力を値踏みしていた。大きな新しい家具調度、ポーコックや高名な画家たちの手になる艦艇や海戦の絵画。第一正装に身を整え、広い胸にバス勲章の赤いリボンを飾った先任勅任艦長ビーチーがまさしくオーブリー艦長と並んで、炸裂する臼砲弾をうれしそうに見ている絵もあった。その絵のなかにあるオーブリー艦長の紋章には名誉なことに、二人のムーア人の顔が加えられていた。正当なことだ——オーブリー艦長は最近、ソブリン・クラウンにモーリシャス島とレユニオン島を加えたのだ。もっとも紋章院はこの新たな領土についてあいまいな知識しかなく、この場合にはムーア人の顔がふさわしいだろうと感じたというわけだ。ちびりちびりと二人の医者はワインを飲みながら、自分のまわりにある品々をながめて、診察代を胸算用し、見るからに満足そうな顔つきをした。

「もう一杯、つがせてください、ご同輩」と、サー・ジェームズが言った。

「ご親切に」と、レットサム医師が受けた。「これはまったくもって最高級のマディラですな。ここの艦長は例の拿捕賞金法の改正じゃあ、幸運だった、でしょう？」

「艦長はレユニオン島でわがほうの東インド貿易船を二隻か三隻も奪還したそうです」

「そのレユニオン島というのは、どこにあるのですかね？」

「むかしはイル・ブルボン島と呼ばれていて——モーリシャス島のとなりの島ですよ」

「へえ？　そうなのですか？」と、レットサム医師が返した。

二人は自分たちの患者のことに話題を移した。推奨されている強い強壮剤の効果とか、大量に与えたときのコルヒチン製剤の驚くような副作用とか、吉草根《きっそうこん》はまるで効かないとか、こうした症例では、いや、実際ほとんどすべての症例において妊娠は回復に大変に効果があるとか、むかしながらの耳の後ろにヒルをはりつける手は試してみる価値があるとか、鎮痛剤も考慮しており、脾臓に効くとか、ホップ入りの枕、清拭、空っぽにした腹を一パイントの水で拭く、軽い食事制限に緩下剤……。ここでレットサム医師が、この患者と似てなくもない症例でアヘンを使ってうまくいったと言いだした。

「ケシをもると、ヒステリー女もバラになる」彼は自分の言葉に自分で満足した。そこで、もっと大きな声で朗々と、「ヒステリー女も、ケシをもると、バラになる」

ところが、サー・ジェームズの顔が曇って、「あなたのケシは大変すばらしい、ふさわしい場所にあるかぎりはね。しかし、濫用した場合や、習慣化する危険性、つまり、患者が単なる奴隷になってしまう危険を考えると、わたしはときどき思いますよ、ケシがふさわしい場所は植木鉢だ、とね。わたしはある優秀な男の例を知ってます。彼はアヘンチンキという形であれを大量服用した結果、一日に一万八千滴も飲む習慣になってしまった——この半分の大きさのデカンターに一杯ですぞ。その男は自分でそんな習慣から脱出した。ところが、このところ、彼の身辺状況が危うくなって、また鎮痛剤に頼るようになってしまった。その男は決してアヘン中毒者と呼ぶべきような状態ではなかったのですが、信頼できる筋から聞いた話では、正気を欠いていた、十二日間もぶっ通しで、しかも——おお」と、彼は、ドアが開いた瞬間に声をあげた。「ドクター・マチュリン、こんにちは。ご同業のレットサムです、たしかご存じでしたな？」

「こんにちは、おふた方」と、スティーブン・マチュリンが言った。「お待たせしたのではありませんか？」

いえ、いえ、ぜんぜん、と二人は声をそろえた。患者さんのご準備がまだできてませんから……。ドクター・マチュリン、この極上のマディラを一杯、お勧めしてもよろしいですかな……。

よろしいですとも……そうマチュリンは言うと、飲みながら、死体の値段がなんとあがったことか、びっくりしました、と話しだした。ちょうど今朝、死体を一体、値切ったんです。すると、悪党どもは四ギニーくれって顔をしたんです――地方なのにロンドン値段をふっかけたんですよ！　そういう強欲が科学をだめにしてしまうんだ、そんなことをしていると、あんたたちの商売もだめになるぞ、そう言ってやったんですが、無駄でした。結局、四ギニー、払わなければなりませんでね。実は、その死体がひどく気に入ったんです。手のひらの腱膜が――肉もですが――奇妙に石灰化している女性の死体で、そんなのは数えるほどしか見たことがないのですよ。ですが、いま興味があるのは手だけなので、同業でだれか、分けてほしいという人はいませんかね？

「うちの若い弟子たちのために、健康で新鮮な肝臓はいつでも大歓迎ですよ」と、サー・ジェームズが言った。「戦利品に入れましょう」そう言うと、彼は立ちあがった。ドアが開いて、ミセス・ウィリアムズが入ってきたのだ。髪の毛の焦げた強い臭いといっしょに。

診察は退屈な手順をたどっていった。マチュリンはちょっと離れて椅子にかけ、権威ある、見立ても丁寧な医者たちが診察代を稼いでいるぞ、どんな途方もない金額になることやら……と心のうちでつぶやいていた。二人とも芝居がかって見えるほどいかにも医者然として振る舞う天賦の才があった。自分にはかけらもないものだ。彼はまた、二人が夫人の気分をあしらううまさにもびっくりした。それに、自分がおなじ部屋にいるのに、ミセス・ウィリアムズがうそをついたのにもびっくりした。「あたくしは家無しの未亡人なんですのよ。それに、義理の息子が降格したので、人様のまえに出たくないんですの」

夫人は家無しではない。メイプスにある広大な彼女の屋敷は、モーリシャスの戦利金で借金が完済されて抵当権が消えた。それなのに、彼女は屋敷を貸しておきたがったのだ。義理の息子はインド洋で艦隊を指揮していたとき、一時的に戦隊司令官《コモドー》の地位を得、作戦が終わると、つまり艦隊が解散されるとすぐに、当然の成り行きとして、艦長《キャプテン》の位に戻った。降格ではない。このことは何度もミセス・ウィリアムズに説明された。この単純な事実を彼女が理解しているのは確かだ。自分の言葉がうそだとマチュリンが知っているのを承知のうえで、こうして彼の面前でまたそのことをもちだせるのは、人の同情を買いたい女の――たとえ買えなくとも――強くて、愚かで、傲慢な心の成せるわざにちがいない。

しかし、さすがのミセス・ウィリアムズの声もかすれてきて、サー・ジェームズがいっそう医者然としてきたとき、昼食《ディナー》がもう間もないことが確かになった。ソフィーが出たり入ったりしているのだ。ようやく診察は終わりになった。

スティーブン・マチュリンは馬小屋にいるジャック・オーブリーを呼びに行こうと屋敷を出た。途中で二人は出会った。山になった石灰が蒸気をたてているところで。

「スティーブン！　いやあ、うれしいなあ、きみに会えるなんて」ジャックが声をあげて、スティーブンの肩を両手で叩き、深い親愛の情をこめて顔をのぞきこみ、「どうだった？」

「うまくやったよ」と、スティーブンは答えた。「サー・ジェームズは完璧だった。行く先はスカボロだ。結果は請け合えないが。患者の旅にはレットサム医師のところの看護人が付きそう」

「それはそれは、うれしいよ、ばあさんがそんなによく世話してもらえるとはな」くっくっとジャックは声をたてて笑った。「見にいこう、おれのいちばん新しい買い物を」手綱に引かれて行ったり来たりしている子馬をジャックといっしょにながめながら、「すばらしいよ、確かに」と、スティーブンは口に出した。すばらしい馬だ、もしかしたら、つやが良すぎるかも、見かけ倒しかも……。後ろ脚のひざがちょっと雌羊のようだ。胴体が貧弱なのは尻の小さい印だろうか？　不機嫌そうな耳と目。「乗ってもいいかい？」と、彼は訊いた。

「時間がないよ」と、ジャックは懐中時計へ目をくれた。「もうじき、昼食《ディナー》の鐘が鳴る。だけど——」とスティーブンをせかしながら、惚れ惚れとした目を背後へ投げて、「みごとな馬じゃないか？　オークスで勝てそうな馬体だ」

「馬の目利きはぼくにはできない」と、スティーブンは言って、「だけど、お願いだ、ジャック、この馬のようすを六カ月以上、見てみないうちは、金を賭けるなんてことはしないでくれ」

「ありがたや。そのずっと前におれは海に出てるよ。きみもだ、願わくば、きみの状況が許せばな。さあ、野ウサギみたいに走っていかないと……すごい、ニュースが、あるんだ……——医者たちが、帰ったら、話すよ」二匹の野ウサギは息を切らしながら、走りつづけた。

「きみの、手回り品は、きみのもとの部屋に、置いたままにしてある、もちろんな」と、ジャックは叫んで、上着を着替えに階段を駆けのぼっていった。ボーンと時計がその時刻の最初の鐘を打った瞬間に、彼はまた現われて、テーブルのほうへと客たちに手振りした。

「海軍のことでは好ましく思っていることがいろいろありますが」最初の皿を半分ほど食べたところで、サー・ジェームズがそう切りだした。「一つは、海軍が時間厳守を教育することです。軍艦乗りといっしょにいると、テーブルに着くべき時間がわかります。こうした時間に正確であるということは、消化器官にはありがたいことですよ」

二時間ほどたって、サー・ジェームズの消化器官がまだポートワインとクルミをありがたがっていると、ジャックは心のなかでつぶやいた。「テーブルから立つべき時間もわかってほしいもんだよ」

彼はスティーブンに新しい指揮艦のことを話したくてじりじりしていたのだ。できることならスティーブンを雇って、こんどの航海にまたいっしょに行きたいし、とてつもない大金持ちになったという秘密も打ち明けたかった。友だちのほうで打ち明けなければならない事情があれば、それも聞きたい。このところ彼が留守にしていたことではない。というのも、その件に関しては、スティーブンはおしゃべりではないが、墓石のように黙っていたわけでもないからだ。そうではなく、聞きたいのは、ダイアナ・ビリャーズのことと、最近、彼の部屋へ運ばれた手紙に関することだった。

しかし、彼は大きな声で、「ほら、スティーブン、こいつはいかんぞ。ボトルが立ち往生してるぞ」と声をかけた。ジャックの声は大きくてはっきりしていたが、スティーブンが動こうとしないので、とうとうおなじ言葉がくりかえされた。スティーブンははっとして物思いからさめ、まわりを見まわして、デカンターを押しやった。二人の医者は小首をかしげて、まじまじとスティーブンを見つめた。もっとよくスティーブンを知っているジャックの目は、友だちのなかにそれほど目立った変化を見つけることはできなかった。顔が青く、内にこもった感じだが、いつもと大して変わらない。たぶん、ちょっと物思いが深かったのだろう。それでも、医者たちがお茶を断って、御者を呼び、スティーブンに案内されて馬車置き小屋へ行き、おぞましいいっときノコギリを使い、死装束にくるまれた物体を馬車の後部座席に放りこんで（この馬車は死体を何度も運んだことがあり、御者も馬も死体運びにかけてはベテランなのだが）、ふたたび現われ、診察代をポケットに納めて、暇乞いをし、馬車に揺られて立ち去ったときには、ジャックは心の底からうれしかった。

応接室でソフィーが茶壺とコーヒーポットをまえに一人ぽつんとしていると、ようやくジャックとスティーブンが仲間入りした。「お艦《ふね》のこと、スティーブンにお話しになったの？」と、彼女は訊いた。

「いや、まだだよ、おまえ」と、ジャックが答え、「だけど、いままさしく話そうとしていたところだ。スティーブン、レパード号のこと、おぼえているか？」

「おっそろしく古い、あのレパード号か？」

「こいつは驚いた、なんてやつなんだ、きみは。まずはおれの新しい子馬をこきおろしてくれた。いままで見たこともないほどすばらしい馬を、オークスで勝てそうなさ――言わせてもらえばな、スティーブン、うんと謙遜して言ったって、馬の目利きにかけちゃ、おれは海軍一なんだぞ」

「それはぼくだって疑いはしないさ。海軍の軍馬は何頭か見たことがあるよ、ハッハッ。彼らはたしかに馬と呼ばれているにちがいない、どれも四本脚とおぼしきものがついているからな。それに動物界のほかの動物のなかに、彼らが自分の親戚だと呼べるものもいないからな」スティーブンは自分のユーモアーを楽しんで、ややしばらく笑いだしそうな甲高い声をあげていた。それから、「オークスか、結構ですな!」

「ところで」と、ジャックは切りだした。「きみはいま〝おっそろしく古いレパード号〟と言ったな。たしかにレパードはのろまで、いまにもばらばらになってしまいそうな古びたのろ艦《ぶね》だった、トム・アンドルーズの指揮艦《ふね》だったときはな。だけど、海軍工廠があの艦《ふね》を引き受けたんだ――徹底的に修理してくれたよ――肋材を補強するのにスノッドグラスが推奨したなめ筋交い《ダイアゴナル・ブレース》を入れるとか――新しい内部腰板《スパーケッテイング》を張るとか――ロバーツの勧めた鉄板の肘材《ニー》を使うとか、徹底的にな――細かいことは省くがさ――いまや彼女はぴか一の現役五十門艦だ、グランパス号だって目じゃない。レパード号が海軍一の四等級艦であることは確かだよ!」

海軍一の四等級艦だ、あるいは……。だが、ジャックもよく知っているとおり、四等級艦は哀れな滅びゆくクラスだ。この半世紀以上も戦列艦仲間からのけものにされている。レパード号は四等級艦の輝く星であったことなど一度もない。みんなとおなじようにジャックもレパード号の欠点を知っている。彼女は一七七六年に設計され、半分まで造られた。そんな造りかけのまま十年以上も放っておかれ、青天井の下で黙って朽ちるにまかされていたのだ。その後、シアネス海軍工廠へ連れていかれ、そこでやっと進水して、一七九〇年に平凡な艦歴の一歩を踏みだした。だが、ジャック・オーブリーは非常に注意深いプロの目でレパード号の修理ぶりを観察し、決して図抜けた航《はし》りの艦《ふね》にはならないだろうが、航海には耐えられると確信したのだ。とりわけ彼がこの艦《ふね》を欲しがった理由は、艦《ふね》自体にあるのではなく、その目的地だった。彼は未知の海へ、そして、香料諸島へ行きたかったのだ。

「レパード号には甲板がたくさんあったな、記憶によると」と、スティーブンが言った。

「ああ、そうとも。彼女は四等級だ。だから二層甲板だ――広い、戦列艦に負けないくらい広い。スティーブン、きみは部屋を独り占めすることになるだろうな。フリゲート艦のなかでぎゅう詰めなんてことにはならんよ。海軍本部もこんどばかしは、おれを厚遇してくれたって言わなければならん」

「一等級艦をいただいてしかるべきだったって、わたしは思いますわ」と、ソフィーが口をはさんだ。「それに貴族の位も」

ジャックは愛情たっぷりの笑顔を妻に投げて、先をつづけた。「海軍本部は、目下建造中の真新しい七十四門艦エイジャックスかレパードを選ぶように言ったのだ。その七十四門艦はものすごくすばらしい艦《ふね》になるだろう、それ以上は望めないほどすばらしい七十四門艦に。だが、行き先は地中海になる、ハート提督の指揮下に入る。今日び、地中海にはなんの栄光もない。この先もない」ここでもまたジャックはちょっと本音をそらした。戦争のいまの段階で地中海は軍艦乗りにとってほとんどなんの魅力もないというのはまったくほんとうのことだが、そんな理由よりもハート提督がいるということのほうが重大問題だったのだ。むかしジャックはハート提督の奥さんと寝たことがある。復讐心に満ちた悪辣な男はジャックを破滅させられるのなら躊躇はしないだろう。ジャックはこれまでの海軍の軍歴のなかでたくさんの友人を作ったが、非常に有能な人間であるがゆえに敵も驚くほどたくさん作った。彼の成功をねたむ者がいる。ジャック・オーブリーはあまりにも独立心が強すぎる、若いころには反抗的だ、と見る者すらいた（それは先任者たちだったが）。彼の政治観を嫌う者もいた（ジャックはホイッグ党を嫌っているのだ）。ハート提督とおなじように恨みを抱いている者、あるいは恨みを抱いていると思われる者もいた。

「ジャック、あなたは男が望みうる栄光をすべて手になさってるわ」と、ソフィーが言った。「そんな恐ろしい傷まで。お金もほんとに充分に」

「もしもネルソン提督がおまえの心に浮かんでいるのならな、提督だってセント・ヴィンセントの海戦の前までは、満足はしなかっただろうよ……。もしもナイルの海戦がなかったら、いまジャック・オーブリーはどうなっていた？　一介の海尉で終わっていただろう。ない、ない、男が仕事で充分な栄光を得られることなどない。それに、こと金となったら、ネルソン提督だって充分には持っていなかっただろうな。だが、ところがだ、レパード号は東インド諸島へ向かう――当地で海戦が勃発しそうだからではない」

ちらっとソフィーを見て、ジャックは付け加えた。「当地に惹かれるのは、ニュー・ホランド（オーストラリアのむかしの名称）のボタニー湾でなにか奇妙な事態がもちあがっているからだ。レパード号は南へ向かい、当地でその事態を処理し、それからペナン付近にいるドルアリー提督に合流する。その途中でいろいろと観察をしながらだ。スティーブン、そんな機会を考えてもみろよ――何千マイルもつづくほとんど未知の海と海岸線――動物好きには海岸にウォンバットだ。これはきみのやっているようなゆっくりした探検航海ではないが、ウォンバットやカンガルーを探す時間はあるにちがいない、こっちがある重要な泊地を調査しているあいだにな――未知の島々がある、それは確かだ、そして、その島々のある位置――東経約百五十度、南緯二十度、そこで皆既月食に出っくわすはずだ、こっちの時間さえ合えばな――スティーブン、考えてみろよ、鳥のことを、考えてみろ、カブトムシにヒクイドリのことを。フクロアナグマはもちろんだ！　キャプテン・クックとサー・ジョゼフ・バンクスの時代以来、自然科学者にとってこんな機会はなかったのだぞ」

「最高の航海のようだな」と、スティーブンが言った。「前からニュー・ホランドは見てみたかったんだ。そういう動物たちを——哺乳綱単孔目、有袋目……だけど、教えてくれ、いまきみの言った奇妙な事態とはどんなことなんだ——ボタニー湾でなにが起こっているのだ？」

「パンの木のブライのこと、おぼえているか？」

「いや」

「もちろん、おぼえてないだろうな、スティーブン。ブライ艦長は、戦争が始まる前、バウンティー号でタヒチ島へ送られた、西インド諸島に持っていくパンの木を集めるために」

「そうだ、そうだ！　彼は優秀な植物学者を同行した、デイヴィッド・ネルソンだ。非常に将来性のある青年だった、気の毒に。ぼくはついこのあいだ、パイナップル科の植物に関する彼の論文に目を通したところだった」

「じゃあ、ブライの部下たちが叛乱を起こして、艦を乗っ取ったこと、思いだしただろうな？」

「もちろん思いだした、ぼんやりとだが。彼らは任務よりもタヒチの女たちの魅力を選んだ。ブライ艦長は生きのびたんじゃなかったか？」

「ああ、だが、生きのびられたのは、ただもう彼がまったく並はずれた船乗りだったおかげだ。叛乱者たちは六本オールのボートにごくわずかな食料を積み、船縁まで沈むほどブライと十九人の男を詰めこんで、海へ流した。ブライは進路を探りながら四千マイル近くもの海を渡って、チモール島にたどり着いた。まったくもって驚くべき偉業だ！しかし、おそらくブライは部下にひどく恵まれない男なのだろう。ちょっと前にニュー・サウス・ウエールズの総督に任命されたのだが、部下の士官たちがまた叛乱を起こしたという知らせが入ったのだ——士官たちはブライを解任して、監禁した。叛乱者の大半は陸軍の人間だとおれは思う。お察しのとおり、海軍本部はご不興で、この事態を処理できる充分に先任の士官を派遣することにした。そして、その士官の判断によって、ブライを復位させるか帰国させるかするのだ」

「ミスタ・ブライとはどういう男なのだ？」

「会ったことは一度もないが、航海長としてキャプテン・クックといっしょに航海したことは知っている。そのあと、彼は指揮艦を与えられた。准士官の位から出世したまれな一例だ。報償だな、きっと、彼のたぐいまれな艦艇運用術に対する報償……。それからキャンパーダウンの海戦ではみごとな働きをした。六十四門艦ディレクター号をオランダの戦列のど真ん中に持ちこんで、提督艦に横付けしたのだ——望むべくもないほど熾烈な戦いだった。さらにコペンハーゲンの海戦でもめざましい働きをした。ネルソン提督は特別にブライを推奨したほどだ」

「たぶん、権力をもつことによって破滅した男の例でもあるんだろうな」

「そうかもしれない。ブライのことはおれもあんまり教えることはできないが、教えられる男を知っている。ピーター・ヘイウッドをおぼえているか？」

「ピーター・ヘイウッド？　ライブリー号でいっしょに食事をした勅任艦長かい？　キリックが煮立ったジャムをかけてしまって、ぼくが軽いやけどを治療してやった男？」

「その男だよ」と、ジャックは言った。

「どうしてジャムを煮たりしたんですの？」と、ソフィーが口をはさんだ。

「鎮守府司令長官がいっしょで、長官はいつも言ってたんだ、煮立てないジャムなんぞ、食うに値しないって。それで、艦長室の舷窓のすぐ後ろ側に小さなストーブを据えたのだ。そう、その男だよ。叛乱の廉《かど》で死刑宣告を受けたことのある海軍でただ一人の勅任艦長だ。バウンティー号でヘイウッドは、士官候補生の一人だったんだ。それに、反乱者のなかで大人子どもを問わず逮捕されたごくわずかな者の一人だった」

「あの男がどうしてそんな向こう見ずなことをやる気になったのだろう？」と、スティーブンが言った。「ぼくには、おだやかで、争いを好まない紳士に見えたが……。ジャムがぶちまけられて司令長官が非難するのにおとなしく耐えていたし、ジャムそのものにも耐えていた。あのスパルタ人のようにじっと耐えていたところからすると、そんな考えなしの行動をとることなどできないと思うが……。若気の至りだったのか、急に嫌気がさしたのか、あるいはなにか隠れた事情があったのか？」

「訊いてみたことはない」と、ジャックは答えた。「おれが知っているのはただ、彼と四人の男が絞首刑を宣告されたということだけだ。そのうち三人がブランズウィック号のヤードの端までのぼっていくのをおれは見たよ。三人ともナイトキャップで目をおおわれていた。おれがトーナーント号の士官候補生だったときのことだ。ところがだ、国王は若いピーター・ヘイウッドを吊すのはまったくばかげたことだ、そうおっしゃったのだ。それで彼は許され、やがてブラック・ディック・ハウが、ハウ卿はむかしからヘイウッドをひいきにしていたんだが、指揮艦を与えたんだ。ヘイウッドとおれはフォックス号で乗り合わせたんだが、その内部事情はまったく知らない。触れるには微妙な問題だからな、軍法会議は――あんな軍法会議は！　しかし、木曜日に彼がうちに来たら、ブライのことならきっと訊いていいだろう。おれたちが対処しなければならない男がどんな人物か、知っておくのは大事なことだからな。それはともかく、おれはあの海域のことが訊きたいのだ。彼はよく知っている、なにしろ、エンデバー海峡で座礁したのだからな。それよりももっと訊きたいのは、レパード号のいろんなちょっとした癖のことだ。彼は五年も、レパード号の艦長だったんだ。いや、六年だったかな？」

ソフィーの敏感な耳が遠い泣き声を聞きつけた。アッシュグローブ館にあふれるほどの大声ではなく、かすかな泣き声だったが、泣き声は泣き声だ。

部屋から急ぎ足で出ていきながら、ソフィーは、「ジャック」と声をかけた。「オレンジ栽培用の温室を造ること、スティーブンに話してくださいね。オレンジのことなら、スティーブンはなんでもご存じだから」

「そうするよ」と、ジャックは応えた。「しかし、まずはスティーブン――もう少しコーヒーはどうだい？　ポットにいっぱいあるから――まずは、もっとずっとおもしろい計画について、話させてくれ。例の蜂角鷹《ハチクマ》(トビよりちょっと小さいタカ科の鳥)が巣を作っている森な、ちょっと思いだしてくれ」

「ああ、ああ。ハチクマな」と、スティーブンが声をあげて、たちまち目を輝かせた。

「ハチクマ用に組立て式の小屋を持ちこんだんだ」

「組立て式の小屋なんて、なんでハチクマに必要なんだ？　あの鳥たちにはしごく立派な巣があるぞ」

「その小屋は移動ができるんだ。森のはずれに据えて、じょじょに高くしていき、彼らの木を見下ろすぐらいにするつもりだ。その小屋にゆったりと腰を降ろして、はたからは見えないし、天候の変化からも守られるし、そうやってハチクマたちの営巣を観察するのさ。垂れ幕もつけてあって、観察には実に便利だ」

「それではと、きみにローマ時代の鉱山の竪坑を見せたよな、おれはおぼえてるが——何マイルもある竪坑で、非常に危険だ——だが、ローマ人があそこでなにを掘っていたか、知っているか？」

「鉛だ」

「では、あのごつごつした山はなんだか、知っているか？　山の一つはまさしくきみが小屋を据えるつもりの場所にある」

「掘りかすだよ」

「では、スティーブン」と、ジャックはまったく訳知り顔でまえへ身を乗りだした。「さて、こんどばかりはきみの知らないことを教えてやるぞ。あの掘りかすには鉛が詰まっている。しかも、その鉛には銀が含まれているんだ。ローマ人の洗煉法では銀はまったく抽出されなかったのだ。まったくな。それで、いまあそこに眠っている。何万トンもの貴重な掘りかすがキンバーの新しい方法で処理されるのをまさしく待っているのだ」

「キンバーの新しい方法？」

「そうだ。その男のことはきみも聞いたことがあると思う——実に頭の切れる男だ。彼はある特殊な化学薬品で濾過してから、自分自身で発見した原理に従って、酸化分離法で処理する。鉛は労働の報酬で、銀は純益だ。たとえ掘りかす百三十五に対して鉛がわずか一で、掘りかす一万に対して銀が一の割合でも、この計画は報いられるだろう。当てずっぽうに採取した百個の見本で厳密な平均をとったところ、われわれの掘りかすはその十七倍以上も含有していたのだよ！」

「驚いたなあ。ローマ人が英国で銀を掘っていたなんて、知らなかった」

「おれもだよ。だけど、ここにその証拠があるのさ」ジャックは窓腰かけの下に据えてある食器棚に寄っていって、ドアの鍵を開け、よろよろしながら鉛の鋳塊《なまこ》を運んできた。その上には小さな銀のインゴットがのっていた。長さが四インチもある。

「まずは試しにほんのざっと掘ってみたら、この結果さ。手押し車に二、三杯の掘りかすでだぜ。キンバーは古い小屋のなかに小さな炉を据えた。こいつが流れだすのをおれはこの目で見たんだ。きみもあの場にいればよかったのになあ」

「同感だ」

「もちろん、かなりな資本投資が必要になるだろう——道路や建物や、本格的な溶鉱炉なんかで——そこで、娘たちの分与相続分を使おうと考えたんだ。だが、それは信託財産ということで手がつけられないらしい——それに、五パーセントはコンソル公債で残しておかなければならないんだ。いちばん抽出量の少なかった見本とくらべても、公債ではその七分の一の利益だって稼ぎだすのは数学的に言って不可能だと証明したのにだ。フル操業させるつもりはない、何年かつづけて陸《おか》暮らしができそうになるまではな」

「その見込みはあるのかい？」

「ああ、あるとも。おれは殺されないかぎり、悪事を働いて逮捕されないかぎり、この五年ぐらいで将官旗をひるがえすはずだ――名簿の最初にのっている年寄り連中が生《せい》にあまり固執しなければ、もっと早いだろうな――で、提督のほうが艦長よりもポストを見つけるのは難しいから、おれの馬を鍛えて、鉱山を経営する時間はたっぷりとあるはずだ。しかし、最初はささやかに始めて、ことが進みだすようにし、かなりの資金を貯めるつもりだ。幸い、キンバーは自分の要求となると、実に節度がある。自分の特許の使用権を貸してくれたし、作業員の監督もしてくれる」

「給与払いで？」

「ああ、四分の一の取り分だ。ほんとうにささやかな給料だ。それで、おれとしては、彼のことを実に立派な人物と思うのだよ。というのも、プリンス・カウニッツという御仁がトランシルヴェニアにある自分の鉱山をキンバーに見てくれるように懇願しているんだからな、一日十ギニー、三分の一の取り分でだぜ。ドイツやオーストリアの大物たちから来たいろいろな手紙もぜんぶ見せてくれたよ。だけど、早合点しないでくれ、彼がきみの言う大ぼら吹きの幽霊会社設立屋だなんてさ。明日はペルー並の銀山が約束されてるみたいな……。ちがう、ちがう、彼はほんとうに正直な男だ。良心的すぎるほどで、公明正大にも警告してくれたんだ――一年ぐらいは、損をすることにならざるをえないかもしれないって。それはわかるが、始めるのを先のばしにすることはできないんだ」

「ぼくのハチクマの邪魔なんてするつもりはないだろうな、ジャック？」

「ハチクマのことなら、心配無用だ。まだ先は長い。キンバーは特許を完璧なものにするのにまだ時間と金が必要だ、ある実験のためにもな。われわれが溶鉱炉に火を入れもしないうちに、ハチクマたちは卵から孵化して、飛んでいってしまう、おそらくな。それにもっと重要なことは、スティーブン、もっと重要なことはな、きみは金持ちになろうとしているんだ。というのも、キンバーは大勢の投機家を仲間に入れるのはいやがっているんだが、きみは最初から入れて発起人と同等の資格を得られるようにするって彼に約束させたんだよ、彼とおなじように」

「残念だ、ジャック。ぼくの金はぜんぶ行く先が決まっているし、スペインでは証券なんかに固定されている。ほんとうに英国では手元不如意で、きみに借金を頼むつもりだったんだ。ええと——」と、スティーブンは書類を調べて、「七百八十ポンドだ」

ジャックが自分の銀行の為替手形を持って戻ってくると、「ありがとう」と、スティーブンは礼を言った。「恩に着るよ、ジャック」

「頼むから、恩に着るだなんて口にしたり思ったりしないでくれ。きみとおれの仲で恩に着るだなんて言うのはおかしいよ。とにかく、そいつはロンドンで換金するんだろうが、ここ当座のためにはうちに現金が充分にあるからな」

「いや、いや、ジャック。これはある特別な用途があって借りたんだ。ぼく自身は親友が望むべくもないほどゆったりとやっているよ」

親友は疑わしい思いでスティーブンを見つめた。スティーブンの精神状態はゆったりしているようには見えないし、体もこわばっているみたいだった。疲れて、悲しげで、鬱屈している。

「ひとっ走りどうだい？」と、ジャックは訊いた。「クラダックの店で会おうかってことになっててな。連中、おれに雪辱戦させてやるって約束したんだ」

「喜んで」と、スティーブンは答えた。だが、本人は心からそう言おうとしたもののひどく憂鬱そうに見えたので、ジャックはこう言わずにはいられなかった。「スティーブン、なにか困ったことがあるのなら、それに、おれで役にたつことがあるのなら、いいか……」

「いや、いや、ジャック。でも、ほんとにありがとう。ちょっと気持ちが落ちこんでいるんだ、きっとな。だけど、顔に出てしまうなんて恥ずかしいよ。ロンドンで患者を一人、亡くしたんだ。自分のミスで死なせたのではないって、どうしても思えないんだ。良心にさいなまれている。それに、彼のためにも悲しくてたまらない。前途有望な若者だった。それにもう一つ、ロンドンでダイアナ・ビリャーズに会ったんだ」

「ああ」ジャックはぎこちなく返した。「そういうことか」

戸口に馬たちが引かれてきて、ちょっと間があいた。そのあいだにスティーブン・マチュリンは気がふさいでいる三番目の理由について考えをめぐらした――愚かにも、乗り合い四輪馬車に極秘書類の入ったフォルダーを置き忘れてしまった……。

「きみいま、ビリャーズって言ったな、ジョンソンではなくて」と、ジャックが言い添えた。

「ああ」と、スティーブンは返事して、馬に乗った。「あの男はアメリカにすでに妻がいて、裁判で離婚が認められなかったようだ」

ダイアナ・ビリャーズの話題は二人のあいだで愉快なものではなかった。しばらく馬を走らせてから、ジャックは気持ちの流れを切り変えて、「ヴァン・ジョン（ヴェテセ、つまりトゥエンティ・ワンを英国風に変えたトランプ・ゲーム）のようなゲームには、なにか勝つコツがあるとは思わないかい?」と切りだした。「ないだろうな。だけど、あの連中とやると、ほとんどいつもおれは裸にされてしまうんだ。きみにはピケット（二人で三十二枚のカードでやるトランプ・ゲーム）でよく裸にされたが、あのゲームとこれはちがうものな」

スティーブンは返事をしなかった。どんどん速く馬を駆りたてて、草の生えていない丘陵を渡ってゆく。まえへ身を乗りだした彼はこわばった顔で、せっぱ詰まった表情を浮かべ、まるでなにかから逃げているかのようだった。ふつう駆け足《キャンター》から速駆け《ギャロップ》になってしっかりとした芝生の上を蹴っていくうちに、ポーツダウン・ヒルのはずれに着いた。そこで急な下り坂をまえにして、スティーブンは手綱を引いた。しばらく二人は止まったまま、汗をかいた馬や革の臭いに包まれて、眼下に開けた広大な港をながめた——ポーツマス港、港外のスピットヘッド泊地にワイト島、その向こうにつづく英仏海峡。停泊している艦艇《ふね》、出てゆく艦艇、入ってくる艦艇、セルシー・ビル沖を潮に乗って下ってゆく大きな輸送船団。

にっこりと二人は笑顔を交わした。スティーブンはなにか重大なことを話す気だな、とジャックは予感した。はずれた。スティーブンはただ、ソフィーが〈ホランド魚店〉で魚を何匹かと子ども用に小さいマコガレイを三匹買ってきて欲しいと言っていたのを忘れないように、と告げただけだった。

二人が馬丁に馬を預けたとき、〈クラダック賭博店〉にはすでに煌々と灯りがともっていた。みごとなシャンデリアの並ぶ下をジャックはスティーブンの先にたってカード室へ行き、ドアを入ったところの小さなテーブルについている男に十八ペンス支払った。

「今夜のゲーム、ろうそく代ぐらいにはなることを祈ろうじゃないか」と、ジャックは言って、あたりを見まわした。室内は裕福そうな将校や地元の紳士、弁護士、官吏、ふつうの市民などで混み合っていた。そんな客たちのなかにジャックは探していた連中を見つけた。

「ほら、いた」と、彼は声をあげて、「スネイプ提督と話しているぞ。袋かつらの男はレイ判事で、もう一人は彼のいとこのアンドルー・レイ、政府《ホワイト・ホール》のかなりの高官だ——大半の時間、海軍局の仕事でこっちにいるんだ。きっともう、われわれのテーブルは用意されてるにちがいない。キャロルが待っているからな、提督との話が終わるのを——スカイブルーの上着に白いパンタロンをはいた背の高い男だ。ホーンディーンの向こうの町に厩舎をいくつか持っている」

「競走馬の？」

「ああ、そう、そうとも。彼のじいさんがかの名馬ポット・エイト・オーズ《POTOOOOOOOo》の馬主だったんだ。だから、血だな。きみもひと勝負やるか？ ここでやるゲームはフランス式だが」

「いや、やめておこう。だけど、きみのそばにすわっているよ、もしよければ」

「そいつはいいぞ。きみのつきがおれにもちょっとまわってくるかもな。ゲームとなると、おまえさん、いつもついてるからな。さてと、あそこのデスクでチップを買ってこなくては」

ジャックが席をたっているあいだ、スティーブンは部屋のなかをぶらぶらまわってみた。テーブルの多くはすでに客で占められていて、科学的なホイストが真剣に、静かに進められていた。しかし、スティーブンには夜はまだ本格的には始まっていない、そう感じられた。何人か、海軍関係の知人に会った。その一人、ヘニッジ・ダンダス艦長が声をかけた。「今夜はジャックがやっぱりラッキー・ジャック・オーブリーであることを証明してほしいもんだなあ。このあいだ、わたしはここにおって……」

「やあ、ヘニッジ、そこにいたのか」と、ジャックが声をあげて、二人のほうへやってきた。「きみもやるかい？」

「いや、やらんよ、ジャック。こちとら半給休職俸《ハーフ・ペイ》の貧乏人は、きみみたいなお大尽とはつきあえん」

「じゃあ、スティーブン、行こうか。みんなちょうど席につくところだ」と、ジャックはスティーブンを部屋のいちばん奥へ案内していった。

「レイ判事」と、彼は声をかけて、「紹介させてください、ドクター・マチュリン、わたしの特別な友人です。ミスタ・レイ。ミスタ・キャロル。ミスタ・ジェニンズ」

一同はたがいに会釈し合い、丁寧な挨拶を交わして、緑のベイズリー織りの幅広の椅子に腰を降ろした。レイ判事は社交生活にまでいかにも判事然とした冷酷さをもちこんでいたが、スティーブンは、尊大だという以外はほとんどなんの印象も受けなかった。判事のいとこのアンドルー・レイは判事よりいくぶん若く、見るからにずっと知的そうな人物だった。海軍本部の行政機関の何人かの長の下で働いていた。だから、スティーブンは大蔵省や官吏選考局とのつながりで、この男のことを聞いたことがあった。ジェニンズは取りたてて言うほどのこともない男だ。巨大なビール製造会社を相続している。青白くて生気のない大きな顔だった。だが、キャロルははるかに興味をひかれる人物だった。背丈はジャックとおなじくらいあったが、横幅はない。長い顔は馬そっくりだが、その馬面には非常に強い生気と機知があふれていた。カードを切りながら、彼の楽しそうな目が――ジャックとおなじ青い目が――スティーブンの顔に止まった。にっこりと笑った。思わず釣られて笑いかえしてしまったほど妙に愛想のいい笑みだった。彼の両手のなかからカードがおとなしくひと流れになって滑りだしていった。

一人ずつ順にカードを引いて、アンドルー・レイが親になった。スティーブンには、このゲームの仲間うちのやり方はわからなかったが、基本的なやり方は単純でよくわかった。しばらくのあいだは、それぞれのあげる「イマジナリー・テン」とか「ルージュ・エ・ノワール（レッド・アンド・ブラック）」とか、「シンパシー・アンティパシー」、「セルフ・アンド・カンパニー」といったかけ声が充分におもしろかった。それに、五人の顔を観察するのも楽しかった。判事の尊大な顔は密かな喜びをもらしたと思うと、つづいて苦々しい表情が浮かんで、口元が不機嫌にゆがんだ。判事のいとこのアンドルーはわざとのんきそうに装っているが、ときどき急にきらめく目がそれを裏切っている。キャロルは熱の入った真剣な表情で、彼のすべてが生き生きと輝き、そんな表情を見ていると、スティーブンは、ジャックが自分の艦を戦闘に持ちこむときの顔つきを思いだした。そんな彼ら全員とジャックは非常にうまくつきあっているようだった。生気のないジェニンズとさえだ。まるでこの四人と数十年来の知己のようだが、つきあいの長さなどさして重要ではない。ジャックは、あけっぴろげで親しみやすい性格のおかげでむかしから仲間たちとうまくつきあっていたし、去勢牛の話題しかない土地の紳士たちともうまくつきあっている、それはスティーブンもよく知っていた。

テーブルの上に金はなく、あるのはチップだけだった。チップは一つの場所から別の場所へと動いているが、まだ決まった流れはない。いろいろな形のチップがなにを表わしているのか、スティーブンにはわからなかったので、興味は急速に薄れていった。あるチップの形に喚起されて、彼はソフィーの魚のことを思いだした。黙って抜けだすと、にぎやかなハイ・ストリートを進んでいって、〈ジョージ・イン〉を通りすぎ、〈ホランド魚店〉に着いた。そこでみごとに太ったヤツメウナギ（自分の大好物の）二匹と、小さなマコガレイを買った。その魚を持って、彼は上陸場《ハード》へ行ってみた。そこではちょうどメントー号の乗組員たちが給料支払いのうえ解雇されたところで、焚き火をかこんで怒鳴ったりわめいたりしていた。人だかりはどんどん大きくなっていった——野獣呼ばわりされている太ったたくましい娘たち、大勢のぽん引きたち、職のない見習い水夫たち、それにスリども。焚き火は夜空のはるか高くまで赤い火明かりを送って、暗闇をいっそう深めていた。ずっと上空に邪魔されたカモメたちが見えた。照り返しを受けて羽がピンク色に染まっている。炎のなかにメントー号の副長の人形がぶらさがっていた。ぼうっとしている水兵の耳元でスティーブンは、「ご同業」とささやいた。水兵の連れの〝野獣〟が彼からおおっぴらに盗もうとしていたのだ。「財布に気をつけろ」

だが、そう言った瞬間、スティーブンは自分の脇の下から激しく包みが引っぱられるのを感じた。ヤツメウナギとマコガレイがない――すっ飛んでゆく餓鬼が、背丈が三フィートもない餓鬼が、渦巻く人の群れのなかに消えてしまった。スティーブンは魚屋へ引きかえした。彼にはもう、目の飛びでそうな値段のサケ一匹と、ひからびた赤ガレイ二匹しか買う余裕はなかった。

胸に押さえつけているうちに、魚の臭いがさらに強くなってきたので、スティーブンは包みを馬のところに残して、席へ戻った。すべてまえと変わっていないようだったが、ただジャックのチップの蓄えが少なく、まばらになっていた。彼らは相変わらず、「ペイ・ディファレンス」とか、「アンティパシー」とか声をあげているが、新たな緊迫感が生じているのは確かだった。ジェニンズの大きな青白い顔はさっきよりも汗をかいている。キャロルは興奮して、体中どこもぴりぴりしていた。二人のレイはいっそう冷静で、いっそう用心深くなっている。ジャックがカードを一枚、引こうとした拍子に、残っていたチップの一枚をテーブルから払い落としてしまった。真珠貝で作った魚だった。スティーブンが拾いあげると、ジャックが「ありがとう、スティーブン、そいつは子馬だ」と言った。

「魚に見えるけど」

「子馬というのはわれわれの隠語で、五百二十ポンドってことだよ」そうキャロルが言って、スティーブンへにっこり笑った。

「ほんとうかい？」想像していたよりもずっと、ずっと高い賭け率でゲームをやっているのだ、とスティーブンは気づいた。そこで、このばかげたゲームをもっと細かく注意して見はじめた。やがて、ジャックがこんなにたくさん、こんなにたびたび、こんなに決まって負けるのはおかしい、そう彼は思いだした。

アンドルー・レイとキャロルはだいたい勝ち組。判事は始めたときとほぼおなじで勝ち負けなし。ジャックとジェニンズはひどい負けようで、スティーブンが戻ってきて三十分とたたないうちに、二人とも新しいチップを買い求めた。この三十分のあいだにスティーブンは、なにか怪しいことがあるにちがいないと考えを決めた。持ち札を決めないでおくのにはなにか確率の法則がありそうだった。それがどういうものかはわからないが、いわば暗号のようなものを解きさえできれば、だれかとだれかが結託しているという証拠がつかめるにちがいない、そう彼は確信した。

ハンカチを落として、足下を探れるようにした。足を使うのは意志疎通する常套手段だ。だが、彼らの足はスティーブンになにも語らなかった。どことどこが結託しているのだ？　だれとだれが？　ジェニンズは負けているように見えている分だけほんとうに負けているのだろうか？　あるいは、見かけよりも腹黒い男なのだろうか？　こういうことでは「策士、策におぼれる」ということはよくあるものだ。自然の原理と政治的考え方に従うと、まず目につくところを調べ、問題のやさしい部分から解いていくのがいい方法だ。判事にはテーブルを指でトントン叩く癖がある。いとこのアンドルーにもだ。自然なことだ。だが、アンドルーの叩き方になにか特殊なところはないだろうか？　ふつうのリズムの連打というより、いろいろ変化のあるリズムを拾いあげられるような……。そうした叩き方にキャロルの生き生きした海賊のような目がそそがれているのを、自分はまちがって解釈してはいなかっただろうか？　スティーブンは判断できずにテーブルのまわりをまわって、アンドルーとキャロルの背後に立ち、テーブルの叩き方と二人の持っているカードのあいだになにか関係があることを立証しようとした。だが、そうやって移動したのは直接は役に立たなかった。二人の背後に立ってまだまもないうちに、アンドルーがサンドイッチと半パイントのシェリー酒を注文し、叩くのが止まってしまったのだ――サンドイッチを持っている片手は当然、動かすことはできない。しかし、ワインが来ると、確率の法則がふたたび浮かんできた。ジャックのつきが変わったのだ。かなりな量の魚が彼のもとに戻ってきた。そして、腰を上げたとき、腰を降ろしたときよりもいくらか金持ちになっていたのだった。

ジャックはみだりに満足感をのぞかせはしなかった。実際、同席した男たちはみんな感情を表に出さなかったので、もしかしたら金を賭けないでゲームしていたのではないか、と思うほどだった。しかし、ジャックが内心で喜んでいることはスティーブンにはわかっていた。

「スティーブン、きみはおれにつきを運んできてくれたよ」二人が馬に乗ったとき、ジャックがそう言った。「くる週もくる週も、これまで見たこともないほどひどいカードの連続だった、それをおまえさんは破ってくれたんだ」

「ぼくはサケと赤ガレイ二匹も運んできてやったよ」

「ソフィーの魚か！」ジャックが声をあげた。「いやあ、すっかり忘れてしまってた。ありがとう、スティーブン。きみは二人といない親友だよ」

酔っぱらった水兵、酔っぱらった兵士、酔っぱらった女たちを避けながら、二人は黙って馬を進め、コーシャムの町を抜けていった。モーリシャスの戦いでジャックが財産を取りもどしたことはスティーブンも知っていた。提督の取り分や代理人の手数料、役人たちが役得で取った分を差し引いても、ジャックは、敵から奪還したあの東インド貿易船一隻で、拿捕賞金によってひと財産築いた艦長たちのリストのかなりな上位を占めているにちがいない。だけど、それでも……。

家並みを通りすぎたとき、スティーブンは切りだした。「ぼくはきみに、人の友人をおとしめると言われるような不愉快なことを、言わなければならない。ついさっき、きみから大金を借りたばかりだから、礼儀として、あるいは信念としても、けちであることを褒めたりはできない、ふつうの倹約さえだ。ぼくはいま口がきけないほどびっくりしている。そして、かのアンソン卿は、卿の財産の出所はきみとおなじだが、その世界のまわりをまわっても決してなかに入ってはいかなかったと言われている、そうきみに告げるだけで満足しなければならない」

「きみの言いたいことはわかったよ」と、ジャックが言った。「彼らはいかさま師で、おれはカモだって、きみは思ってるんだろ？」

「断言はできない。ただ、ぼくがきみの立場だったら、あの男たちとは二度とゲームはしない」

「おい、おい、スティーブン、判事がか？　それに、政府のあんな高官がか？」

「告発はしない。ぼくとしては、実際はただ疑惑を抱いているだけにすぎないが、もしもちゃんと確信があったら、相手が判事であることなどまったく問題ではなくなる。たしかに、重要な組織に所属していることを無視して話すのは説得力がないし、狭量でもある。だが、たまたまぼくの知っている判事たちは悪い連中だった。彼らは権力のもつ悪しき力だけでなく、義憤のもつ悪しき力にも隷属していた。こっちのほうがはるかに有害だが……。判決をくだして宣告する者はなんの束縛も受けず、刑法上の正義だけ考えて宣告するが、自分が神の御使いだと思ったら、その正義は過剰になってしまうだろう。さらに、罪人が罪人に、しかも自衛しようのない罪人に宣告する場合、正義はもっとも見苦しいものになる。義憤は毎日、表明され、そして公から拍手喝采されるのだ！　ぼくはある知人のことをよくおぼえているが、その男は文字通り口角泡を飛ばして――唇のあいだに白い線まで作って――哀れな若者に流刑を宣告した。その若者が気だてのいい、まっすぐな性格の娼婦と性交したという罪でね。ところが、その判事自身が、下劣で、冷酷で、まぎれもない好色家だったんだ。酒好きで、女好きで、放蕩者で、ドーバー通りにあるマザー・アボットの店にこっそり通う常連客だったのさ。それにもう一人は、その男の家で飲んだワインもお茶もブランディーも関税を支払ってなかったんだが、彼は密輸業者に激しい口調で、おまえやおまえの仲間のような悪党どもから社会を守らなければならない、と言ったんだ。だけど、ぼくがきみのあの判事をプロのいかさま師だと言っているとは受けとらないでくれ。ただ彼の社会的地位がいい隠れ蓑になっているだけかもしれない」

「なるほど、連中には気をつけるとしよう。来週また会うって約束したんだが、よく目を見開いていよう。微妙な問題だ……だが、目を見開いていたって、アンドルー・レイを怒らせはすまい……」

二人が馬を歩ませて、丘をのぼっていくと、キョッキョッ、キョッキョッと、右手の向こうでヨタカが鳴いた。丘の頂上に立つ絞首台の上に長いこと止まっていた。半マイルほど進んだところで、ジャックが口を開いた。「あの男に関するかぎり、そんなことは信じられない。彼はシティの大物だからな、ほかのことはともあれ……。彼は国債の動きをよく知っていて、一度などおれに、いまストック銀行に金を預ければ、ひと月としないうちに確実に大儲けできる、そう教えてくれたんだ。はたして、パーシヴァル首相の演説があって、何万と儲けた者もいた。だが、おれはそれほどだまされやすい人間じゃないよ、スティーブン。株や公債はギャンブルだ。おれは自分がよく知っていることで着実にやるんだ——艦《ふね》と馬でな」

「それに、銀鉱山」

「あれはまったく別だよ」と、ジャックは言いかえした。「ソフィーにいつも言っているとおり、かのロウザズ家は自分の土地で石炭鉱脈が発見されたとき、石炭について知っている必要はなかった。彼らがしなければならないことはただ、専門家の話に耳を傾けること、そして、正しい秤が使われているのを確認することだけだった。それから六頭立て馬車を仕立てて、北部一の大金持ち一族になった。一族の何人が議会議員になっているのか見当もつかないし、一人はまさしくいま、海軍本部委員だ——ところが、だめなんだ、ソフィーはキンバーが我慢できないのだ。実に礼儀正しくて、親切な小男なんだがな。彼のことを山師だって言うんだよ。このあいだロンドンでソフィーと芝居を見たんだ、そこで、舞台でな、男がこう言ったんだ、『どういうわけかわからないが、おれと女房の意見が合わないときはいつも、きまって女房がまちがっているとき』だってさ。みんなが大笑いして拍手しているのに、おれはその男が実によく言ってくれた、って心のなかでつぶやいていたんだ。そこで、ソフィーの耳元で、『石炭の件もだ』ってささやいたんだ。ところが、あいつは腹から大笑いしていて、おれの言った意味がわからなかったんだ」ふうっ、とジャックはため息をついた。そのとき、まるでちがう口調になって、「おい、スティーブン、アルクトゥルスがあんなに輝いてるぞ！　あの上のほうのオレンジ色の星だ。明日は南西から大吹きになってくれる。絶対だ。ただし、よくない風だ、スープを腐らせる」

館で二人のスープは二人を待っていた。ピンク色の顔をして眠たそうなソフィーはいかにも従順な妻といったふうに二人に給仕してくれた。スティーブンがスープを飲んでいると、ジャックは部屋から出ていって、美しい船の模型を手に戻ってきた。

「ほら」と、彼は言って、「モウジィズ・ジェンキンズの作品だ。海軍工廠の彫物師のな。おれはこれを芸術と呼んでいる――ギリシャの名彫刻家、フェイディアスだってかなわんぞ。この艦《ふね》わかるだろ、もちろんな？」

スティーブンは前かがみになって、喫水線から立ちあがっているようなその艦《ふね》を見た。艦首像は化粧着をたなびかせた女性で、皿にかけた覆いをいわくありげに開いている、いや、シンバルを叩いているのだろう。ぼんやりと見覚えがあったが、像のすぐ後ろの艦首に黄色いぶち模様の犬がいて、それに目がとまったとき、ようやく艦名を思いだした。「あのおっそろしく古い——ええと、豹、レパード」

「そのとおり」と、ジャックが惚れぼれした顔で満足そうに言った。「艦尾肋骨《スターン・トランサム》の形が変わったので、きみがまごつくかもしれないって心配だったが、すぐに嗅ぎわけたな。新造艦レパード号でござい。これが例の斜め筋交《ダイアゴナル・ブレース》いだ、わかるか？ ロバーツの勧めた鉄板の肘材《ニー》はこれ。艦尾甲板の副梁受け材《クランプ》から後ろのものはすべて改造された。心配がまったくないわけではないのは最近考案された艦尾材《スターンポスト》だけだ。この模型は完全に正確な縮尺になっている。それぞれの寸法は、砲列甲板が百五十六フィート五インチ、竜骨キールが百二十フィート四分の三インチ、船幅が四十フィート八インチ、そして、トン数はわれわれの計ったところでは、千五十六トン。まさしく正真正銘の遠洋航海艦だ！ 軽喫水状態で艦尾の喫水は十五フィート八インチしかないが、船艙の深さは十七フィート六インチもあるんだ！ あの前のサプライズ号で三インチ釘がどんなに必要だったことか、おぼえているだろう？ レパード号の腹んなかは三インチ釘でいっぱいになるぞ、ほかのありとあらゆる補給品もだ、大量のな。それに〝歯〟もたっぷりある、ご覧のとおり。下甲板に二十四ポンド砲が二十二門、上甲板に十二ポンド砲が二十二門、艦首楼には六ポンド砲が二門、そして、艦尾甲板には五ポンド砲が四門、さらに、艦尾迎撃砲として真鍮製の九ポンド砲を据えるつもりだ。片舷全砲で金属弾の重さは四百八十四ポンドだ。オランダやフランスのフリゲート艦をあの海から吹き飛ばすには充分すぎるほどの火力だ。というのも、やつらは香料諸島に、あんな遠くに、戦列艦は一隻も配備していないからな」

「香料諸島」と、スティーブンはつぶやいた。それから、もっとなにかが必要だ、と感じて、「定員はどれくらいになるのだ、いまは？」

「三百四十三名だ。海尉が四名、海兵隊将校が三名、士官候補生が十名。軍医にだって助手が二名つくんだぞ、スティーブン。定員は不足していないし、広さも不足していない。それに、もう一つこの任務で魅力的なのは、やっと準備期間がもらえたことだ。しかも、おれ自身の気持ちに従って部下を選べるということだ。トム・プリングズが副長になる。バビントンはいま、西インド諸島から帰ってくる途中だ。それに、マウアットは喜望峰で拾いたいと思っている。プリングズには木曜に会える、ヘイウッド艦長といっしょにな。それに、プリングズはおれたち同様、この海域とブライ艦長について聞きたがるだろう。というのも、もしも——つまり、もしもおれが陸《おか》にあがったら、指揮を引き継ぐのはあいつなのは明らかだから」

木曜日にプリングズがやってきた。ジャック・オーブリーとスティーブン・マチュリンに再会できて率直に喜びを表わした彼は、何年も前、士官候補生だったころにマチュリンが初めて会ったときの、脚の長い、腕も長い、はにかみ屋で人なつっこい甲高い声の少年とほとんど変わっていないようだった。だが、実際には体重ははるかに増え、性格的にも人間的にもずっとたくましさを増していた。彼がいま人生の絶頂期にいてうまく泳いでいることは、幼いジョージをあやす手際や――ジョージ坊やは彼に見せるために連れてこられたのだが――ヘイウッド艦長への態度からも明らかだった。もちろんその態度は十二分に敬意を払ったものだったが、数々の任務を経験し、自分の職業を深く理解している男の態度だった。

三人が熱心にヘイウッド艦長に聞きたがったにもかかわらず、ブライ艦長についてはほとんど知ることはできなかった。

「わたしはブライ艦長に不利になることは言いたくなかった。艦長は――すばらしい航海者だったが――非常に怒りっぽい人間で、だが、自分がどうしてほかの者たちを怒らすのか、それはわからなかったのだ。ある日、乗組員全員のまえで、きさまはウソをついただろうと激しく責めたと思うと、翌日には食事に招待する――部下たちは彼とどうやって接したらいいか皆目わからない――そんな悲惨な生活にクリスチャンを――副長を――追いやっておいて、たぶん、ブライは彼一流の奇妙な心情でクリスチャン副長が好きだったのだろう。ブライも部下たちとどうやって接したらいいか皆目わからなかった――見当もつかなかったのだろう――部下たちが自分に叛旗をひるがえすと、びっくりしてしまった。奇妙な、気まぐれな男だ。このヘイウッドに月の高度観測の仕方を実に熱心に教えてくれたかと思うと、積もった恨みをこめてめちゃくちゃに罵ったよ。それに、船匠を無礼の廉で軍法会議に送った、それもランチでいっしょに航海してやっと生きのびたあとでだぞ――四千マイルも無蓋ボートで渡ってきたあげく、スピットヘッド泊地で一人の人間を裁判に送ってしまうのだからな！」

こう言ったきり、ヘイウッド艦長は黙りこんでしまい、静寂を破るのはただ木の実を割る音だけだった。当時、ヘイウッドは子どもだった。ぐっすりと眠りこんでいて目がさめると、艦《ふね》は武装して覚悟を固めた怒り狂う叛乱者たちの手に落ち、ブライ艦長は捕虜になっており、ランチが舷側から降ろされていた。ヘイウッドはためらい、あわてふためいて、下へ逃げこんでしまった。それは犯罪ではないが、勇敢な行為でもない。このことを彼は深く考えたくないのだ。

ヘイウッドの感情に気づいて、オーブリーがボトルを送った。しばらくして、マチュリンはヘイウッド艦長にタヒチの鳥についてなにか教えてもらえるか、尋ねた。貴重なものはほとんどいない、そのようだった。いろいろな種類のオウムがいたな、と艦長が思いだした。それからハト、それにカモメ、〝ふつうの種類の〟……。

二人がレパード号のちょっとした癖について話し合っているうちに、マチュリンは白昼夢におちいり、ヘイウッドが声をあげるまで、その夢からさめなかった。

「エドワーズだ！　きみたちにわたしの意見を言ってもかまわない男がおる。あいつは悪党だ、船乗りでもない。あいつなんか地獄で腐ってしまえばいい」

エドワーズは、叛乱者たちを捕まえるために派遣されたパンドラ号の艦長で、タヒチに残っていた彼らを見つけたのだった。ヘイウッドは子どもだった当時を振りかえった――艦《ふね》が見えると、彼は大喜びして陸を離れた。歓迎されるものと思って……。ぐいっとヘイウッドはグラスをあけると、苦い怒りをこめて話しだした。「あのくそったれの悪党は、われわれに手かせ足かせをはめ、パンドラの箱と名付けた代物を艦尾甲板に造った。四ヤード掛ける六ヤードの箱だ。そのなかにわれわれを押しこんだ。十四人をだぞ、無罪の者も有罪の者もいっしょくたにだ。やつはクリスチャンとほかの者たちを探しているあいだ、四カ月以上もわれわれを閉じこめたままにしておいたのだ。もちろん、彼らは見つからなかった。その間ずっと、われわれは手かせ足かせをはめられたままで、悪党はわれわれが外に出ることを許さなかった。便所に行くことすらだ。そして、われわれはまだ箱のなかにいて、まだ手かせ足かせをはめられていたとき、あの極悪非道の男は、エンデバー海峡への入り口で珊瑚礁に自分の艦《ふね》をどしあげてしまったのだ。艦《ふね》が沈んでいくとき、あいつはわれわれのためになにをしたと思うね？　なにもまったく。手かせ足かせをはずすことも、箱の鍵を開けることもしなかった。沈むまでに何時間もあったのにだ。もしも最後の瞬間に、衛兵伍長が窓から鍵束を放りこんでくれなかったら、全員、溺れ死んでいたにちがいない。実際は、ひどくもがきあっているうちに、四人が踏みつぶされて窒息死した——水が首まで来ていたから……。それから、悪党はボートを四艘降ろしたが、食料を積みこむという頭もなかった。わずかな固パンと二、三本のビーカーに入った水しかなく、それでもティモール島のクパンでオランダ船にたどりついた、千マイル以上も離れていたのだぞ。もしも航海長がいなかったら、やつはクパンを見つけもしなかっただろう……。破廉恥漢め。もしも無慈悲でないとしたら、やつが永遠に地獄に落ちるように祈って乾杯するよ」

いずれにしても、ヘイウッドは飲んだ、だが、黙って。そこでとつぜん、彼の気分が一変して、東インド諸島の海や、ティモール島やセラム島の不思議なことを話しだした。香料の梱のあいだをおとなしく歩きまわるヒクイドリ、セレベス島の息をのむほど美しいチョウ、ジャワ島のサイ、スラバヤ島の日焼けした娘たち、アラス海峡の潮の流れ。それはわくわくする話で、応接間からコーヒーが冷めますよ、という知らせが来ても、永久に耳を傾けていたことだろう。しかし、アラビアへ向かう巡礼者たちのダウ船のことを話しているうちに、ヘイウッドの声がとぎれがちになってきた。一度か二度、同じことをくりかえし、おぼつかなげに左右を見まわすと、テーブルにしっかりとつかまって、立ちあがり、立ったまま言葉もなくふらふらしていると、キリックとプリングズが部屋から連れていった。

「世界大航海になるな」と、スティーブン・マチュリンは言った。「ぼくも行きたいもんだ、残念だ」

「なんだって、スティーブン」と、ジャックが声をあげた。「きみはもう勘定に入れてあるぞ」

「ぼくの事情については知っているだろ、ジャック。ぼくはぼくの主人ではないのだ。ロンドンから戻ってきたとき、このことを心配していた。というのも、火曜に戻らなければならないんだ。辞退しなければならない、そう思う。可能性はほとんどない。だけど、すくなくとも、優秀な外科医をきみに送るように約束できる。ぼくは、実に有能な若者を知っている、手術の腕はすばらしく、該博な生物学者で——サンゴの権威なんだが——彼ならどんな犠牲を払ってでも、きみといっしょに行くよ」

「ミスタ・ディアリングとかいう男か、ロドリゲス島でとってきたサンゴをきみがぜんぶくれちまった男か？」

「いや・ジョン・ディアリングはこの午後、きみに話した男だ。ぼくのメスで死んだ」

2

郵便馬車がピーターズフィールドのはずれにさしかかったとき、スティーブン・マチュリンはカバンを開けて、四角い瓶を引っぱりだした。飲みたくてたまらない思いでその瓶を見つめたが、いまどんなに飲みたくても、危機に対してはどんな助けも借りずに立ちむかわなければならないという自分の方針に従って、思いなおし、瓶をおろすと、ぽーんと窓から放りなげた。

瓶は、草の生えた土手ではなく石にぶつかって、まるで小型手榴弾のように爆発し、アヘンチンキを道路にぶちまけた。その音に御者が振りかえったが、敵意のこもった冷たい目に凝視されると、通りかかった幌なしの二輪馬車に気をそらしたふりをして、その御者に大声で怒鳴った。「用無し馬の解体場なら、この道にそってほんの四分の一マイル先だぞ。最初の角を左さ曲がれ、あんたの馬をお払い箱にしたけりゃな」

しかし、ゴダルミンに着くと、ここで馬を代えたのだが、御者は同僚に、馬車のなかの男には気をつけろ、と言った。おかしなやつで、あんたに怒鳴りつけるかもしれねえし、大量に血を吐くかもしれねえ、キングストンで乗せた男みてえによ。そうなったら、いってえだれがその汚ねえの、片づけるんだい？

交代した御者は、そんならその男から絶対に目は離さん、どんな動きだって見逃しゃしないさ、と返した。しかし、馬車を進めてゆくうちに、もしもこの客が発作持ちなら、どんなに警戒していても、客が大量の血を吐くのを防ぐことはできない、そう悟った。だから、ギルフォードの薬屋のまえでスティーブンが馬車を止めるように頼んだとき、御者は喜んだ――この客は馬車旅のあいだ、落ちついていられるように薬を買うにちがいない、と。

実際は、スティーブンと薬屋は棚をあさって、スティーブンがハンカチに包んで持っていた二本の人間の手がすっぽり入る広口瓶を探していたのだ。ようやく見つかると、瓶のなかにその二本の手をおさめ、最高に精留されたワインを瓶の口までいっぱいに満たした。そこでスティーブンはつぶやいた。「ここにいるあいだなら、アルコール味のアヘンチンキを一パイント飲んだってかまわないだろうな……」

そのボトルは大きな外套のポケットのなかに滑りこませ、広口瓶のほうはむきだしのまま持って馬車へ戻ったので、御者が目にしたのは、新しいきれいなワインのなかにくっきりと浮きたった灰色の二本の手だった、爪の蒼くなった……。御者は一言も発せずに御者台にあがると、その興奮が馬たちに伝わって、馬たちはロンドン街道を突っ走った。リプリーとキングストンを抜け、パトニー・ヒースを越え、ヴォクスホールの通行税取り立て門を通り、ロンドン・ブリッジを渡り、そして、サヴォイ特別行政区にある〈グレープ亭〉に着いた。スティーブン・マチュリンはいつもこの旅籠に投宿しているので、こんなに早く着いて、女主人が声をあげた。「まあ、ドクター・マチュリン、こんな時間にお出でだなんて、思ってもみやしませんでした。ご夕食はまだ火にもかけてませんですよ！　スープを一杯、いかがですか、旅のあとですから、いっときの腹おさえに。おいしいスープですよ、落ちついたら、それから子牛肉はいかがで？」

「いや、ミセス・ブロード」と、マチュリンは言った。「ただ服を着替えるだけで、また出かけなければならないのだ。ルーシー、すまないが、この小さいカバンを二階に運んでくれ。瓶はぼくが持っていく。御者君、きみはこっちを頼む」

〈グレープ亭〉では、ドクター・マチュリンにも、彼のやり方にも慣れている。瓶が一本増えたところでなんの問題もない――ほんとうにその広口瓶は歓迎されないというより、むしろ歓迎された。絞首刑になった男の親指は、旅籠側が飾っておける最高の当たりものだ。絞首刑の縄そのものより十倍も当たりものだ。しかも、今回は二本もある。そこで、広口瓶はなんの驚きも引き起こさなかった。しかし、スティーブン・マチュリンがいまはやりの暗緑色の上着をまとい、頭髪に髪粉をかけてふたたび現われたとき、女主人も女中も言葉が出なかった。はにかみがちにマチュリンへ目をやり、じっと見つめ、でも、じっと見つめるようなことはしたくはないと思っていた。しかし、彼はそんな二人の視線にまったく気づかず、一言も口をきかずに二頭立て馬車に足を踏みいれた。

「あれがおなじお方だなんて、おまえ、お言いじゃないだろうね」と、ミセス・ブロードが言った。

「たぶん、結婚式においでなんですよ」と、ルーシーが胸を掻き抱いた。「正式な結婚式だわ、応接間で開かれる……」

「ご婦人がからんでいることはまちがいないわね。ご婦人がからんでないとしたら、あんなほこりまみれの殿方があんなにりゅうとして出てこられるのなんて、だれが見たことあって? でも、襟飾りの値札はとってさしあげたかったわ。でも、どうしてもできなかった。だめ、こんなに長いおつきあいでも、だめだったわ」

スティーブンはヘイマーケット通りで御者に降ろしてくれるように言い、あとは歩くからと言い添えた。実際、一時間ほども余裕があったので、彼はだいたいハイド・パーク・コーナーの方角へ向かってセント・ジェームズ・マーケットをゆっくりと通りぬけ、セント・ジェームズ・スクエアでは五、六度も角を曲がった。町なかからはずれたこの界隈では、彼の服装はなんの注意も引かなかった。ただ通りに立つ女たちは別だったが。大勢の女たち、アーケードに、店先に、玄関口に。なかには荒っぽい、怒ったような、人を小ばかにしたような女たちもいて、胸を突きだしている。食べ物売りもいる。ひどく若い女も——まだ棒のようで——こんな大都会でも客を見つけられるのが不思議なくらいだった。一人の女が、自分といっしょに来れば、明日の朝はソーセージ付きのおいしい食事を作ると言った。スティーブンは、これから恋人に会いにいくところだと言って、丁寧にその誘いを断った。だが、食べ物という思いに気持ちが駆りたてられて、彼はセント・ジェームズ・ストリートの裏手の歩行者たちがぶらついている路地に入っていった。そこで、赤く燃えるコンロで焼いたマトン・パイを一つ、老婆から買った。手づかみでそれを食べながら、さらにぶらぶら歩いた。パイを手にしながら進んでいくと、〈オールマック〉の店先に出た。店では舞踏会が催されていた。次々と到着する馬車をながめている小さな人だかりのなかで、彼は足をとめた。パイをひと口、ふた口かじると、食欲が、まったく気持ちのうえでの食欲だったのだが、なくなってしまった。となりのクラブで飼っている背の高い黒い犬が彼の横でながめていたが、その犬にパイを差しだした。クンクンと犬は臭いを嗅ぎ、迷惑そうに彼の顔を見あげると、舌なめずりをして、そっぽを向いた。チビの男の子が声をかけてきた。「おいらが食ってやるよ、ダンナさん、よかったらね」

「きみの腹の足しになるかもしれないな」と、スティーブンは言って、その場を去った。

グリーン・パークのなかを通っていくと、広い公園内は三日月の光にかすかに照らされていて、そちこちにぼんやりと二人連れの人影が見えた。そばの木立のなかにはひとり連れを待つ人たちの姿もあった。スティーブンはふだんは臆病な人間ではないが、この公園では最近、人殺しが頻繁に起こっていた。それに、今夜はいつもよりいっそう命が大事だった。片や経験が、片や思慮分別が（つまり恐れが）落ちつくように警告しているのに、心臓は実際に少年のようにどきどきしていた。そこで、近道してピカデリーに出ると、坂をくだってクラージェス・ストリートへ入っていった。

七番の家はアパート形式で賃貸ししている大きな建物で、全室に共通の門番がいた。それで、スティーブンがノックすると、ドアが開いた。

「ミセス・ビリャーズはご在宅ですか？」と訊いたスティーブンの声はかすれて、形式張っていたので、期待にはやる気持ちがのぞいてしまっていた。

「ミセス・ビリャーズ？　いや、旦那さん。あの方はもうここには住んでおられんです」門番は断固として追いはらおうという声で言い、ドアを閉めようとした。

「そんなら」と、スティーブンは言って、すばやくなかへ入り、「この家の女主人に会いたい」

この家の女主人はまさしく彼に会いたがっていた――実際、玄関広間のガラスのはまったドアの向こう側をうろうろしながら、閉められたカーテン越しにのぞいていたのだ――だが、彼になにか教えたいと思っているのでは決してなかった。女主人はなにも知らなかった――自分の家であんなことは一度も起こったことがありませんのよ。ロンドン警察の巡査のような人間がこの家の敷居をまたいだことなんて一度もなかったんですのよ。あたしはこの家の住人になにか嫌疑をかけられるようなことがないように、最大の骨折りをしてきましたし、どんなささいな違法も見逃すようなことは決してしなかったんですよ。このミセス・ムーンがどんなささいな違法も見逃すようなことは決してしなかったことは、ご近所中が、セント・ジェームズ・ストリートのすべての教会が、商店のご主人たちが、証明できますわ。

つづく話は、最高の評判を守ることがどんなに難しいか、ということだったが、どうやら、未払いの請求書の問題があるようだった。そこでスティーブンは言った——そのことでなにか手落ちがありましたら、すぐに善処し、自分が責任をもって、未払いの勘定を調べます。わたしはミセス・ビリャーズの主治医です——ここで彼は名前を名乗った——それに彼女のご家族の方たちの主治医でもあります。ですから、わたしにはそうする権限が完全に与えられているのです。

「ドクター・マチュリン！」ミセス・ムーンが声をあげた。「そのお名前の方に手紙を預かってますわ。とってきます」

夫人は彼女のデスクから一枚の紙を持ってきた。折りたたんで封をし、見慣れた字で宛名が書いてあった。いっしょにたくさんの請求書もあった。一つにまるめて、リボンでしばってある。スティーブンは手紙をポケットのなかに入れ、請求書に目を通した。

彼はダイアナが倹約家だと思ったことは一度もないし、彼女の収入の範囲内で、あるいはほかの人間の収入の範囲内で暮らしているとも一度も思ったことはなかった。それでも、請求書のなかには彼を仰天させるものがあった。

「ロバのミルク」と、彼は口にした。「ミセス・ビリャーズは肺結核ではありませんよ、マダム。たとえそうだったとしても、ああ、このロバのミルク、一個連隊が一カ月に飲むより多い」

「飲むんじゃありませんよ、旦那さん。ご婦人たちのなかにはミルク風呂に入るのがお好きな方もおられましてね、お肌のために。でも、ミセス・ビリャーズほどロバのミルクを必要とされたご婦人なんて、お目にかかったことございませんわ」

しばらくして、スティーブンは合計額を書きとめ、その下に線を引くと、「さてと、では、マダム」と、声をかけた。「ミセス・ビリャーズがこんなにとつぜん出ていくようになったいきさつを、手短に話してくださるでしょうね。部屋は、たしかミカエル祭まで借りてあったのですから」

ミセス・ムーンの説明は手短でもなかったし、とりたてて筋道立ってもいなかったが、どうやら、屈強そうな部下を五、六人つれた男がミセス・ビリャーズに面会を求めたようだった。見知らぬ男性を迎え入れることはできないとミセス・ムーンが言うと、その男は門番に、法の名のもとにその場を動くなと命じて、二階へあがっていった——男の部下たちが小さな王冠のついた警棒を引きぬいたので、だれもあえて動こうとはしなかったんですのよ。何人かが裏口をかためて台所に入ってこなかったら、あの連中がロンドン警察の巡査だなんてぜんぜんわからなかったでしょうよ……。男たちは召使いに自分たちの身分を告げ、その紳士は国務大臣とかそういった人、政府筋の人の使いだって言ったんですの。二階から甲高い声が聞こえて、やがて、その紳士と二人のお巡りさんがミセス・ビリャーズと彼女の侍女のフランス人を下へ連れてきて、馬車に乗せたんです。紳士たちはとても丁重だったんですけど、断固とした態度で、ミセス・ビリャーズがこのあたしやだれとも口をきかないようにさせたんです。彼らは外へ出て、ドアを閉めたんです。それから、その紳士は事務官を二人つれて戻ってくると、たくさんの書類を持ち去ったんです。

だれもどういうことか、わからなかった。それから木曜日になって、とつぜんマダム・グラティパスが——ミセス・ビリャーズの侍女が——戻ってきて、荷物をすっかりまとめた。侍女は英語が話せないが、アメリカという言葉は聞きとれたと思う、とミセス・ムーンは言う。ひどく運の悪いことに、その午後遅く、ミセス・ムーンが留守にしているあいだに、ミセス・ビリャーズがやってきた。一人の紳士といっしょで、彼女はミスタ・ジョンソンと呼んでいた。アメリカ人で、身なりはとても立派だったが、古めかしい鼻にかかった話し方をした。夫人のほうはいつになくはしゃいで、よく笑い、すべて荷造りできているか部屋をひとまわりして確かめると、お茶を一杯飲み、召使いたちにチップをたくさんくれて、ドクター・マチュリン宛てのこの手紙を残すと、四頭立て馬車に乗りこみ、それ以来二度と姿を見かけない。行き先についてはなにも言わなかったが、召使いたちは訊きたいとは思わなかった。ミセス・ビリャーズのことは大変に気前のいい女性だと見ているのだが、とても気位が高く、ほんのちょっと礼を欠いたり、親しげにしただけで怒りだすところがあるからだそうだった。

スティーブンは女主人に礼を言い、全額を記入した手形を渡しながら、こんな大金を現金では持ち歩くことがないので、と告げた。

「ええ、もちろんですとも」と、ミセス・ムーンが言った。「そんなことをしたら、まったく無謀というものですわ。まだ三日とたってないんですから、ほんとにこの通りで殿方が十四ポンドと時計を奪われてから。日が落ちて、まだ間もないころだったんですよ。あの、ウィリアムに椅子を持ってこさせましょうか、それとも馬車を呼びます？　外は真っ暗ですから」

「すみません、もう一度」スティーブンは訊きかえした。心は遠くに飛んでいたのだ。

「馬車はご入り用じゃないですか？　外は真っ暗ですから」

心のなかも真っ暗だった。ポケットのなかの手紙には別れの言葉と自分への解雇通知と、希望を打ち砕く言葉が書かれているにちがいなかった。「いいえ」と、彼は答えて、

「歩いてほんの数歩ですから」

ほんの数歩でボウルトン・ストリートの角のコーヒー・ハウスに着いた。彼の言ったとおり、ほんの数歩だった。だが、ドアを押しあけて、椅子に腰を落とし、コーヒーを頼むあいだに、彼の心のなかにはなんとおびただしい想いが浮かんできたことか。どんなにはしょっても言葉で表現しようとしたら追いつかないほど、想いや考え、思い出がつぎからつぎへとすばやく果てしなく浮かんできて、ダイアナ・ビリャーズとの長いつきあいの歴史をたどっていった。長くつづいたさまざまな苦しみのなかに、輝くような幸せな期間がほんのたまにちりばめられた彼女との関係。だが、最後にはうまくいくだろうと今夜までは望みを託していた彼女との関係。それでも、あまりにも心配で、心はうまくいくと完全には認めていなかった。完全に失敗したという証拠をスティーブンは見たくなかった。だからいま、しばらくそれを見つめていた。開けるまでは、なかにはまだ逢瀬を求める言葉があるかもしれない、まだ自分の望みをかなえてくれるかもしれないのだ。

ようやく、彼は封を破った。

「マチュリン――またあたしはあなたにひどいことをしてますわね。でも、今回は、ぜんぶがぜんぶあたしのせいではないのですけど……。とても不運なことが起こってしまいました、ゆっくり説明している暇はありませんが……。ただ、あたしの友人がひどく軽率なことをしてしまったようなのです。そんなこんなで、あたしは、卑劣な男たちに、警官たちに苦しめられました。彼らはあたしのわずかな持ち物と書類をぜんぶ調べ、何時間もぶっつづけであたしを尋問したんです。あたしがなんの罪を犯したと思われているのか、わかりません。でも、いまは自由の身ですので、すぐにアメリカに戻ることに決心しました。ここにミスタ・ジョンソンがいます。彼が手続きをぜんぶやってくれました。アメリカではあたし、怒りにかられて、あまりにも短気になっていました。単純で、感情的で、かたくなな小娘のように英国へ飛んで帰ってくるべきではなかったんです。こういう法律絡みの問題は——前より好転してはいるのですが——忍耐と思慮分別が必要なのですね。スティーブン、あなたには二度と会いません。あたしを許してください。でも、そのお返事を受け取ることはないでしょうけど……。どうぞ、あたしのことを忘れないでください、あたしにはあなたの友情はとても大事なものなのですから。

ダイアナ・ビリャーズ」

しばらくスティーブンは、反発と怒りと不満の炎が燃えたつなかで、この数週間ひどく心を消耗してきたことを振りかえった。自分の状況判断やまわりの意見がしばしば強く反対したのに、希望をつのらせてきたことを……。だが、炎は消え、あとにはむきだしの悲しみというより、言葉もない暗い惨めさが残った。

このコーヒー・ハウスへと通りを歩いてくるとき、彼の目は——こうしたことに慣れていたので――自分のあとをつけてくる二人の男を反射的にとらえていた。コーヒー・ハウスを出たとき、二人はまだそこにいたが、スティーブンは二人の存在にまったく関心を払わなかった。しかし、彼らはグリーン・パークのなかを進んでゆくスティーブンが危ない目に会わないように守っていたのだ。呆然として木立のあいだを縫ってゆく彼の足は、ゆっくりと東へ彼を導いていった。旅籠に着くと、彼は重く深い眠りにまっすぐに落ちていった。

なかなかはっきりと目がさめず、前日のことをぐずぐずと思いかえしていたスティーブンは、旅籠の雑用係のエイバルに救われた。彼は激しくドアを叩いて知らせた――有無を言わさぬ勢いの使者が、役所からの使者が、どうあってもドクターの手のなかに手紙を押しこまなければならないと言っていると。

「あがってきてもらえ」と、スティーブンは言った。

ごく短い手紙だった。約束の夕方四時ではなく、朝八時半に海軍本部に出頭するよう要請、いや要求していた。筆致がいつもとちがっていた。

「お返事はありますか、ドクター?」と、使者が訊いた。

「ある」と、スティーブンは答えて、おなじく形式張って冷ややかな手紙を書いた。

「ドクター・マチュリンは、シーヴライト提督に敬意を表し、今朝八時半におうかがい申し上げます」

九時十五分前、提督はまだドクター・マチュリンを待っていた。マチュリンはというと、実のところ、九時ちょうどに閲兵場を急いで横切っていた。その前に彼は海軍情報部の前の部長、サー・ジョゼフ・ブレインに出っくわしたのだった。サー・ジョゼフは優秀な昆虫学者であり、信頼できる友人だった。彼はちょうど、閣議室での早朝会議から出てきたところだった。二人は急いで言葉を交わし、マチュリンはすでに遅刻なので、今日あとで会おうと約束して、別れた。マチュリンは提督との約束へ、サー・ジョゼフはセント・ジェームズ・パークのほうへと向かっていった。

スティーブン・マチュリンが部屋に入っていくと同時に、「おい、おい、ドクター・マチュリン」と、提督が声をあげた。「いったいぜんたい、こいつはどういうことだね？　内務省の役人たちが娼婦を二人、逮捕した。二人は情報収集しておったのだ。それで、二人の持っていた書類のなかに役人はきみの名前を見つけたのだぞ」

「おっしゃっておられる意味がわかりませんが、提督」と、マチュリンは冷ややかに提督を見つめた。情報部の現部長であるミスタ・ウォリンの同席なしに提督に会うのはこれが初めてだった。

「よし、ではと」と、軍艦乗りが言った。「わしは遠回しに言うつもりはない。二人の女がおった。ミセス・ウォーガンという女と、ミセス・ビリャーズという女だ。内務大臣室ではだいぶ前から二人に目をつけておった、特にウォーガンに——わが国におる王党派のフランス人のなかの怪しい連中や、アメリカの諜報員たちとつながりをもっておったからだ。ついに当局は行動に出ることにした。まさしく潮時だったのだ。実際、ウォーガンの家で当局は実に驚くべき手紙を何通か発見した。そのうちの多くはビリャーズ宛ての手紙に同封されて送られ、そして、ウォーガンに渡されたのだ。さらに、ビリャーズの借りていた部屋では、たくさんの手紙を発見した。これもな」

提督が紙ばさみを開けると、自分自身の筆跡がマチュリンの目に入った。

「ほら、きみのだ」と、提督は言って、マチュリンがなにか言うのを待ったが、無駄だった。「わしは自分のカードをぜんぶテーブルに並べた、公明正大にな。内務省は説明を要求しておる。わしはなんと説明したらいいのかね？」

「カードが一枚、足りません」と、マチュリンは切りかえした。「どういうわけで、内務省があなたに問い合わせてきたのですか？　わたしの身分が、わたしの活動の性格がわたしに知らされることなく第三者に漏らされた、そう理解すべきなのですか？　海軍情報部とわたしが明確に結んでいる協定に反してですか？　安全な諜報活動を守るためのすべての法律に反してですか？」

マチュリンにとって諜報活動は非常に重要な仕事だ。彼はナポレオンの完全独裁政治に激しい嫌悪感を抱き、憎悪していた。そのナポレオンの独裁政治がかつて受けたことのない痛打を自分はこの種の戦いで何度か与えることができた、そう彼はわかっていた。

また、英国のさまざまな情報機関が奇妙にばらばらで、なかには衝撃を受けるほど素人っぽくどこにでも入りこんでいく諜報員もいて、そんな危険な行動が自分の有用性を、命までをも簡単に葬り去ってしまう恐れがある、そうもわかっていた。だが、わからないのは――今朝は心が鈍っているからだったが――提督がうそをついていることだった。ミセス・ウォーガンはほかの書類といっしょに、海軍本部の下級文官委員を通じて得た海軍の書類を所持していたのだ。だから、内務省はその証拠物件を提督に送り、そして、その説明を求められたのは提督本人だったのだ。提督のぶっきらぼうであけすけな迫り方に心の萎えていたマチュリンは圧倒されていたので、いま、怒りの真っ赤な炎が萎えていた心を燃えたたせるのを感じた――自分の正体が明かされてしまったことに対する激しい怒りが。

「わたしの魂にかけて」と、マチュリンはこれまでよりも強い声で言った。「要求しなければならないのは、わたしのほうです。いますぐ教えていただきたい、どうして内務大臣の役人がわたしの名前をあなたに通知するようなことになったのですか?」

提督はすっぱりと白状したものかどうか迷い、質問をうやむやにできればと願って、なだめるような口調になった。「まずはどういう処置がとられたか、それを説明させてくれ。漏洩口はすべてふさがれた。それは確信していい。われわれは女たちを別個に尋問し、ウォリン情報部部長はミセス・ウォーガンをただちに絞首刑にするに充分の証拠を引きだした。ところが、彼女には非常に身分の高い、いや、すくなくとも大変に有力な後ろ盾が何人かいて——とびきりのいい女だからなあ——その点を鑑みるに、裁判にかけるのは望ましくはなかった。また、有用な名前をいくつか、彼女自ら話したこともあって、われわれは取引することにした。つまり、彼女はある告発に対しては有罪だと認めておる。それだと、国外追放ということになる、それだけだ。われわれは重大な嫌疑もかけることができた、殺人未遂罪も含めてだ。彼女はピストルで使者の頭からかつらを吹き飛ばしたのだからな。しかし、それは不問に付すことにした。ビリャーズに関しては、もう一人の女だが、われわれは告発しないことに決定した。彼女の弁明によると、手紙の橋渡しは、単なる友情から出た行為だと考えていたそうだ——ミセス・ウォーガンと既婚者のあいだの不倫と見ていたとな。この弁明を論破するのは難しかった。しかも、彼女がアメリカ国民になっておるということは、法律上容易ならざる困難をいろいろ引きおこした。戦争の現時点で、政府は中立国アメリカとこれ以上、問題を起こしたくないと思っておる。アメリカ船から男たちを強制徴募しているのはもう充分によからぬことだ。女たちは強制徴募しておらんが……。実際に彼女は無罪だったのかもしれん。あの女を見ていると、不倫の手助けをしたという申し立てはありうるように思えてきたのだよ、実に彼女の柄に合っているとな。驚いたことに、彼女は自ら立ちあがり——ウォーガンよりはるかにいい女だった——矢のようにまっすぐ立って、野良猫のようにわれわれをにらみつけたのだ。怒りで真っ赤になって、内務省の者に激しく毒づいた——すばらしい胸をゆさゆささせてな、ハッハッ！　わしは片舷斉射を二回もくらわされたよ——もっとでもよかったがな——不倫か、ハッハッハ！」

「くだらないです、提督。あなたはわれわれを忘れておられる。わたしの質問に答えてくださるように、重ねて要求します。そんな下品なことばかり考えていないで」

肉欲をそそる生あたたかい想像を楽しんでいた提督は、ほんとうにわれわれを忘れていたのだが、この言葉で強く現実に引きもどされた。彼は真っ青になって、椅子から半ば立ちあがり、叫んだ。「いいか、ドクター・マチュリン、海軍には軍規というものがあるのだぞ」

「いいですか、提督」と、マチュリンは言いかえした。「人間の言葉には品性というものがあるのですよ。さらに言うと、このご婦人に対するあなたの話し方には好色な給仕さながらの下品さがある、そう言わざるをえません。あなたの口から出ると、最高に不快だ。下劣です、提督、鼻っ柱をへし折ったようですね。よい一日を、提督。わたしの居場所はご存じですね」

部屋から出ようとしたマチュリンは、ちょうどドアを開けようとしていた書記官と鉢合わせし、書記官の横を押しとおって廊下に出た。

「海兵隊を呼べ！」提督が怒鳴った。いまや顔が真っ赤だった。

「はい、提督」と、書記官が言った。「サー・ジョゼフがおいでになられて、ドクター・マチュリンがまだ館内におられるか、お知りになりたいと。海兵隊はただちに」

公園に通じる緑色の秘密のドアをあとにすると、スティーブン・マチュリンは怒りが引いていくのと同時に疲労がとばりのように降りてきて炎を消し、同時にあらゆる心配も消してしまうのを感じた。それでも、東へ向かって四分の一マイルも行かないうちに、膝も手も震えているのに気づいた。まるで神経が引きはがされているかのように耐え難いほど苛立ちがつのった。彼は歩調を速めた、〈グレープ亭〉へ、炉棚の上の四角い瓶へと。

ミセス・ブロードは玄関口でひなたぼっこをしていたが、通りの向こう端にスティーブン・マチュリンの姿を見つけた。まだ遠く離れているのに、彼女はマチュリンの顔色を読みとり、彼が近づいてくると、太い、ほがらかな声で「遅い朝食にちょうど間に合いましたですよ、旦那さん」と呼びかけた。「さあ、なかへ入って、食堂でお席についてくださいな。火もよく燃えてますし、甘いものもありますよ。郵便物はテーブルの上においてありましてよ。ルーシーが新聞を持ってきて差し上げますし。コーヒーもいますぐに。今日は朝食、よく召し上がれるでしょうよ、旦那さん、あんなに早くに腹ぺこでお出かけになったんですものね、通りはひどくじめじめしてましたし」

マチュリンは断った。しかし――だめですわ。二階へはあがらないほうがいいです。

お部屋はごったがえしてます。バケツや箒やらで。暗いので、蹴っつまずくかもしれませんよ。そこで、マチュリンは椅子に腰を降ろして、火を見つめた。やがて、いれたてのコーヒーの香りが部屋を満たし、彼は椅子をテーブルへ向けた。

郵便物は著者の挨拶状の付いた『梅毒研究者』と、『王立協会会報』だった。濃いコーヒーを二杯飲むと、震えがおさまり、マチュリンはルーシーが自分のまえに置いた物を自動的に食べた。彼の注意はすべて、ハンフリー・ディヴィの書いたシビレエイの電気に関する論文に注がれていた。「この男はほんとうに尊敬できる」と、彼はつぶやき、もう一切れ、厚い肉片を取りあげた。それからあのインチキ医者メイローズの論文もあった。肺結核は酸素の取りすぎによって起こるという有害な理論だ。彼はまことしやかなばかげた論文を最後まで読みとおしながら、その主張に一つ一つ反論していった。コンロ付きの卓上鍋が新しいのに取り代えられたのを目にとめて、「肉はもう食べたんじゃなかったかい?」と訊いた。

「ほんのちっちゃいのでしたから、旦那さま」と、ルーシーが答えて、もうひと切れ、マチュリンの皿にのせた。「ミセス・ブロードがおっしゃるには、肉ほど血を強くしてくれるものはないそうですよ。でも、温かいうちに召し上がらなくちゃ」彼女は、得体の知れない相手へ向かって、やさしいが断固とした口調で言った。ミセス・ブロードもルーシーも、ドクター・マチュリンが旅のあいだなにも食べていなかったのを知っているのだ、しかも、夕食も朝食もとらず、濡れたシャツを着たまま眠ったことも。マーマレードを塗ったトーストを大きくほおばりながら、マチュリンはメイローズを徹底的に論破していった。そして、自分の手が場当たり的な結論に下線を引いているほど憤慨しているのに気づいた。「ぼくも死んではいないな」

「サー・ジョゼフ・ブレインという方がお目にかかりたいそうですわ、旦那さん、もしお時間があれば」と、ミセス・ブロードが言った。ドクター・マチュリンにこんなお偉い友人がいるのを喜んでいる。

マチュリンは立ちあがって、情報部前部長のために暖炉のそばに椅子を置き、コーヒーを勧めた。そこで言った。「提督に言われて来られたのですね、図星でしょう?」

「ああ」と、サー・ジョゼフは受けて、「ただし、仲裁役としてだ、そうなるものと願っているし、信じている。親愛なるマチュリン、きみはずいぶんと手厳しく提督をやっつけたんじゃないかね?」

「そうです」と、マチュリンは答えた。「向こうが選んだどんなときでも、どんな場所ででも、もっと手厳しくやっつけてやりますよ。そうしたら、最高に愉快でしょうね。ここに戻ってからずっと、提督のご友人たちを迎えることになるって予想してましたよ。でも、提督はわたしを逮捕しようと思うほど卑怯者なんでしょうね。そうなったって、わたしは驚きはしません。そんなようなことを怒鳴っているのが聞こえましたから」

「あんなかっかした状態では、なんでもやったかもしれないがな。たぶん、彼はこうした任務では頭を使うより体を使う仕事のほうが合っているのだろう。きみもわかっているとおり、本気で逮捕するつもりなど毛頭なかったの――」

「いったいウォリン部長はなにを考えていたんです？　こんな仕事をあの男に任せるなんて。すみません、途中で口をはさんで」

「彼は病気なんだよ！　驚くほど重病だ。きみも彼本人とは思えんぐらい」

「どこが悪いんです、部長は？」

「脳卒中の非常に強い発作に襲われたのだ。彼の洗濯女が――彼は法学院に部屋を持っていたのだが――階段の下で部長を見つけた。言葉はひとことも出ないし、右の手足は完全に麻痺している。瀉血がなされた。だが、手遅れだったそうだし、望みはほとんどない」

二人は、ウォリン部長のために心から悲しんだ、凡庸ではあるがまっとうな同僚のために……。しかし、目下の状況において、彼の脳卒中がシーヴライト提督の権力を増すことは二人にも明らかだった。

ちょっと間をおいてから、サー・ジョゼフが口を開いた。「あのとき、わたしが海軍本部へ寄ったのは幸運だった。今夜、昆虫学会の大きな会合があるのをさっき、きみに伝えるのを忘れてしまったんでな。提督は怒りに駆られてひどく興奮していた。わたしは彼をなだめて――容易ではなかったが――海軍で彼のような地位にいる人物としては最大限のところまで自分自身の非を認めさせた。わたしは提督に言ってやった、まず第一にマチュリンはまったく自分の自由意志で協力してくれているのであり、われわれのもっとも大事な協力者であって、決して提督の部下ではないと。それから、きみがまったく割に合わないこの仕事をやり、自分自身の身を非常に大きな危険にさらしてくれているおかげで、われわれはさまざまな奇跡を成し遂げることができたのだということも。そのいくつか実例を挙げ、きみが受けた負傷もいくつか挙げておいた。ミセス・ビリャーズは大変な名門一族のご令嬢だということも話した。彼女はきみが……」そこでサー・ジョゼフはためらうと、マチュリンの無表情な顔を心配そうに見つめてから、また先をつづけた。「……長年、敬意を抱いているあこがれの的で、提督が想像しているような昨日今日知り合った相手ではない、と。それに、かのメルヴィル卿がきみのことを、われわれにとって戦列艦一隻に値する男だと言われたが、そのときわたしはあえて反論し、一年に四隻もスペインの財宝フリゲート艦をやっつけることのできた戦列艦は――いや、一等級戦列艦でも――一隻もいない、と言ったこともだ。それから、提督がこの明らかに難しい事件を処理するにあたって、きみをひどく怒らせてしまい、その結果、きみの協力を得られなくなった場合、第一海軍卿が報告書を要求することはまちがいなく、その報告書はわたしの手を通して提出することになるにちがいない、ということもだ。というのも、内密の話だが、きみには話していいかもしれない――わたしの情報部長引退によって、ある憶測が正しかったことが証明されたのだ。わたしは顧問の資格でいろいろな会議に出席している、ほとんど毎週だ。で、驚くほど強大な権限をもつある機関をわたしが引き受けるべきだというられしい提案がなされたのだ。このことをシーヴライト提督は知っている。彼は謝るだろう、きみがそう望めば」

「いえ、いえ、提督を徹底的に辱めたいとは思っていません。いずれにしろ、そんなのは下劣なやり方です。でも、顔を合わせたとき、友だちみたいないい顔をするのは難しいでしょうね」

「では、きみは逃げださないのだな？　われわれを見捨てはしないのだな？」と、サー・ジョゼフは言って、マチュリンの手をとり、握手した。「やれやれ、心底うれしいよ。きみらしいな、マチュリン」

「そんなことはしませんよ」と、マチュリンは返した。「でも、あなたもよくご存じのように、完全な理解なしにはわれわれの仕事はできません。提督はいつまでわれわれといっしょに？」

「ほぼ一年だ」と、サー・ジョゼフは言って、心のなかで付け加えた。「もしもわたしが彼をいちばんに撃沈しなければな……」

マチュリンはうなずくと、ちょっと間をおいてから、「たしかにわたしは、このわたしを騙そうという提督の下手な企てに腹をたててしまいました。あの海賊は率直そうな顔をして、二重スパイの嫌疑をかけられている男にどんな処置がとられたか話して、騙そうとしたのですよ、まんまとね！　あんな哀れな過去の遺物にこのわたしが騙されそうになった。並の頭の子どもだって騙されやしなかっただろうに。提督が話したのは、自分自身のほうに話す動機があったんじゃないですか？　内務省から疑われているのは、海軍の実に幼稚な卑劣漢だったのでは？」

ふーっ、とサー・ジョゼフはため息をついて、うなずいた。

「もちろん」と、マチュリンは言った。「一瞬立ちどまって考えれば、そんなことはわたしにもわかったでしょう……。どうしてあんなに思考力が失われていたのか、わからない。しかし、その思考力がこの何日ものあいだ、どこへ行っていたのか、ご存じでしょう……ゴウメズの報告書のことであんな許されないまちがいを犯してしまったのですから……」

サー・ジョゼフがよく知っているように、マチュリンはその報告書をどこかの乗り合い馬車に忘れたのだ。疲れすぎ、働きすぎの諜報員がむかしからよく犯す不注意だ。

「報告書は二十四時間以内に回収された。封も切られてはいなかった」と、サー・ジョゼフは言った。「被害はなにもなかった。しかし、きみが調子が悪いことは確かだ。わたしはウォリン部長に――気の毒にな――言ったのだ、パリから帰ってすぐにスペインのヴィゴへ行くなど、どんな人間にとっても大変すぎることだと。親愛なるマチュリン、きみは参っている。こんなふうに言うのを許してもらわなければならないが、きみはほんとうに参っている。友だちとしてわたしは、きみがきみ自身を知っているよりよくきみを知っている。きみの顔はやせ細っている。目はおちくぼんでいる。顔色はひどい。頼むから、医者の診察を受けてくれ」

「たしかに、わたしの健康状態はよくないです」と、マチュリンは言って、肝臓のあたりを叩いた。「内臓器官が充分に働いていたら、提督に食ってかかるようなことはしなかったはずですが……。いま定期的に投薬を受けていて、それで一日一日をがんばっていられるのです。しかしユダヤ人の薬で、やめたいと思ったときにやめられはするのですが、この薬のせいでわたしはおかしくなるのかもしれません。自分の患者を失ったとき、判断力が鈍っていたのかもしれないと思えて、そんな疑念がひどく自分にのしかかっているのです」

マチュリンはめったに人を信用しないが、サー・ジョゼフはとても好きで、尊敬している。いま、苦しみに駆られて、彼は言った。「教えてほしい、ブレイン、この事件にダイアナ・ビリャーズはどこまでかかわっているのか？　ぼくにとって大事なことだとおわかりでしょう……ぼくがどういうふうに心配しているか、おわかりでしょう」

「ほんとうに心から、はっきり答えられればいいと思っている。だが、正直なところ、きみに言えるのはただわたしの感じにすぎない。ミセス・ウォーガンは大方において、ミセス・ビリャーズを騙していたのだと思う。しかし、ミセス・ビリャーズはばかではないし、秘密の恋文が四十ページもの長さの長手二つ折り判《フールスキャップ》の書類の形をとることなどめったにあるものではない。そこで、とつぜんの出発となった——馬車で四昼夜かかってブリストルへ——当地で、一人頭二十ポンドの約束で六本オールのボートと漕ぎ手を雇い、ランディ泊地で風避けしていたサーン・スーシー号に渡った——このことが、良心の呵責にかられたという意見に真実味を与えているのだ。しかし、わたしには、急いだのはミスタ・ジョンソンの事情だと思える、純粋に個人的な動機によるのだとな。アメリカ人として、自分自身の国に価値のある情報に彼もまた関心をもたないということはないのではないか、と。しかし、われわれは、彼とミセス・ウォーガンのあいだにどんな関係も立証できていない。ミセス・ビリャーズとたぶん偶然の、ごくふつうの知り合いであるということ以外には。もちろん、アメリカ人同士としての共通の利害もあるが。しかし、結局、この活動から利益を得たのはアメリカだ、フランスではない。ミセス・ウォーガンはアメリカのアフラ・ベインだったのだ。アメリカのアフラ・ベイン」サー・ジョゼフはくりかえしたが、なんの反応も得られなかった。

「アフラ・ベイン、あの晩年に戯曲を書いた猥褻な女ですか？」ようやくマチュリンが言った。

「いや、いや。今度はきみもまちがったな」サー・ジョゼフは大いに満足して言った。「きみはふつうの人間の犯すまちがいにおちこんでいる。アフラ・ベインの倫理観については、わたしにはなにも言うべきことはない、だが、課報員としては第一級、最高だった。一週間ほど前に、わたしは彼女のアントワープ報告書の一部を手に入れた。枢密院ファイルに目を通しているときにな。報告書はすばらしかったよ、マチュリン、すばらしかった。課報部にとっては、頭の切れる賢明な女性こそいちばんだよ。アフラ・ベインは当局にド・ロイテル提督（二回にわたる英蘭戦争で功をたてたオランダの提督）がわがほうの艦艇を焼き討ちに来ると通告した。そのことに対してなんら手を打たなかったのは事実だし、艦艇が焼かれたことも事実だ。しかし、報告書自体は実に正確無比な傑作だった。そう、そうとも」

　長い沈黙がつづき、そのなかでマチュリンは、暖炉のそばにかけて物思いにふけるサー・ジョゼフについて思いをめぐらした――温和な、人のよさそうな顔、デスクの向こうで人生の大半をすごしてきた役人というより田舎紳士のような顔。その顔になごやかな表情が浮かんでいる。この鋭く大きな心のなかで一つの考えが形を成しつつあるのではないか、ふとマチュリンの頭のなかにそんな思いが浮かんだ。「もしもスティーブン・マチュリンが現実にその有用性の限界に達しているのなら、大きな失敗を犯さないうちに、この仕事からはずしたほうがいい」――この考えが、ぼくに対するまごうかたない敬意や友情、思いやり、それに謝意にさえ動かされて、抑えつけられていることはまちがいない。それにたぶん、マチュリンはまだ回復するかもしれないし、彼の力や縁故関係、この特殊な分野における彼のたぐいまれな知識をもってすればまだ役にたつかもしれない、そんな思いもあるだろう。しかし、現状では、海軍本部の立場も含めてさまざまな要件を鑑みるに、サー・ジョゼフの考えは無条件で妥当とされるだろう。実際、役人としてのサー・ジョゼフのなかでは正しい考えなのだ。うまく運営されている情報機関には、全盛期をすぎた人間や落伍者、知りすぎた人間を処理する組織があるにちがいない。廃船解体所というものはその長である人間の性格によって多少の差はあるものの、残酷さによって、あるいはいっとき忘れ去ることによって、動いているものなのだ。

サー・ジョゼフは色のうすい目が自分にそそがれているのを感じ、なにか不安な思いに駆られて、またアフラ・ベインの話に戻った。「そう。彼女はすばらしい諜報員だった、すばらしい。ミセス・ウォーガンのことはフィラデルフィアのベインと呼んでもいいかもしれない。彼女もまた繊細な詩を綴っているし、うまい戯曲も書いているからな。文学は自然科学同様、いい隠れ蓑になる、たぶん、はるかにいいだろう。しかし、ミセス・ベインとちがって、彼女は捕まってしまった。ニュー・ホランド行きの快速艦で送りだされることになる。吊されなかったのは幸運だ。わたしは女性が吊されるのは見たくない、きみもだろ、マチュリン？　ところで、忘れていたが、すべてのことはきみの役に立つし、きみもまた女性問題をかかえている。彼女は吊されない、というのも、DオブC――われらが提督ならそう呼ぶだろうが――その高貴の御仁が彼女のために口をはさんだのだ。どうやら二人はちょっと前からベッド仲間だったようだ。そういうことで、彼女はまた丁重に扱われるようにもなった――艦《ふね》では彼女専用の部屋が用意され、おそらく侍女もだろう。ボタニー湾に着いたら、強制労働はなしだ。そこで残りの日々を送ることになる。ボタニー湾！　自然科学者にとってはなんとすばらしい目的地だ！　女冒険家にとってはそうでないとしてもだ。マチュリン、きみには必要だ、きみには資格がある、休みが、元気になるための休日が。その艦《ふね》に同行したらどうだ？　腕を鈍らせないために、その女性の心を探ることもできる。われわれに明かしたよりももっとたくさんのことが秘められている、そうわたしは確信しているのだ。それに、彼女が話すことは、ミセス・ビリャーズにかかわるきみの疑いも解いてくれるかもしれない。わたしの提案をもっと心そそるものにするために、こう言ったほうがいいな――問題のその艦《ふね》の艦長はきみの友人のオーブリーだ。もっとも、彼は自分の任務のこの部分はまだ知らないが。レパード号は――レパードというのがその艦《ふね》の名前だが――ボタニー湾へ行って不運なミスタ・ブライの問題を処理するよう、すでに命令を受けている。ブライの置かれている苦境はきみも知っているな。その任務をやって、ミセス・ウォーガンを、それにカモフラージュに乗せる者たちもいっしょに引き渡したら、レパード号は東インド諸島でわれらが海軍と合流する。当地では、きみの気持ちが回復していれば、きみは最高に役に立つだろう。どうか、考えてくれたまえ、マチュリン」

マチュリンの薬欲しさは食事をしたおかげでいっときおさまっていたのだが、ぶりかえしてきて、前よりいっそう激しくなった。彼は食堂を出ると、自分の寝室へ行き、薬を飲んで、戻り、口を切った。「あの、あなたのそのミセス・ウォーガンですが、第二のアフラ・ベインで、だから、輝いたところのある女性だとおっしゃるのですね」

「たぶん、ちょっと褒めすぎたようだな。時と場合に応じられる能力があるかどうかも、付け加えるべきだった。アメリカの情報部はまだ苗木にすぎない――あそこのミスタ・ジョイといっしょに来た頭の切れる青年のことをおぼえているな――生来の頭の良さというものは――そういうものが備わっていたとしてだが――何百年という実践に取って代われるものではないのだ。しかし、そうだとしても、この若い娘はよく訓練されていた。彼女はどんな質問がされるかわかっていて、何通りもの答えを用意していた。フランスとはなんの繋がりもないとわかって、わたしはびっくりしたよ。とにかくないのだ、それは確認できた。しかし、いまわたしのやった比較は実のところ適切ではない。というのも、ファイルのなかで出会ったミセス・ベインは実に驚くほど頭脳明晰だった。状況判断する力はどんな政治家でも脱帽することだろう。ミセス・ウォーガンのほうは基本的には単純な女性のようにわたしには思える。明確に指示されていたことを越えるような要求がなされた場合いつも、蓄積されているたくさんの知識に頼るというより、直感と気力に頼るようだ」

「どうか、彼女の人相風体を詳しく話してください」

「年齢は二十五から三十だが、まだ花の盛りをすぎてはいない。髪は黒、瞳はブルー。背丈は五フィートほどだが、それより高く見える。背筋をぴんと張って立っているからだ。頭をもたげて、堂々としている。体は細いが、スタイルは非の打ち所がない。だが、こうした外見もその内面を知ると、いっそうすばらしさを増すのだ。まったく品がよく、あつかましかったり派手だったりするところがぜんぜんない。書くほうはネコ並で、単語の三つ目ごとに下線を引くし、スペルもだめだ。しかし、すばらしいフランス語を話し、乗馬もうまい。ほかにどんな教育を受けているか、それは探りだせなかった」

「まるでミセス・ビリャーズのことを話しておられるみたいだ」と、マチュリンはつらい思いで笑みを浮かべた。

「ほんとうに、そのとおりだ。そっくりなので、ひどく驚いて、なにか姻戚関係があるかもしれないと思ったほどだ。だが、そんな関係はないようだ。生まれに関して詳しいことはいま失念したが、ぜんぶファイルに書いてあるので、そのファイルがきみに渡るように手配しておく。姻戚関係はない、そう思う。しかし、ほんとうにびっくりするほどよく似ているな」

ミセス・ウォーガンのほうにも、彼女に恋する望みなき若者がいる、そうサー・ジョゼフは付け加えてもよかったのだが……。彼女のまわりをつかず離れずうろついていた青年だ。大して重要な人物ではなかったので、釈放された。彼を捕まえた当局は、彼が罪になる情報をつかんでいるという手がかりを発見できず、解放したほうがいいと判断したのだ。サー・ジョゼフは青年の深い不幸と、マイクル・ヘラパースというちょっと変わった名前しかおぼえていなかった。

「しかし、外見からして純粋そうな女性だと言ったら」と、サー・ジョゼフは話をつづけた。「わたしも、彼女に騙されたあまたの男の仲間入りをすることになるかもしれない。この事件にはいまわかっていることのほかに多くのことが秘められているし、そのもつれを解くのは大変やる価値のあることだ。いま言ったとおり、この一件がきみの腕を鈍らせはしないだろう、マチュリン、宝石を掘りあてさえするかもしれない。頼む、考えてみてくれ」

ハンプシャーへ戻る途中ずっと、マチュリンはこの件について心のなかで思いをめぐらしていた。だが、それは心の表面だけのことで、心の奥では薬欲しさに耐え、ダイアナの顔が、声が、仕草が、倫理観に欠ける女だとか軽はずみで放縦だとかいう言葉が絶えず浮かんできて、彼を苦しめた。サー・ジョゼフの誘いに関しては、どのみち彼は気に病んではいなかった。いずれにしてもほとんど選択の余地がない——実際問題として、まったくない。自分は行く。そして、もしも過去の経験がまだ案内役になってくれれば、自分のなかの自然科学者がいずれ復活するだろう。膨大な収集をやる。広大な地域が目のまえに広がる。植物や鳥、四つ足動物の新しい種や新しい属を見たら、心臓がまたドキドキしてくるだろう。そして東インド諸島は敵との遭遇をもたらし、戦うという究極の興奮以外のことはすべて消し去ってくれるだろう。しかし、過去の経験がまだ案内役になってくれるだろうか？

ロンドンやロンドンでの会合から受けた刺激は、帰路の旅が進むにつれて消えてゆき、やがて、こんなことはいままでなかったと思うほど物事に無関心になった。

スティーブン・マチュリンはこんな灰色の心でアッシュグローブ館に着いたが、館ではそんな無関心さは友人のことへは及ばなかったので、すぐになにかよくないことがあったな、とピンときた。いつもどおりジャック・オーブリーは望んでも望めないほど心温かく迎えてくれたが、彼の天候と戦争に痛めつけられた顔はいつもよりずっと赤く、体も背丈も実際より大きくなっているほどで、そんな不自然なようすには最近襲われた嵐のあとがいくつも残っていた。新しい雌の若馬は最初の三ハロン走ったところで他の馬たちよりも速く走れなくなり、荒く息をして急に立ちどまると、前足で地面を蹴ってから後ろ足で立ちあがって空気を吸うという奇妙な欠陥を暴露したそうだ。そうとわかってもスティーブンはあまり驚かなかった。キンバーの作業員たちがスティーブンのハチクマの巣を壊してしまったとわかっても驚きはしなかったし、キンバー自身が見積りに思いがけない多額な修正をして、ジャックの不興を買ったとわかっても驚きはしなかった。だが、ジャックがスティーブンを片脇に引っぱっていって、おれは海軍本部に烈火のごとく腹をたてている――海軍なんておん出てやる、将官旗なんてくそくらえ、と言ったとき、心底驚いた。おれは連中の腹黒いやり方には慣れている――最初に神に対して不敬の言葉を吐いて以来、連中には苦しめられてきた――だが、連中がおれをこんなふうに使おうと考えるなんて思ってもみなかった――前ぶれもなくこんな×××なことが言えるなんて、思っても見なかった、レパード号を輸送艦に使おうなんて……。

「陸者《おかもの》には」と、スティーブンは口をはさんだ。「それは艦《ふね》の重要な役割だと思えるのかもしれない、ほんとうの存在理由《レゾンデートル》だと」

「いや、いや。おれは輸送艦、と言ったのだぞ――」ジャックが大声をあげた。

「そう理解してるよ」

「――輸送艦なのだ、囚人の。囚人だぞ、スティーブン！　なんてことだ！　くそ読みにくい手紙が届いて、牢獄艦からおれのところにはしけが来ることになっている、と言うのだ――牢獄艦だぞ、その名のとおりな――はしけには二十人ほどのいろんな殺人者が乗っていて、おれはそいつらを受け入れ、ボタニー湾へ運ぶべし、というのだ。海軍工廠には命令書が送られていて、艦首突出部《フオアピーク》に檻と看守の居住施設が造られることになっているそうだ。くそ、スティーブン、おれのような先任の士官が自分の艦《ふね》を輸送艦にするなんて、考えてみろ、看守のまねをするなんてな！　おれはいまそんなような手紙を連中に書いているところなんだよ！　教えてくれ、スティーブン、ののしり言葉をいろいろ。それで、ほんとうに頭にきているのは、連中の命令がどんなにひどいものか、ソフィーにはわからないらしいってことなんだ。これはひどく不当な要求だが、彼らの厚かましさを考えるに、おれはエイジャックス号でがまんするって、あいつに言ったんだ。新しい七十四門艦で、すばらしい艦《ふね》だ。船艙のなかに怪しいニューゲイト監獄のやつらなんて一人も潜んでいない。だが、だめだ。ソフィーはため息をついて、もちろんそれはよく知ってますわ、と言う。そして五分後にはレパード号を褒めそやし、どんなにか楽しくて、おもしろい航海になることでしょう、とっても快適ね、むかしのお仲間や部下たちみんなといっしょなんですから、ってさ。彼女はおれを追いはらいたがっている、だれでもそう考えるよ――できるだけ早く、この国から追いだしたがっているって。というのも、レパード号は出港命令が早まって、来週の土曜に出帆するのだ」

「公平な目で見ると、二十人ほどの囚人できみの威厳がそんなに傷つけられたとは、ちょっと妙だな。きみは、フランスやスペインの捕虜たちをあんなに喜んで船艙に詰めこんだじゃないか。わずかな同胞にそんなに腹をたてるなんて……いつもきみは外国人より同胞をずっと高く見ていたじゃないか。いずれにしても、四人たちがきみと接触することは絶対にないだろう。彼らは専門の係の監視下におかれるだろうからね」

「やつらはまったくちがう。捕虜と囚人ではまったくちがうのだよ」

「自由を奪われている点では、やっぱりまったくおなじだよ。ほとんど奴隷同然の並以下の人間。ぼくたちは二人とも捕虜だったことがあるし、借金の囚人でもあった。残忍きわまりない罪を犯した大勢の人間たちといっしょに航海したこともある。ぼくの場合は、自分の威厳がそんなに犯されたとは思わなかった。しかし、最終判断をくだすのは、きみだ。だけど、思うに、よくきみが言うように、手中の鳥は人を待たず、だ。エイジャックス号はいまはまだ裸の竜骨《キール》にすぎない。だれにわかる？　就役するまでに、彼女の仕事はなくなってしまうかもしれないんだぞ。ただ表敬訪問のために航海して、フランス国旗に空砲を放ち、友好の万歳を叫ぶことになるかもしれないんだ」

「きみは、平和になるおそれがあるって言っているんじゃないだろうな？」と、ジャックは声をあげて、くるりと向きなおった「つまり、おれが言っているのは、平和は実に大事なものだ、これ以上大事なものはない――だが、予告してもらいたいものだ、ということなんだ」

「そんなことは言ってない。そんなことはぼくにはまったくわからないよ。ただぼくがきみに言えることは、エイジャックス号はすくなくともあと六カ月間は泳ぐことはないということだ。それに、干し草は太陽がかげらないうちに作れ、という諺もあるし、転がる石に虫がつく、とも言う」

「そう、そう。まったくそのとおりだ」と、ジャックが真顔で言った。「だけど、それで別の問題も出てくるんだ。六カ月というと、鉱山事業には実にありがたい。事業を軌道に乗せられるのだ、わかるだろ。しかし、それよりもっと重大なのは……いとこ同士のレイのことできみがおれに警告してくれたこと、おぼえているだろ?」

スティーブンはうなずいた。

「あのときはほとんど信じられなかったが、きみの言うとおりだった。きみが留守のあいだに、おれはクラダックの賭博店に行ったんだ。レイ判事はテーブルのそばに立っていて、アンドルー・レイと馬主のキャロル、ビール製造会社のジェニンズ、それにウインチェスターから来た彼らの友人二人が席についていた。きみに言われたあとだったから、おれはよく観察したよ。どういう手口かわからなかったが、アンドルーがいつものようにテーブルを指で叩くと、きまっておれが負けた。六回待って、確かめた。六回目にはテーブルの上にたくさんの金があり、合図はいつもよりはっきりしたんだ。おれはそいつをまねて、アンドルー・レイの注意を引き、そして言ってやったんだ、こんな協定があるんなら、ゲームはしないよ、って。『おっしゃる意味がわかりませんな』って、やっこさん言った。負けたくない仲間のために怒ってみせようとしたんだと思うが、おれはもっとよく考えてみたんだ。それで、そっちのお望みのときいつでも、もっとはっきりと説明してやるよ、って言ってやった。そうは言ったものの、合図を受けているのがだれかと言え、となったら、答えに窮してしまっただろうが……。もしもキャロルだったら、残念だな。彼のことは好きだから。だけど、あいつ、かなり青ざめていたと言わざるをえない。もっともその点となると、全員かなり青ざめていたけど。だが、だれかほかに監視役をしたい人はいるかとおれが訊くと、だれ一人として声をあげる者はいなかった。気まずいいっときだった。だから、部屋の向こうからヘニッジ・ダンダス艦長が急ぎ足でやってきて、おれのそばに立ったとき、実にありがたかったよ。くそ、まったく気まずいいっときだった」

スティーブン・マチュリンはその場を想像してみた。だが、彼の想像は実に鮮やかだったにもかかわらず、その場の気まずさを完全に思い描くところまではいかなかった——多額の金を失ったジャックの真剣な怒りはもちろん、自分が金を騙しとられたうすのろのトンマだとわかったときの、彼の烈火のごとき怒りも……。客たちのなかでもっとも大物の一人が、あけすけに、野太い声でインチキカードだと告発したとき、かなりの地位と立場の人間たちのあふれる大きな部屋に広がった沈黙も……。その沈黙のなかで、ことの重大さを悟った多くの人たちがそっと目をそらしたことも……。ジャック・オーブリーとダンダス艦長が部屋から出てゆきながら、わざとらしく交わした言葉が沈黙を破ったことも……。

「いまアンドルー・レイは各地の海軍工廠まわりに出かけている、不正運営の調査のために。だから、当分のあいだ帰ってはこないだろう。出かける前に、彼からなんの音沙汰もなかったのだが、そいつはおかしい。しかし、やつとしてもたぶん、あんなふうに言われて黙っていることはできないだろうし、おれとしては、やつが帰ってきたときに国を出ていたくはない。逃げだしたと見られたくはないからな」

「レイにはきみと決闘する気はないな」と、スティーブンは言った。「そんな侮辱を受けて十二時間も放っておいたとすれば、戦う気はない。ほかの手段で気を晴らすだろう」

「おれもおなじ考えだ。だが、おれが見つからないからと言って、やつに口をぬぐわせることはしたくない」

「ああ、いいかい、ジャック、こういう話はどこまでも広がっていくものだ、ほんとうだ。軍の命令はどんなことよりも優先する、そう世間は知っている。それにこういった問題は一年以上も尾を引くことは確かだ。この種の事件をわれわれは知っているし、不在の人間の名誉が少しでも傷つけられることはまったくない」

「それでも、おれはやつが海軍工廠まわりに必要な時間はそっくりやれるし、それにやつの……」

スネイプ提督とハロウウェル艦長がラム肉をオーブリー家の人たちといっしょに食べ

ようと持ってきて、会話は中断された。だが、ほどなくスティーブンはふたたびその話題に戻ることになった。ソフィーからは早くわたしのところに来てください、と言われていたし、三人の軍艦乗りたちはまたセント・ヴィンセント岬沖海戦の話に夢中になりだしたのだ。彼らが一発一発、砲戦をたどりだし、クルミを並べて戦列を作りはじめると、スティーブンのまえには長く静かな時間ができることは確かだったので、食堂を出ていくことはなにも難しいことではなかった。

ソフィーは開口一番、決闘ほど邪悪で、野蛮で、キリスト教に反することはこの世にない、そう強く言い切った――たとえ悪いほうがいつも死ぬとしても、決闘が邪悪なことに変わりはありませんし、実際にそうなるともかぎりませんわ……。彼女は、カライアピ号の若いミスタ・バトラーのことをもちだした。彼はあらゆる点から見て、まったく無実だったのに、十二カ月もしないうちにその負傷で死んだ。妻のジェーンはすべての愛をこめて看病したが、小さな二人の子どもとあとに残され、子どもたちに食べさせようにも、一ペニーの金もなかったのだった。

どんなことも、どんなことも――とソフィーは言って両手を握り合わせ、スティーブンの顔を涙で潤んだ瞳でじっと見つめて――ジャックが立ちあがって撃たれるのを、あるいは剣で刺されるのを防ぐことはできません。だから、彼をレパード号で出帆させることがわたしたちの絶対的な義務なんです。おふねは長いあいだ戻ってくることはできませんし、そのあいだに、すべては忘れられてしまいますわ。あるいは、あの悪辣なミスタ・レイが改心するかもしれませんし、あるいは、たぶん……ソフィーがためらったので、スティーブンはあとをつづけた。「あるいは、だれかほかの者が先にレイの頭を吹き飛ばしてくれるかもしれませんしね。ありえないことではないですよ。彼は競馬やカード仲間と頻繁につきあっているし、収入を越える生活をしている。彼の地位だと、年収は六、七百ポンドを越えはしないし、なにか所領があるようにも見えない。なのに、身なりは大金持ちのようですからね。しかし、こんなことのあとでは、賭けないでやる以外に、彼とカードをやりたいと思う人間はいないでしょう。だから、こちらが望んでいるような状況になる可能性はうすいです。逆に、レイというやつは決闘などしない男だとぼくは内心、確信してます。あんな言葉を十二時間も我慢していられるやつは、十二年でも我慢して、いやな墓のなかに入ってようやく嚙みしめるものです。愛するソフィー、心を悩ます必要はありません、誓って」

ソフィーはスティーブンの内心の確信を分かち合うことができなくて、「どうしてジャックはあんなことを言ったのかしら？」と、声をあげた。「どうしてそのまま立ち去ることができなかったのかしら？　子どもたちのことを考えるべきだったのに」

ふたたびソフィーは決闘に反対する意見をむしかえし、こんどはいままでよりももっとはるかに激しい勢いだったので、スティーブンは自分の意見はまったく変わらないと丁寧に念を押したものの、まるで彼女の意見に従わなければならない、意見に従って彼女の考えを手助けしてやらなければならないかのようだった。相手がほかの人間だったら、スティーブンは悲しくなるほど退屈しただろう。というのも、このよく取りあげられる問題には新たな論点などもうないので、必然的に彼女は、この何百年ものあいだもっと優秀な頭脳が言ってきたことをくりかえす結果になったからだ。しかし、スティーブンはソフィーをとても愛していたし、彼女の美しさや真の苦悩に深く心を動かされていたので、ほとんど苛立つことなく耳を傾け、真剣にうなずいていた。それから、彼女はちょっと口をつぐみ、（というのも、納屋のツバメのようにかわいらしく早口にさえずるのが癖の彼女は、びっくりするほど早くしゃべっていたので、言葉がもつれてしまったのだ）ふうっと息を吸うと、こう言ってスティーブンを解放した。「じゃあ、親愛なるスティーブン、あなたはわたしとおなじ気持ちなので、ジャックを説得してくださらなくちゃね。あなたはわたしよりはるかにずっと頭がよくていらっしゃるから、わたしのまったく思いおよばなかった理由を見つけてくださるわね——きっと説得してくださいね。あの人はあなたの理性の世界を大事に思ってますもの」

「ああ、ソフィー」と、スティーブンはため息をもらした。「たとえジャックがそう思っていたとしても——すみません、疑問をはさむことをお許しください——この問題には理性などものの役にも立たないのですよ。ジャックはけんか好きな男ではありません、この――」このぼくと同様に、とスティーブンは言おうとしたが、相手がソフィーなので、真実味のある言葉をあげ、「ここの司祭と同様に」と言った。「ジャックには分別がありすぎるほどあります。しかし、この長い年月のあいだに挑戦を拒否した者は社会からしめだすと男たちが同意してきたので、彼の考え方など問題にはならないのです。彼の両手は縛られているのです。慣習こそすべてなのです、とりわけ陸軍と海軍では。もしも彼が拒否したら、彼の軍歴はおしまいです。自分自身に満足して心安らかに生きていくことは、一生できなくなるでしょう」

「じゃあ、心安らかに生きていくためには、自分自身を殺させなければならないのね。ああ、あなたがた男の方って、なんて世の中にしたのかしら、スティーブン」とソフィーは言いながら、ハンカチをまさぐった。

「ソフィー、ぼくの大事な宝物、あなたはあまりにも女だ。愚かになっている。そんなばかげたことを言っていると、いまに泣くことになりますよ。よく考えるのです、もし決闘となったら、かすり傷ていどで終わることはほとんどありません。いや、そうではないのです。考えなおす言葉が二言三言交わされて、仲直りする例はたくさんあるし、介添え人たちが話をまとめて空に二、三発ピストルを放ち、それで終わりにすることもあります。あるいは、ピストルにまったく弾丸《たま》を込めてないことも。それでもやはり、ジャックはここから離れるべきだとぼくは思います。そのレパード号に乗って、船出すべきだと。世界の果てへ行って、まっているべきだと」

「そう思って、スティーブ て、じっと彼の顔を探った。

「そう思いますか ポケットをいっぱいにして陸《おか》にあがった船乗りたちが
ぼくはたくさん見てますが、彼はそれとおなじことをしている。

やがて彼も排水溝に落ちるでしょう、海軍流に言うとね。競馬、カード、普請、さらには神に禁じられた銀鉱山まで。船旅にはそんなものはない、一マイルで一万ポンドの節約、あるのは絶え間ない揺れだけ」

「ああ、なんてうれしいんでしょ、そうおっしゃってくださるなんて」ソフィーが声をあげた。「わたし、自分の胸の内をあなたに打ち明けたいって、とっても、とっても願ってましたの。でも、女が自分の旦那さまのやっていることに関して、どうしてなにか言えるでしょうか、たとえ相手が旦那さまの親友であってもです。でも、いまあなたがそう言ってくださったんで、わたし、お話ししてもいいですね。いけないかしら、夫に不実なことにはならないでしょ？　わたし、夫に不実ではないわ、スティーブン、心のどんな片隅でも、どんな秘密の部分ででも。でもね、あの人が自分の財産を風に吹き飛ばしているのを見ると、心が張り裂けるんです、あんなに苦労して、あんな恐ろしい怪我までして得たものを――あの人のあけっぴろげで、人を信じやすい性格が下劣ないかさまカード師や、競馬屋、投機屋につけこまれているのを見ると――子どもを騙すようなものですわ。わたしは子どもたちのことを考えなければならない、ってそう口にしたとき、それが欲にからんでいるからとか、自分自身の利害に関係あるからって受け取られないように願っているのですけど……娘たちには分与財産があります、けど、それもどこまでもつか、わたしにはわかりませんの。それに、ジョージに関しては……。ママがわたしに教えてくれたのは、家計簿をつけることでした。まだ貧しかったときは、わたし、一ファージングまでつけてましたのよ。わが家のなかから借金をぜんぶなくすことができたとき、とっても誇らしくて、幸せだったわ。いまははっきりさせるのがとても難しいんです。とっても膨大な出し入れがあって、奇妙な差がたくさんあって、でも、すくなくとも収入より支出のほうがずっと、ずっと多いことはわたしにもわかります。それに、そんなことがつづけられないことも。ときどき、とっても怖くなるんですのよ。そして、ときどき」と、ソフィーは声を落として、「もっとずっと恐ろしい考えが浮かんでくるんです。あの人は、ほんとうは陸《おか》では幸せじゃないんだって。だから、途方もない無茶な計画につぎからつぎへと突っこんでゆくんだって、退屈な田舎生活から逃げるところ。それに、退屈な妻からも、たぶん。あの人には幸せになってほしいんです、とっても。

ェル文学を勉強するように努力してますの。あの人がいつも話しているミス・ハーシ

ったしのことなんて、子ども扱い。でも無駄でした——どうして金星が形を変え

、まだにわからないんですもの」

「そんなことはみんな、ただ単なる想像ですよ、親愛なるソフィー、憂鬱が、ふさぎの虫が考えだしたことです」と、スティーブンは言って、ちらっと彼女を盗み見た。「それに、ぼくの見たところ、一オンスか二オンス、瀉血しなければならない。でも、あとは健康です。ジャックはここを離れて、自分が資産家であることに慣れないといけないし、また陸《おか》に戻ったときには、平らな竜骨《キール》の上で泳ぐことをおぼえないといけない」

酔っぱらって顔を真っ赤にした客たちを案内して、ジャックが、大工の残していったはしごのあいだを縫って客間のほうへやってきた。通路の向こうから通ってくる彼の大音声には不幸のふの字もなかった。だが、数時間後、ナイトキャップを耳の下までしっかりと引っぱり、ひもを結びながらソフィーに答えた彼の声には、苛立ちと頑とした響きがあった。「愛しいおまえ、こんな条件でレパード号を引き受けろだなんて、なにをどうやったって、このおれを説得できないぞ。だから、ポリッジを冷やすのに、息はとっておいたほうがいいな」

「ポリッジをなんですって？」

「ああ、ポリッジ——オートミールだよ。諺だ、おなじことを口やかましく言ったって無駄だって、それとなく臭わすときのな。それにだ、レパード号には女の一団が送られてくるのだ。むかしからおれが女を嫌っているのは、おまえもよく知っているな。つまり、女を艦《ふね》に乗せるのをだ。女は決まって問題と争いを引き起こす。ソフィー、ろうそくを吹き消す気か？　蛾が入ってきているからな」

「あなたのおっしゃるとおりですわ、ジャック。わたしはあなたに反対するようなことは今後二度と申し上げません、とりわけ、海軍のお仕事に関することはいっさい」夫がたちまち眠りこんでしまい、どんな状況であろうと目をさまさないのをよく知っていたので、ソフィーは絨毯にとくに気をつけながら、燭台とスコーンとろうそく消しを放りなげた。ジャックがベッドから這いだして、一つ一つ片づけるあいだに、ソフィーは話をつづけた。「でも、一つだけお話ししなければならないことがあります。このところ忙しかったし、嫌なことつづきでしたし、国防軍や大工さんやらのことで、わたしとちがってあなたはぜんぜんお気づきになっていないかもしれないので……。スティーブンのことをお考えにならなければ、あの方の悲しそうな、落胆したごようすを」

「しかし、最初に断ったのはスティーブンだぞ。落胆している、そう彼は言ったが、彼が来られないのはほとんど確実なことだ。それに、戻ってきてから、一言ものを言わない」

「落胆しておられます、そうわたしは確信してます。あの方はおっしゃらないけど、あの日、ダイアナがあの方をまた傷つけたことははっきりしてます。町から戻ってきたときのあの方のひどいお顔をひと目見さえすれば……。あなた、わたくしたち、スティーブンにはいろいろお世話になってますわ。ボタニー湾に行くのがなによりもあの方のためになります。平安と静けさと、あの新しく発見された生物たちがダイアナのことをくよくよ考えることから彼の心を引きはなしてくれますわ。想像なさってみるだけでいいわ、あの方がエイジャックス号が進水するまで何カ月も何カ月も、どこかのぞっとする下宿屋でじっと考えこんでいるところを――ふさぎこんで、惨めなあまりやつれはててしまいましてよ」

「やれやれ、ソフィー、おまえの言うことに一理あるかもしれない。おれはくそッ、キンバーやレパード号や、海軍本部への手紙書きに没頭していたから、ろくに考えもしなかった――もちろん、彼が憂鬱そうなのは知っていたし、彼女がまたスティーブンにひどい仕打ちをしたのだろうと察してもいた。しかし、こんなことはあいつ、ほのめかしもしなかったんだ。一度も言わなかったんだぞ――『ぼくの恋はある意味で、自分の望んでいるほどうまく進んでいない、だから、きみといっしょにレパード号で行くよ』とか、『ジャック、天候の変化はなんとか我慢できる。熱帯の気候も我慢できる』とか。すぐに気がつくべきだったなあ」

「スティーブンはあまりにもお気持ちがこまやかなんです。いったんあなたがおふねのことで気持ちを変えたと知ったら、二度とご自分の関心のあることについてはおっしゃらないんです。でも、あの方がウォンバットのことを話すのをお聞きになってらしたら――あら、ちょっとついでに申し上げればね、うまく利用しようなんて気はちっともありませんことよ――あなた、涙を誘われたことでしょうに……。ああ、ジャック、あの方はほんとうに、ひどく落ちこんでるんですのよ」

3

激しい北西風がビスケー湾に底意地の悪い波浪を押したてている。前夜からまる一日、レパード号はメイン・マストの最大縮帆したトップスルを一枚だけ張り、艦首を北へ向けて漂躊《ライツー》していた。どのマストからもトゲルンマストはとうのむかしに降ろされ、フォア・マストのトップスル・ヤードは甲板に横たえられていた。タールを流したような真っ黒い夜の奥から白い波頭がレパード号めざして迫ってきて、高くそそりたつ波山が左舷艦首にぶつかるたびに、固い水が中央甲板《ウエスト》になだれこみ、二重に固縛したボートや円材を掻きむしり、艦首をむりやり北北東へ落としてしまう。だが、そのたびに、艦《ふね》は風上へ四ポイント（四十五度）まで艦首を戻し、海水はあちこちの排水孔から流れでてゆく。艦は大きく揺れかえり、激しく身を揉む——そして、だれもが知っているとおり、風下の暗闇のさほど遠くないところに、スペインのごつごつとした岩の海岸があるのだ——黒い暗礁、黒い断崖、そのはるか高い空中へ砕け散る巨浪。どのくらい離れているのか、だれにもわからない。というのも、この三日間、空は暗く低く垂れこめて、天体観測が一度もできなかったのだ。それでも、ぼうっと陸地が潜んでいることは感じとれて、心配そうな目、目、目が南をうかがっている。

レパード号はひどい時間をすごしてきた。湾にいるにしてはひどい時間を。まるで小舟のように持ちあげられては乱暴に放りだされた。とりわけ吹きはじめのころはひどく、北西風が金切り声をあげて西から入ってくるうねりに吹きつけ、鋭い波山を切りはらい、ぶつかり合う波が騒乱し、惑乱して、レパード号を前後左右に振り動かし、艦《ふね》はまたうめき声をあげ、身を揺さぶるたびに両舷から大量の波が打ちこんだ。どのポンプも両舷当直態勢で突かれてきた。優秀な外洋航行艦、つまり切り上がり性能の良い艦というものは常に舵に敏感だが、そういう艦《ふね》の艦長でも、レパード号を乾いた状態にしておくことはできなかった。

しかし、こんな試練も終わろうとしている。索具《リギン》を甲高く掻き鳴らしていた風は半オクターブ調子を下げ、悪意に満ちたヒステリックな苛立ちをしずめていた。雲にはわずかに切れ目ができている。艦尾楼《プープ》の前端の下でジャック・オーブリー艦長はこの十二時間、水のしたたる油布製雨合羽《オイルスキン》を着たまま立ちづめで、自分の新しい預かり物の癖を見てとっていた。そしていまは、六分儀《セクスタント》を脇の下にかかえている。六分儀はすでに、雲の裂け目からさっととらえたいと思って、アンタレスの位置のあたりに角度を調整してある。

最初の好機から一時間ほどして、この巨星が現われ、細長い雲の切れ間を狂ったように北へ走ったが、オーブリーが六分儀でとらえて水平線まで降ろすには充分の時間だった。もちろん、水平線は完璧な線にはほど遠く、理想的な一直線というよりぎざぎざな山の稜線のようだったが、それでも、示度は彼が願っていたよりもよかった――レパード号にはまだ充分な操船余地があったのだ。つぎつぎとなめらかに数字を記憶しながら、彼は舵輪のところに戻り、数値を調べ、もういちど調べて、やはり満足のいく結果を得た。それから、風下の手すりへ寄っていくと、いま飲みこんだばかりの古くなったバスバン（砂糖漬けオレンジ皮入りの菓子）とマルサラ（シシリー島産の甘口白ワイン）を吐き、長年の慣れた要領でやすやすと海にゆだねた。そこで、当直士官に声をかけた。

「バビントン海尉、下手まわしするぞ。フォア・トップマストとメイン・マストの支索《ステース》帆《ル》を張る。針路は南西半点西《サウス・ウエスト・ハーフ・ウエスト》だ」そう命じながら見ると、操舵長のひげ面がコンパス箱のほの明かりのなかに入っていって、三十分砂時計をじっと見つめた。砂の最後の数粒が流れおちると、操舵長が低い声で、「ビル、行け」

すると、防水雨合羽《ターポリン》の男が吹きつける雨と海水に体をこごめ、艦首から艦尾へ張った命綱にしっかりとつかまって、艦首方向へ急いでいき、カカーン、カカーン、カカーン、カンと夜半直《ミドル・ワッチ》の七点鐘を打ち鳴らした。午前三時半だ。

バビントン海尉が下手まわしをするため総員呼集をかけようと、自分のメガホンへ手をのばした。

「待て」と、オーブリーは声をかけた。「三十分あとでも大差はないだろう。下手まわしは八点鐘に行なう――いま左舷直員を甲板にあげても、なんにもなるまい」

オーブリーは当直交代まで甲板に残っていて、下手まわしを見たい欲求に激しくかられた。だが、バビントンという大変に優秀な海尉がいる。自分が鍛えた若者が。自分が甲板に残っていたら、彼を信頼していないと表明することになるだろうし、バビントンの威厳も損なってしまう。オーブリーはもう十分だけ甲板にとどまっていると、それから艦長室に降りた。油布製雨合羽《オイルスキン》を桶の上にかけ、用意してあったタオルで海水と雨水にまみれた顔をぬぐった。寝室では、一週間そこそこでお楽しみの腕のなかから引きはなされてひどく不機嫌なキリックがせわしなく吊り寝台《コット》と格闘していた。天井からの水もれで、寝台は底の底までずぶ濡れだった。

「あの海軍工廠のまいはだ詰め屋《コーカー》どもめ」と、艦長付き給仕はぶつくさ言った。「てめえの仕事も知らねえ……自分が突っこんでやる……ああ、あっしが突っこんでくれるわ……真っ赤に焼いた詰め鑿をやつらの……」そんな想像が彼を喜ばせた。むっつり顔がやわらいで、いくらかはおだやかな顔つきになり、大声を張りあげた。「さあ、艦長、もうお休みになれるです。その髪の毛、まだ乾いてないすな」最後は厳しい口調だった。

実際、オーブリーの頭髪は黄色の長い吹き流しのように背中まで垂れていた。キリックはその髪の毛を布のようにぎゅっとしぼると、そんなに多くもねえし、むかしみてえでもねえと言いながら、きちっと編み、そこで部屋から出ていった。

いつもなら、ジャック・オーブリーは寝る前の儀式も省略して、消されたろうそくのようにまっすぐに眠りに落ちるのだが、いまは、揺れる吊り寝台の上から天井に吊したコンパスへ目を据えていた。吠える嵐の怒声、舷側に砕ける波音、ぴんと張りつめた無数のロープ類が一つとなって船体に伝える歌、コンパスを見つめてほどなく、そんな音のなかにもっと低い雷鳴のような音が加わった。また轟き、さらに低い調子を添えた。これは、左舷直員たちが駆けあがってくる足音だ。四時間の眠りからさめて、自分の任務につこうと艦尾昇降口からくりだしてくる——艦首と中央部の昇降口は密閉されているのだ。レパード号が艦首を風下に落としだすと、ほとんど同時にコンパスの方位基線の下でコンパスカードがまわりだした——北北東、北東微北、北東、それからまわり方が速くなって、南東、そこで風音がほとんど消えた。さらにゆっくりと、ゆっくりとまわって、南西、南西半点西、そこで止まった。レパード号は下手まわしを終えた。いまや艦《ふね》は右舷開きになり、生き生きと螺旋を描くような動きで波また波を乗りこえだした。オーブリーの目が閉じた。口が開いた。開いた口から喉をこするような、震わせるような野太い大音声のいびきが轟きだした（というのも、彼は仰向けで寝ており、となりには彼をつねったり、背中を押したりする女房がいないからだった）。

眠っている男の頭から数フィートと離れていない上の艦尾楼で、叫んだり、怒鳴ったり、号笛を吹いたり、走りまわったりしても、いっときのあいだ一度もオーブリーの眠りを妨げはしなかった。その顔にはまったく意識はないが、ときどき笑みがよぎる。一度など、夢のなかで笑い声をたてた。だが、軍艦乗りの頭はどこかがいぜんとして働いているものだ。というのも、午前直の二点鐘にオーブリー艦長は目をさますと、夜のあいだに海はすっかり静まり、風は南へ向かって吹きつづけ、レパード号は快適な六ノットを出しているとわかっていたのだ。

「このコーヒー、暖めなおしだな。煮立ってる」ジャック・オーブリー艦長が紫色になった自分のコーヒーをのぞきこんだ。

キリックの顔は不快な、引きつった表情になり、「ほかのもんが汗水流して働いてたあいだ、ずっと吊り寝台で寝とったら、それなりのものを飲むさ」という思いがほとんど口から出そうになった。だが、現にコーヒーは煮立っており、艦長が天下のこの時代にはそんなことを口にするのは吊し首にもなりかねない罪なので、彼は無愛想に鼻を鳴らすと、「別のポットを持ってくるです」と言って自分を抑えた。

「ドクターはどこにいる？　それから、バターに親指を突っこむな」

「朝直の六点鐘から働いておられるです、旦那さま」キリックはわざとそう言った。そこで声をひそめて、「勝ち目はねえ、とうていねえ」

「じゃあ、すっ飛んでいって、ドクターに伝えろ、ひどく煮立ったコーヒーが入ってます、もし我慢できれば、と。それからプリングズ副長に伝言だ、会えればうれしいとな」

「おはよう、トム」トマス・プリングズ副長が現われると、オーブリーはそう声を張った。「そこへ掛けて、コーヒーを。こんなんでも我慢できるって顔だな」

「おはようございます、艦長。喉は通るでしょうから、ありがたいです」

「かなり悪い報告があるな、図星だろ？」副長のやつれた、心配そうな顔を見て、オーブリーは言った。

「はい、艦長、そのとおりです」と、プリングズは首を縦に振った。

「マストが裂けたのでなければいいが？」

「それほどひどいことではありません。しかし、囚人たちが監督官の首を絞めたんです。それに囚人付きの医者が船艙に落ちて、首の骨を折ってしまって……。囚人たちはみんな、多かれ少なかれ死んでます、ひどい船酔いで。女たちの一人はひきつけを起こして、金切り声を張りあげてます。下は汚いのなんのって、信じられないくらいです。海兵隊を数人、監視につけました、ただ万一の場合を考えて。ですが、いま、ハエ一匹殺せるやつもいないです——パンケーキみたいにぺちゃんとなっていて、うめき声あげる力もろくにありません。でも、艦長、その件と艦首のチェイン・ポンプが詰まっているのと、フォアのトップ台の揚げ索《ハリヤード》がひどくこすれているのと、第一斜檣《バウスプリツト》の繋索《ガモニング》がちゃんとしてないのと別とすれば、あとはすべてきちんとしてます、まあまあきちんと」

「首を絞めたのか？」ヒューーッ、とオーブリーは口笛を吹いた。「死んだのか？」

「完全に。脳みそが甲板中に飛び散ってました。囚人たちは手かせや足かせで締めたにちがいないです」

「医者も死んだのか？」

「その件については、艦長、たしかなところはわかりません。ドクターが治療室で診ています」

「ああ、あのドクターなら治してくれるだろう。おぼえているだろう、掌砲長の頭を縫い合わせたのを、ソフィー号で。それで、彼の脳を――おお、来たか、スティーブン！おはよう。困ったことになったもんだな、やれ、やれ。だが、きみならあの医者を治してくれたんだろうな？」

「いや、だめだった」と、スティーブン・マチュリンが答えた。「切れた脊髄を治すことはできない。あの医者は下から引きあげる前に、すでに完全に死んでいた」

二人は黙ってドクター・マチュリンを見つめた。彼は明らかに苛立っていた。彼が苛立っているところなどめったに見たことはなかった。ちょっと気難しくなるていどで、それ以上に感情を荒立てることはなかったのだ——二人の民間人が死んだせいでないことは確かだった。二人はこれまで会ったこともないほど不愉快でつまらない人間だったからだ（もっとも、まだ埋葬されていない人間たちに対して、いまそんなことを口にしようとする者は一人もいないだろうが）。マチュリンの体中がいつもの薬を求めて悲鳴をあげていることは二人にはわからなかったが、なにかが必要なことはわかった。そこで、好意とコーヒーとトーストとオレンジ・マーマレードしか出していなかったので、いっしょにタバコも差しだした。そういった物がマチュリンの特殊な欲求を満足させはしなかったが、それらがいっしょになって欲求をなだめる効果はあった。

そのとき、プリングズ副長が口を開いて、「ああ、艦長、忘れてました。医者を船艙から引きあげていたときに、密航者を一人、発見したんです」

「軍艦に密航者？」マチュリンが声をあげた。「そんなことは聞いたことがない」と、彼はなにか探るような鋭い顔つきになった。軍艦にはドクター・マチュリンが一度も耳にしたことのない物がたくさんあるが、彼は最近、スラブ索とセルベジー索のちがいを理解するという手探りの試みをして、満足してなくもない顔で、「わたしはかなり水陸両用になったぞ」と言い、これを聞いた者たちを喜ばせたのだった。艦長と副長も心からそう思った——密航者などまったく珍しい。ほんとうに初耳だ。

ジャック・オーブリーはマチュリンに頭を下げると、「艦首艙《フオアピーク》でおぞましい仕事に取り組む前に、そいつをおがんでみよう——その海にはまれな鳥を《レラ・エイヴァス・イン・マラ・マロ》」

密航者はやせた若者で、海兵隊の軍曹が彼をつかんで、というより持ちあげるようにして、艦尾へ連れてきた。若者の顔は真っ青で、ほこりも一週間でのびたヒゲもそんな顔色を隠しはしなかった。着ていたのはシャツとすり切れた半ズボン。彼は片足を引いてお辞儀すると、「おはようございます、艦長」と言った。

「艦長に対して口をきくな」軍曹がいかにも軍曹らしい声で怒鳴ると、若者の肘をつかんで揺さぶり、倒れそうになった若者の体を引きあげた。

「軍曹」と、オーブリーは声をかけた。「その男をそこの収納箱の上にすわらせて、きみは戻っていい。さて、若いの、名前は？」

「ヘラパースです。マイクル・ヘラパース、どうぞよろしく」

「さて、ミスタ・ヘラパース、この艦《ふね》に隠れこむとは、いったいどういうつもりなのだ？」

このとき、ぐぐーっと、レパード号が風下側に傾いて、波が、いまはもううす緑色になった波が、吐き気をもよおすほどゆっくりと舷窓の上まで這いあがった。ヘラパースはいっそう青くなり、手を口にあてて吐き気を抑えたが、もうなにも出てはこなかった。全身を揺さぶる発作と発作のあいだに、彼は言葉を絞りだした。「すみません、艦長、すみません。気分が、ひどく悪いんです」

「キリック」と、オーブリーは大声で呼んだ。「最下甲板《オーロップ》のハンモックのなかに、この男を入れておけ」

しなやかな体の、ゴリラのような顔つきの男は難なくヘラパースをつまみあげると、運んでゆきながら、「ドアの柱に頭ぶっつけねえよう、気をつけろ、相棒」と言った。

「あの男に会ったことがあります」と、プリングズ副長が言った。「囚人たちが送られてくるとすぐに、あの男が艦《ふね》にやってきて、乗せてもらいたいって言ったんです。それで、船乗りではないとわかりましたから――彼自身は船乗りだって言ったんですが――本艦には陸者《おかもの》を乗せる余地はないって言って、追いかえしたんです――陸軍兵士になればいいって助言して」

そのときは、元からいる徴募兵は別として、レパード号の名簿に陸者《おかもの》は一人もいないというのはほんとうだった。ジャック・オーブリーという艦長、厳しく、ときには乱暴なことさえあるが、公平で、ムチ打ち嫌いで、とりわけ拿捕賞金にかけては幸運な艦長、という評判のおかげで、彼の艦《ふね》に人員を集めるのはさして難しいことではなかった。つまり、人員募集の知らせが広がる時間があるかぎり、徴募兵の足りない分を志願兵でいっぱいにするのはさして難しいことではなかったのだ。ただビラを何枚か作って、適当な居酒屋で面談をしただけで、レパード号の定員はいっぱいになった。前にジャック・オーブリーと航海した男たちが、自分だけしか知らない方法で強制徴募隊や水兵斡旋業者の手を逃れた優秀な船乗りたちが、にこにこ顔でやってきて、ときには友だちを二人も連れてきて、自分の名前と前の階級を思いだしてもらえると期待する——その期待を裏切られたことはほとんどなかった。ジャック・オーブリーの乗組員のことでただ一つ問題は、新米をつける中央甲板員《ウエイスター》でさえ畳帆や縮帆、操舵ができるので、鎮守府長官の手から彼らを守ることだった。それもまさしくあの日まではうまくいっていた。あの日、どんな犠牲を払ってでもただちにドルフィン号を出港させよ、という命令を受けた鎮守府長官は、レパード号から水兵を百人も引きはがして、代わりに新兵待機艦の者たちと州供出員《クオーターマン》、さらには陸《おか》の牢獄よりは海がいいという男たちのなかから六十四人を置いていったのだった。

「そうしたらですね、艦長」と、プリングズ副長が話をつづけた。「あの男、ひどくがっかりしたようすなので、絶対に報われはしないだろうって言ってやったんです、教育のある者が下甲板に加わっても——労働には耐えられないだろうし、手はいつも生皮が剝がれたまんまだろうし、掌帆手に精神棒で殴られたり尻を叩かれたり、果ては舷側通路に引きだされてムチ打ちをくらうかもしれない。それに、食卓仲間とは決してうまくやっていけないだろうしね、って。ところが、だめでした。彼はどうしても海に出たいって望んで、自分のやる気を証明してみせようとしたんです。それで、わたしはエウリュディケー号のワーナー宛に紹介状を書いてやったんです。あの艦《ふね》は百二十人も定員不足でしたから。彼はほんとうに実に丁寧に礼を言ったんですよ」

マチュリンもあの若者に会ったことがあった。〈パレード・コーヒー・ハウス〉に近づいていったとき、〈ラパース〉が彼に話しかけて、道を尋ね、時間を尋ね、ひどく熱心に会話に引きこもうとしたのだ。しかし、マチュリンは用心深い人間だ。それ以前にも大勢の人間が接近してきた。なかには奇妙なやり方の者もいた。この若者の接近の仕方は気の毒になるほど素朴で、その筋の人間でないことはほぼ確かだったが、かかわり合いになることは避けた、とりわけそのときのどんなことにも気持ちが向けられない状態では。マチュリンは〈ラパース〉にさよならを言うと、コーヒー・ハウスに入っていったのだった。しかし、そのことをここで話すつもりはなかった。性格的に黙っているほうだし、ミセス・ウォーガンのことを考えたためでもあった。彼女にはまだ会っていなかった。彼女のことはさほど重要視してないし、この航海は九カ月もつづくかもしれないので、時間はたっぷりあった。しかし、それでも、注目する価値はある。ダイアナは彼女にぼくの名前を告げただろうか？　本格的に接近するかどうかはそのこと次第だ。

オーブリーがコーヒーを飲みほして、「よく航《はし》っているな」と言った。

二人は艦尾甲板《コーターデツキ》のまばゆい陽射しのなかに出た。太陽は左舷艦尾斜め後方にもう充分あがっており、うす青い空を高く白い雲が北西へゆっくりと渡ってゆく。洗いあげられた大気はきらめき、透きとおっている。うねりは強いが規則正しく、波は深くて完璧だ。

ト
レパード号は驚く早さで打撃から立ちなおっていた。左舷開きの詰開きで、優に七ノットは出している。おそらくその航《はし》りっぷりは優雅でしなやかなフリゲート艦ではなく——ここでマチュリンの心のなかに陽気な荷馬車馬がよぎったが——二層甲板艦の頼もしい航《はし》りっぷりだろう。トゲルンマストはどれもまだ甲板の上に横たえられていた。掌帆長がひとグループを艦首へ送り、せっせと第一斜檣《バウスプリット》と取り組んで、ひどくずぶ濡れになりながら、みんなで繫索《ガモニング》を掛けまわしている。艦首楼《フオクスル》には大勢の水兵たちがいて、まるで大きな巣を張るクモたちのように這いずりまわりながら、損傷を受けた索具《リギン》を修理している。それでも、全体としてはきれいで、整っていて、きちんとして見えるので、ビスケー湾が悪意のかぎりをつくして吹き送った暴風から抜け出てまだ五時間とたっていないとは、陸者《おかもの》はだれ一人として、船乗りだってほとんど信じられないだろう。
ジャック・オーブリーはこうした状況をプロの目ですばやく見てとった。だが、そのとき、彼の眉間が曇った。士官候補生が二人、手すりの上に身を乗りだして、艦がうねりの山に乗りあげるたびに、水平線にぼうっと黒く浮かぶフィニステレ岬の遠い陸影を見つめているのだ。オーブリー艦長の指揮する艦ではどんな艦でも、若い紳士が手すりに身を乗りだすことは奨励されない。
「ウェザビー候補生」と、彼は声をかけた。「サマーズ候補生。スペインの地形が見たいのなら、マストのてっぺんにのぼれば、もっといい場所が見つかる、眺望も広がる。

望遠鏡を持っていっていいぞ、もしお望みならな。グラント二等海尉、あとの候補生は全員、第一斜檣の掌帆長に加勢させろ」

昇降口を密閉していた当て木も防水布もすでに取りはずされていた。オーブリーは舷側通路《ギャングウエイ》を進んで艦首へ行くと、艦首楼の昇降ばしごを降り、そこから中央昇降口へ行った。そこで、「しっかり手すりにつかまれ、ほら」と、マチュリンへ強く言った。というのも、波はまだ高く、暴れ馬のように航《はし》っていたのだ。ドドドッとオーブリーは下へ駆けおりると、はしごの下ですばやく上を振りかえった。ちょうどそのとき、マチュリンが上着のすそをプリングズ副長のたくましい手でつかまれ、カメのように手足をのばして宙づりになった。「ドクター、ほんとうにしっかりとつかまることだ、忘れんでくださいよ」と、オーブリーは両腕でマチュリンの体を受けとめて、下甲板《ローワーデッキ》へ降ろした。「きみの首まで折らせるわけにはいかないからな。さあ、これからは、片手は自分のため、片手は艦《ふね》のため、だ」

うす暗い下甲板では艦尾のほうまで大きな二十四ポンド砲が並び、密閉された砲門に砲口を固縛されていた。もう一層はしごを下って、最下甲板《オーロップ》の錨索庫《ケーブル・テイア》に降りると、オーブリーは手さげカンテラを持ってくるように命じた。ここには天井の格子板からごくかすかな明るみがそそいでいるだけだった。艦のこの部分は四人用に改造してあったので、なにがどこに置かれているか、もはや彼にはわからなかった。さらに下の艦首艙《フォアピーク》に降りるはしごの上で、彼は足を止めて、考えこんだ。

自分はこのレパード号で神のもとにあるただ一人の艦長だが、ここは別世界だ。不便なことに、自分の王国から切りとられた居住空間だ。最高のスピードでニュー・ホランドへ、オーストラリアへ運び、そこで空にして、軍艦の一部としての本来の機能を取りもどさなければならない空間なのだ。自給自足の世界。ここだけの補給品があり、ここだけのこの期間だけの権力者たちがいる。監督官を通してしか接触できない世界。監督官には部下たちがいて、起こった問題をすべて処理する。それにしても大所帯だ。最初は、ミセス・ウォーガンを移送する――こうした手段をとるのは実際にきわめて異例なのだが、異例に見えないようにするために――隠れ蓑として五、六人の囚人が当てられると考えられていたのだが、関係する各団体や組織では数が増えるのを断ることができなかったのだ。それで、二十人以上にふくれあがってしまった。それに囚人たちの面倒を見る監督官、医者、司祭をはじめ、通常の警備官や看守たちもいる。こうした人間たちが全員――罪を犯した者も犯していない者も――最下甲板の艦首部とその下の艦首艙で起居している。つまり水線下で。ここにいるかぎり、艦《ふね》の仕事も戦闘も邪魔することができないからだ。しかも、ここにいるかぎり、オーブリーが望んだとおり、彼らのことは忘れていられる。司祭と医者は艦尾甲板を歩くことを許されているが、ほかの自由な人間たちは――烈火のごとく怒った監督官も含めて――外気は艦首楼で吸わなければならない。また食事は、最下甲板の掌帆長室だった部屋でいっしょにとっている。

「あそこが女たちの収容されている場所だ」と、オーブリーは言って、船匠用具庫《カーペンターズ・ストアー》のほうへ首をうなずかせた。

「たくさんいるのか」と、マチュリンが訊いた。

「三人だ」と、オーブリーは答えて、「もう一人、この後ろのほうにいる。ミセス・ウォーガンという名前だ」あれこれ考えふけっていた彼はわれに返って、大声をあげた。「おーい、下の者！　明かりを照らせ」そこで、はしご段に足をかけると、駆けおりた。

錨索繋柱《ビット・ピン》のところから外板が艦首のほうへカーブして三角形の空間がのびている。壁は白く塗られ、その後ろの部分とは鉄格子で仕切られていて、うす暗い三つのカンテラで照らされていた。足もとには大量のワラが敷かれているが、一フィートほどたまったあ水とどろどろの汚物のなかに浮かんで、艦が上下するたびに上下していた。そのなかに消耗しきった男たちがさまざまな格好で横たわっていた。フォア・マストの根本に寄りかかってうずくまっている者もごく少しいた。船酔いでかすれた声でまだうめいている者は大勢いる。みんな自分がどんなところに横たわったりうずくまったりしているか、気にするどころではない。そして、みんな、手かせ足かせをはめられていた。悪臭は吐き気がするほどで、空気はひどく悪くて、オーブリーがカンテラを下げると、炎がなびいて、青白くかすかになったほどだった。檻の外に海兵隊員が二人、並んでいた。檻のなかにはドア近くに医者と警備官が二人立っていて、足もとには監督官の死体があった。頭はさんざんに殴られてぐしゃぐしゃで、スティーブン・マチュリンには監督官が死んだのはかなり前だということは明らかだった。たぶん、嵐の始まったころだろう。

「軍曹」と、オーブリーは呼んで、「艦尾へすっ飛んでけ——ラーキン航海長と船艙係を呼んでくるんだ。プリングズ副長、掃除係を二十名、すぐ呼べ。このワラで排水溝とポンプが詰まっている。片づけさせろ。死体を包むため帆を。それに縫帆手《セイルメイカー》を。ドクター・マチュリン、検視はしたいか？」

「いえ、もう充分です、艦長」と、マチュリンは言って、かがみこみ、死体のまぶたをめくりかえした。「必要なことはぜんぶわかってますから。ただ、この男たちはすぐに上へあげるべきですし、風取り帆《ウィンドセイル》を張るべきだと思いますが？　この空気では命にかかわります」

「プリングズ副長、そうしてくれ」と、オーブリーは命じた。「それから、艦首にホースを取りつけて、水除け穴から下へ通させてくれ。そうすれば、艦首のあか水溜まりまできれいに通ってくるだろう。船匠にほかのことはぜんぶ後回しにして、艦首のチェイン・ポンプを修理するように言え」そこで、看守たちのほうへ向いて、「これはだれの仕業か、知ってるか？」と訊いた。

いいえ、知りませんと看守たちは答えた——自分らは手かせ足かせをぜんぶ調べたです、できるかぎり。自然にはずれることはほとんどないし、壊れてもいないようで……こんな水と汚物のなかで、調べたんですが、どの手かせ足かせもほかのとおんなじで……。看守の一人が、骨の浮きでた大きな男のほうへぐいっと頭を振りつけ、低い声で言った。「あいつだと思います、艦長。あのでかい男。それにやつの仲間たち」大男はほとんど裸で横たわり、ひたひた寄せる汚水に洗われながら、あちらこちらへ体を寝返りさせていて、まわりにはまったく無関心だった。

航海長のラーキンが昇降ばしごを駆けおりてきた。あとから航海士も。二人が驚きの声をあげるのをオーブリーは短くさえぎって、つぎつぎと鋭く、明瞭に命令を与えると、昇降口へ向きなおって、怒鳴った。「雑巾箒係《スワッパー》、手を貸せ、スワッパー。手を貸すんだ、このののろまども」艦尾楼にまで聞こえそうなほどの大声だった。

胸の悪くなるような仕事が始まるや、オーブリーは看守長についてくるように言い、マチュリンをうながして昇降ばしごをのぼらせ、比較的明るくてきれいな錨索庫《ケーブル・テイア》へあがった。ここは汚水ははるかに少なかったが、その反面、ネズミの数ははるかに多かった。というのも、ほんとうに激しく吹かれていたあいだに、船艙のネズミたちは例によって甲板を一層か二層上へ移動し、いま艦の動揺がまだひどく激しいので、下に降りるのはよろしくないと見ているのだ。オーブリーは船匠用具庫《カーペンターズ・ストアー》のまえで足を止めた瞬間、達人の早業で一匹をけっ飛ばし、ドアを開けるように看守に命じた。このなかもまた、ワラのごった返しだったが、女たちのワラ布団は崩壊の仕方が軽く、はるかに乾いていた。二人はほとんど失神状態だったが、三番目の女は——無邪気で、おつむの弱そうな顔つきの若い娘だったが——立ちあがって、明かりに目をしばたたかせながら、「もうほとんどおさまったんかい？」と訊いた。さらに、「あたいたち、食べ物がなかったんだよ、だんなさん、何日も何日も、なんもなかったんだ」と言った。

オーブリーはちゃんと手配すると彼女に告げると、「服を着なさい」と命じた。

「もう服はぜんぜん残ってないよ」と、娘は言いかえし、「あいつら、あたいの青と黄色の亜麻布の服を盗んだんだ、モスリンの袖のついた服。奥さまがあたいにくださった服を。奥さまはどこにいるの、だんなさん？」

「やれやれ」オーブリーはつぶやきながら、艦尾方向へすこし進み、巨大な錨索のそばを通りすぎた。まだポーツマスの泥の臭いがした——とぐろのあいだにはたくさんのネズミがいた。艦首のチェイン・ポンプを修理している船匠の部下たちの脇を通って、さらに艦尾病室《アフター・コックピット》へ向かった。

「ここにもう一人、収容している」と、オーブリーは言った。「例のミセス・ウォーガンという女の一人部屋だ」

トントン、と彼はドアをノックして、大声をかけた。「なかは万事、異常ないか？」なかでなにか物音がしたが、なんの音かははっきりしなかった。看守がドアを開けると、オーブリーはなかへ足を踏みいれた。きちんと整理された部屋のなかに、若い女性がひとり収納箱の上に腰かけて、ろうそくの明かりのそばで細長いネイプルズ・ビスケット(指のような形をしたカステラ風の菓子)を食べていた。彼女はきっとして、食ってかかるような目つきさえしてドアを見た。だが、オーブリーが「おはようございます、マダム。お元気のようですが？」と言うと、立ちあがって、片足を後ろへ引き、膝を曲げて、「ありがとうございます。あたくし、すっかり良くなりましたわ」と応えた。

あとはぶざまな間がつづいた。肉体的にぶざまな……というのも、小さな部屋には――部屋というよりむしろ大きな食器棚といった感じだが――天井の梁が横に渡されているので、ドアのすぐ内側に立っているオーブリーは戸口を完全にふさぎ、卑屈な格好で背中を丸めてかがみこんでおらざるをえないのだ。室内の空間はひどく小さくて、もう一ヤードも前へ進んだら、ミセス・ウォーガンにまっすぐぶつかってしまう。それに精神的にもぶざまだった。この見るからに育ちのよさそうな若い女性になにを言っていいか思いつかないし、どう話しかけたらいいかも思いつかないのだ。彼女はその場に立って、遠慮がちに見おろしている。非常につらい時を非常に立派に切りぬけた女性――きちんとした寝棚《ボンク》、きちんとした上掛け、手回り品もすべてきちんと整えられている。ただ、ろうそくは――ここの唯一の明かりは、見過ごすことはできなかった。裸の火を見せることは、とりわけ、火薬庫からあまり離れていないところで裸の火を見せることは、艦内で犯すいちばん重い罪だ。オーブリーはじっと炎を見つめながら、口を切った。

「しかし」だが、あとがつづかない。

少したってから、ミセス・ウォーガンが言った。「おかけになりませんこと？ 申し訳ありませんが、スツールしかありませんの」

「ご親切に、マダム。しかし、時間がありませんから。ただ、カンテラを――そう、カンテラを梁から下げてください。そのほうがずっといいでしょう、カンテラを梁から下げるのです。というのも、申し上げておかなければならないが、マダム、裸の――その、むきだしの――つまり、覆いのかけられていない炎を使うことは、艦内では認めることはできないのです。炎はちょっとした――いや、ほとんど――犯罪も同然なのです」

そう言いながらも、犯罪という言葉を女性の囚人、つまり犯罪者に対して放ったのは不憫に思えた。しかし、ミセス・ウォーガンはただ後悔しているような低い声で、そうお聞きしてとても心配ですわ、ごめんなさい、二度と違反はいたしません、と言っただけだった。

「カンテラはすぐに持ってこさせます」と、オーブリーは言った。「ほかになにかお望みのことは？」

「あたくしに仕えている若い娘に来てもらえれば、とっても安心なのですが。その哀れな動物はあたくしを傷つけにきたのかもしれないって思うんですの。それから、ちょっと空気を吸う自由がいただければ……たぶん、こんなお願いは身分不相応ですわね。でも、どなたかそのネズミを持っていってくださったら、心底ありがたく存じます」

「ネズミ、マダム？」

「そうです。そのすみに。やっとのことで頭を殴ってやりましたの、あたくしの靴で——大変な戦いでした」

オーブリーはネズミを戸口から蹴りだすと、お申し出の件は処理します、カンテラはすぐに持ってこさせます、と言ってから、では、と挨拶して、部屋を出た。ミセス・ウォーガンの侍女の件を処理させに看守を艦首へ送ると、オーブリーは、パン貯蔵庫の格子壁からもれてくる明かりの下にいたマチュリンに歩み寄った。マチュリンはネズミの尻尾をつかんでかかげ、丹念に調べていた——妊娠しているネズミ、臨月に近い、ノミがいっぱいたかっている、ヒールの傷は別としても、おびただしい傷がついているネズミ。

「あれが、ミセス・ウォーガンだ」と、オーブリーは言った。「会ってみたくてたまらなかったんだ、なにしろ使者へピストルを放ったんだからな。あの夫人をきみはどう見た？」

「ドアがひどく狭くて、きみの巨体がふさいでいたから、ぜんぜん見えなかったよ」

「危険な女、という評判だ。首相にピストルを突きつけたとか、国会議事堂を吹き飛ばそうとかしたらしい——実に衝撃的なことだから、この輸送はピアニシモでやらざるをえなかったんだ、ごくひっそりとな。だから、おれは彼女に会ってみたくてたまらなかったんだ。まれに見るほど肝のすわった女だ、それは確かだ。四日間もすさまじく吹かれたのに、彼女の部屋ときたら、実にきちんとしていたよ！ なあ、スティーブン」ジャック・オーブリーは汚れた服を着替え、艦尾回廊《スターン・ギャラリー》でスティーブン・マチュリンといっしょに腰を降ろして、艦尾から新鮮な青のなかへ純白につむぎだされてゆく航跡をながめながら、そう言った。「スティーブン、あの艦首艙《フォアピーク》みたいな、あんなごった返しようを見たことがあるかい？」

オーブリーはひどく落ちこんでいた。艦首艙に関するかぎり、自分は仕事に失敗したと痛感していたのだ。洪水を引き起こすような艦の造り方にさせるべきではなかった——いちばん下の横棒と、その上にまっすぐ立てられた棒がダムの役割を果たしてしまった——いま、ジャック・オーブリーにはそうはっきりとわかっていた、簡単な処方箋のようにはっきりと。それに、監督官から報告を求めるべきだった。監督官は一週間に一度以上艦長に報告するように命じられてはいなかったが、それに、スピットヘッドで抜錨する前に、すでに自分にぶつかってきたが、確実に報告させるべきだった。いま、不運なことに、尊大で、野蛮で、うぬぼれた男は死んでしまった。ということは、囚人の監督責任を読み書きできない役立たずのばかな看守に移すか、自分自身で引きうけるか、どちらかにしなければならないということだ。もしもなにかまずいことが起こったら、海軍本部から百個のレンガのような雷を落とされるだけでなく、艦政局や輸送局、衣糧局、国防大臣、植民省、内務省、そのほか半ダースもの部局からすくなくとも会計簿や領収書、証拠書類をそれぞれ求められ、懲戒処分を申しわたされ、法外な支出の責任者である士官たちが拘束され、彼らは果てしなくつづく公文書のやりとりに巻きこまれるにちがいない。

「いや、ジャック」と、スティーブンは、自分の知っている牢獄を思い浮かべた。「見たことがないよ」どこの牢獄もおなじようにまったく汚かった、とりわけスペインのは。リスボンの地下牢獄など、もっと水びたしにさえなっていた。だが、それらの牢獄はすくなくとも揺れてはいなかった。ああした牢獄では飢えやさまざまな病気で死ぬ可能性はあったが、ただの船酔いで――もっとも不名誉な死に方で――死ぬことはなかった。「いや、ぼくは見たことがないよ。それに、いまふと思ったんだけど、四人たちの医者が死んだのだから、彼らの健康はぼくが管理しなければならないということだな。二番助手がいなくて、まったく残念だ」

四等級艦の軍医として、スティーブンは助手を二人もつ権利がある。前に乗り合わせた仲間たちも含めて五、六人の有資格者たちが彼のもとへ志願してきた。というのも、ドクター・マチュリンは医学界ではとても人気があるのだ。彼の書いた『艦船の病室改善に関する助言』や『船乗りに起こりやすい病気の予防に関する考察』、『新しい膀胱切開術』さらに、『艦上における熱病発生論』は、海軍のものを考える人びとにあまねく読まれている。彼といっしょに航海するということは、専門知識の習得や、出世の可能性、それにたいていはラッキー・ジャック・オーブリーといっしょなので、莫大な拿捕賞金獲得の可能性をも意味するのだ。たとえば、ボアディシア号の軍医助手は自分の分け前を得て海軍を引退し、バースに診療所を開いて、すでに二頭四輪馬車を仕立てるほどの成功ぶりだ。しかし、腹心の従僕をもつことを禁じる例の孤立の掟に従って、スティーブンは、同業者に関しても二度おなじ人間と乗り合わせたことはない。今度も、ただ単に自分の知人たちの志願を断っただけでなく、助手はポール・マーチン一人にかぎった。マーチンはチャネル諸島出身の優秀な解剖学者で、スティーブンの友人であり〈ホテル・ディウ〉の医者であるデュピュートランというフランス人から推薦されたのだった。というのも、マーチンは英国臣民だが、英国諸島も統治していたノルマンディ公の臣民と言ったほうが正しく、それで、マーチンはこれまでの人生の大半をフランスですごし、最近ではフランスで『骨化《ド・オシビュ》』という本を出版し、英仏海峡のどちら側でも骨に関心をもっている人たちのあいだにかなりの評判を巻きおこしたのだ。英仏海峡のどちら側でも、というのは、戦時下でも科学は自由に交流しているのだ。現に、今年の初め、スティーブンはパリの学者たちのために講演をしてくれるように招待された。

もしもダイアナ・ビリャーズが現われず、レパード号の出帆時までに克服できなかったある疑念がなければ、いまごろは両国政府の同意を得て、フランスへ旅していたかもしれなかったのだ……。

「従軍司祭《チャプレイン》が」と、スティーブンは口を開いた。「きみがいつもみんなに〝手を貸せ〟と言っているように、従軍司祭がたぶん、ぼくに手を貸してくれるかもしれない。医術を勉強して少なからぬ成功をおさめている聖職者たちをぼくは知っている。彼らは戦闘中の治療室で大いに軍医の手助けをしたとして知られているのだ。司祭たちの精神的、教育的役割は別として、彼らを有用な力をひそめた乗組員の一員として考えていいのは確かだ——軍医といえども不死身ではないからね。きみが艦に司祭を乗せたがらないのをぼくはよく不思議に思ったんだ。いまここで、例の野蛮な迷信をもちだすつもりはない、ネコとか死体とか船の聖職者にまつわる迷信を。無教養な者ならおつむが弱いので受けいれてしまうようなね。もちだしたところで、きみに少しでも影響を与えることは決してできないだろうからな」

「説明しよう」と、ジャックは重い口調で話しだした。「おれはもちろん聖職者を尊敬している、その学識もだ。しかし、軍艦が聖職者のいるべき場所とは感じられないのだ。今朝のことをちょっと考えてみてくれ……日曜日に艦上で教会を開くと、司祭はわれわれに、たがいに兄弟のように慈しみ合いなさい、他人に尽くしなさい、と説教するだろ、な。われわれはみんな、アーメン、と唱える。そして、レパード号は艦首のあの汚い穴蔵に手かせ足かせはめられたあの人間たちを乗せて航《はし》りつづける、なんの変わることもなく。だが、これは今朝ふと思ったことにすぎない。もっと大きく言うと、装塡した大砲を積んだ軍艦の乗組員に、汝の敵を愛せよ、とか、反対側の頰を出せ、とか、そんなことを言うのはおれにはまったく奇妙なことに思える、空念仏だよ、軍艦も乗組員も、できることなら敵を海から吹き飛ばすためにそこにいるってわかっているのにだ。もしも水兵たちが司祭の言うことを信じたら、軍規はどうなる？　あるいは、信じなかったら、神の御言葉をあざ笑うに等しい地獄の苦しみを味わうようになると思えるのだ。おれはむしろ、『戦時服務規定』を読んで聞かせるか、彼らの任務について一つなにか話すか、どちらかを選ぶな。自分の気持ちから出たものを、なんの拘束もなく、聖職者の白衣もなしで。ああ、そうしたら、別の効果があるさ」

そこで、ジャックは自分が見てきた海軍従軍司祭たちの大半の、嘆かわしい性質について話そうか、そのうえで、クロンカーティー卿の語り尽くされてきた逸話を引こうか、と思案した。クロンカーティー卿は彼の副長から、従軍司祭が黄熱病で死んだと報告されると、このローマ・カトリック教徒はこう応えた。「おお、それははなはだ結構」と。副長が「なんと、閣下、英国国教会の司祭に対して、どうしてそんなふうにおっしゃられるのですか？」と訊くと、卿は言った。「ああ、教派はどうあれ、とにかくこれでわたしは、従軍聖職者を讃えることのできる最初の艦長になったからだよ」

ここでジャックは、スティーブンもローマ・カトリック教徒だから、彼を傷つけるかもしれないし、とにかくこの逸話はやぶ蛇になりそうだと思い直して、なにも言わず、心のなかで「またおまえは、風受け舷を変えるところだったぞ、ジャック」とつぶやいた。


「たしかに」と、スティーブンは受けて、「それは多くの誠実な心の持ち主を悩ましてきた問題だ。ぼくからはとうていどんな解決法も提案することはできない。さて、艦首へ行って、新しい患者を見てみようと思うが。彼らはもう艦首楼にあげられているんだろうな、ネズミはどうした？　それに、きみのミセス・ウォーガンのこともある。彼女はいつ、思う存分、外気を吸えることになっているんだ？　きみに言っておかなければならないが、もし彼らが一日に一時間、天気のいいときには二度外気を吸うことができなければ、ぼくは彼らの健康に責任をもちはしないぞ」


「ああ、スティーブン、すっかり忘れていたよ。おーい、ミスタ・ニーダム」と、ジャックはまえの控えの間にいる書記官へ強く声を張った。「副長に伝言だッ」

すぐに副長のトマス・プリングズが書類の束をかかえて大急ぎでやってきた。

「いや、トム、いまは当直簿はいらない。錨索庫の艦尾側の小部屋にカンテラを持っていかせてくれ——女の囚人の一人部屋だ」

プリングズは、死んだ監督官が囚人の衣服や食料をどうしていたのか、配給品や使える補給品はどうなっているのか、さらには、一般の輸送船では囚人の運動をどうしていたのか、それも調べなければならなくなった。

「アイ・アイ・サー」いかにも有能そうに、にこやかにプリングズが言った。「それから、密航者の件もあります、艦長。どう処理したらいいでしょうか？」

「密航者？　ああ、そうだった、あの、今朝の飢え死にしかけた男だな。うん、ではと、あいつはどうしても海に来たかったんだし、結局はいま海にいるんだから、臨時雇いの陸者《おかもの》として乗組員に入れていいぞ。どんなロマンチックなことを頭に描いているのか知らんが……そんなものは下甲板がすぐにやつの頭んなかから叩きだしてくれるだろうよ」

「たぶん、女から逃げてきたんでしょう、艦長。右舷直の若いの二十名がおなじ事情です」

「ああいう体の細い若者がいとも容易に女をはらませることが多いのだ」と、スティーブンは口をはさんだ。「それに対して、村のチャンピオンのような男が教区司祭のようにのし歩いていたとしても、実際は童貞であることが比較的多い。チャンスがないのかな？　どうだろう？　細いほうに炎は燃えあがるものなのか？　うまく言い寄る手管がものを言うのか？　ともかく、彼が回復するまでは仕事につかせないことだ。あんなに衰弱しているんだからな！　パン粥をスプーンで食べさせてやらなければならないぞ、しかも、小さなスプーンで、各当直時に一度ずつ。さもないと、もう一つ死体を手にすることになる——親切心と豚肉ひと切れが彼を簡単に殺してしまいかねないからな」

スティーブンはしばらく考えをめぐらしていたが、プリングズ副長が数えきれないほどの仕事を片づけに立ち去ると、「ジャック」と口を切った。「きみは、紳士《ジェントルマン》の身分で下甲板にいた者を知っているか？」

「ああ、すこしは」

「それに、きみ自身はどうだった、士官候補生だったときに、艦長から水兵に格下げされたとき、無能だと言われて」

「あれは無能だったからじゃないぞ」

「ぼくはおぼえてるよ、艦長はきみを陸者《おかもの》と呼んだ」

「ああ、だが、色狂いの陸者《おかもの》って言ったんだ。錨索庫に娘を隠していたんで。非難されたのはおれの道徳観であって、船乗りの能力ではない」

「きみって、まったく人を驚かせるやつだ。とにかく、教えてくれ、どんなふうだった？」

「楽なところではなかった。だけど、おれは船乗りになるように育てられていたし、候補生の部屋だって楽なところではなかったしな。それに、あのときの下甲板の食卓仲間はよかった、みんなまさしく軍艦乗りだったよ。陸者《おかもの》にとっては、つまり、いい食事、いい暮らしをすべく育てられてきた者にとっては、ひどくつらい生活になるだろうな。そんな例を知っている。大学で問題を起こした司祭の息子なんだが、耐えられなくなって、死んだ。だいたいはこう言うべきだろうな——もしもその教育のある男が若くて健康で、もしも乗った艦が楽しい艦で、その男が独立独歩でやれる人間で、最初の一ヵ月かそこら生きのびることができたら、かなり可能性がある。そうでなければ、だめだ」

スティーブンは風上の舷側通路《ギャングウエイ》を艦首のほうへ進んでいきながら、心の奥底に憂鬱が巣くい、体中に薬欲しさがあふれているにもかかわらず、気分が晴れてくるのがわかった。白昼の明るさはいっそう輝きを増していたのだ。しだいに勢力の衰えていく風はすでに一点逆転していて、真横より後ろから吹いているので、レパード号は大横帆とトップスル、ローワー・スタンスルを張って気持ちよくひた航《はし》っていた。いま張っている帆一式は新品で、青空を背景にみごとな白い広がりを作っており、ぴんと張りきってなめらかにカーブするその巨大な白さはあまりにも強く、その面は見えるというよりむしろ心に迫ってくるかのようだった。そのすべての白さが、索具《リギン》の描く鋭くくっきりした直線模様のなかにおさまっていた。しかし、なによりも彼の悲しい顔を明るくさせ、うつろな目を生きかえらせたのは風だった。生暖かくはあるが勢いのいい、爽快な風が舷側の向こうから吹きこんできて、彼の肺の深くまで探りこんできた。

ちょっと前から艦首楼に助手のポール・マーチンと看護手がいるのを見て、スティーブンは喜んだ。マーチンがついていれば、まだ衰弱している囚人たちのようすを報告してもらえるだろうからだ。しかし、このころにはもう囚人たちの大半は回復していて、すくなくとも甲板にちゃんとすわっているし、二本の足で立ち、人生への関心を取りもどしている者さえいた。二人の年かさの女たちはこの部類だった（おつむの弱い娘はたぶんミセス・ウォーガンといっしょにいるのだろう）。二人は艦首楼前端の手すりに寄りかかって、下の艦首《ヘッド》を見下ろしていた。水兵たちには迷惑この上なしだ。というのも艦首材《ステム》の両側にあるこの部分は、便所《ヘッド》にもなっており、水兵の専用部分で、彼らには唯一くつろげる場所なのだ。いまや大勢の水兵たちが悩まされていた。女の一人は中年のジプシーで、色黒のやせて中高な、気性の激しそうな目鼻立ちだった。もう一人は見るからに性悪そうな顔つきで、顔にも目にも性根の悪さがはっきりと出ていた。仲間の男たちと知り合うきっかけになった商売でこれまで生計をたてていられたとは不思議だった。しかし、体つきを見ると、彼女はまったく商売上手だったにちがいない。収監されたうえ絶え間ない船酔いで体重が減り、汚れた赤いガウンがだぶだぶになってはいるものの、まだ肉はしまりなくだぶつき、十五ストーン（約九十五キロ）はありそうだった。うすい頭髪は赤毛で、外側半分は黄色く染めている。なんの特徴もない幅の広い顔に小さなうす緑色の目がくっついて並び、深く落ちくぼんでいた。その目の上にまっすぐに一本、棒をかけわたしたような眉が不釣り合いだった。囚人たちのなかの何人かは、彼女のカモだったのかもしれない。単なるこそ泥とは思えない面構えの男たちもいた。それでも、あとは、もしも野良着を着ていたら、ごくふつうの人間に見えたことだろう。重度の精神薄弱者が二人いた。どの囚人も牢獄暮らしで顔がひどく青白く、精神薄弱の二人は別として、なんの希望もない、消沈しきった表情をしている。吐き気をもよおすような衣服をまとい、獣のように手かせ足かせはめられた彼らは、汚らしく、あさましくさえ見え、まるで家畜のようにそこにかたまっていた。そんなふうだった。水兵たちは不満顔で侮蔑をこめて囚人たちをちらちらながめ、敵意さえ見せる者たちもいる。

監督官殺しの嫌疑をかけられている大男はもっとも重症者の一人だった。たくましい体がまだときどき痙攣して、波打っている。だが、波打っていなかったら、もう死体になっていたかもしれない。

「ほら」と、ドクター・スティーブン・マチュリンは助手のマーチンに声をかけ、ラテン語の薬の名前を言った。「大量に投与したら、効く。咽頭にじょうごを差しこんでおいたので、この硫黄エーテルを五十、いや、六十滴、流しこんでくれ、助けになるはずだ」

それからマチュリンは、ほかの患者たちのためにオレンジ皮ときな皮の煎じ汁を作る処方を書き、マーチンに声をかけた。「これをわたしたちの薬棚から取ってきてもらいたい。わたしは、亡くなった医者の薬品庫を調べて、なにがあるか見てみる」

医者の棚には、異常なほど大量のオランダ・ジンと、ほんの数冊の本、それに医療器具が入っていた――安物の汚い器具で、大きなのこぎりの刃には端から端まで錆と古い血がべったりとついたままだった。それから、内務省が選んだ医薬品類もあった。海軍医療局が軍艦に支給する薬とはずいぶんちがう。内務省は海軍医療局よりも、灰色の粉末のダイオウ薬草や炭酸アンモニウムに信頼をおいており、また、ルカテラス鎮痛剤やエゾダンデ、それにマチュリンはびっくりしたのだが、アルコール・アヘンチンキまであった。これは三ガロン瓶に三本もあった。「ヴァーデ・レイトロン・メイ・サータナー」悪魔よ、わたしの後ろへ下がれ、そうマチュリンはキリストの言葉を叫んで、そばの一本をつかむと、舷窓を開けた。だが、最初の一本が空になると、彼は手を止め、理性的な作り声で、考え考え、残りは、ぼくの患者たちに使うため、とっておくべきだ、とつぶやいた。アヘンチンキは患者に良い結果をもたらすことが偶然ながらよくあるのだ。

それから、マチュリンは一度だけ足を止めて、青白い顔の夢も希望もないといった感じの警備官を呼ぶと、艦尾へ足を向けて、ミセス・ウォーガンの部屋へ向かっていった。部屋はミセス・ウォーガンと侍女の二人でいっぱいだった。侍女はシーツを畳んでいたが、まだ毛布を体にまとって胸元をピンでとめてあるだけだった。てんやわんやの大騒ぎになるなかで、マチュリンは、ミセス・ウォーガンにはすくなくとも決断力の必要な行動をとるだけの能力はあると見てとった。彼女は侍女の両腕のなかに質素なワンピースを押しこむと、彼女を元の部屋に連れていくようにと警備官に言った。うす暗い通路の向こうへ二人の姿が消えてゆく、警備官も娘もネズミを見つけるたびに悲鳴をあげた。

「おはようございます、マダム」と、マチュリンは声をかけた。室内へ足を踏みいれると、ミセス・ウォーガンがあとずさり、その拍子に、吊りさげられたカンテラの明かりを顔に受けた。

「わたしはマチュリンと言います。この艦《ふね》の軍医で、あなたの健康状態について訊きに参りました」

知っている名前に動揺した気配はちらともなかった。この女が最高の役者なのか、ぼくの名前を一度も聞いたことがないのか……ダイアナは――つらい思いで彼は振りかえった――ぼくの名前を口にするほど、それほどぼくのことを誇りには思っていなかったのかもしれない……。いや、ちがう。彼はまた探りを入れてみた。気休めのためにさらに何度か。しかし、そこまでしても、彼女がスティーブン・マチュリンという名前を聞いたことがないのはほとんど確実だった。

散らかしてますが、とミセス・ウォーガンは詫びを言い、どうかおかけくださいとマチュリンに頼んでから、彼の親切に感謝の言葉をいろいろ並べ、それから、自分はまったく健康だと言った。

「しかし、あなたの顔色は、望ましい状態より幾分か黄色いですね」と、マチュリンは言った。「手をこちらへ」脈拍は正常だった。ほんとうに強く確認された。「では、舌を見せてください」

どんな女性でも、大きく口を開けて舌を突きだしたのでは、美貌も威厳もあったものではないから、彼女の胸元がちょっと揺らいだようだった。だが、マチュリンは医者としての権威をすべてそなえているので、舌が出てきた。「さて」と、彼は言って、「健康そのものの舌です。おそらく大量に嘔吐したにちがいない。人は船酔いに対して思いっきり文句を言うかもしれませんが、液体や未消化の物を大量に排出するほどいいことはないのです」

「実を申しますと、先生」と、ミセス・ウォーガンが口をはさんだ。「あたくし、ぜんぜん船酔いしませんでしたの。ほんのちょっと気持ちが悪かっただけです。アメリカへ何度か船で渡ったことがありますので、揺れはそんなにつらくありません」

「では、下剤を使うことを考えてみるべきでしょうね。どうぞ、お腹の状態を話してください」

ミセス・ウォーガンはお腹の具合を率直に話した。というのも、マチュリンがただ単に医者としての威厳をそなえているだけでなく、人間味をのぞかせない性格であるおかげでもあった——いまではもう、医者の顔は彼の第二の天性となっているのだ。彼に刻みこまれたそうしたイメージにミセス・ウォーガンは信頼をおいているのかもしれない。しかし、彼女がちょっと話したところで、マチュリンは妊娠している心当たりはないかどうか、と尋ねた。

「ぜんぜん、先生」それが彼女の答えだった。かなり構えた口調だった。しかし、つづく言葉には冷ややかさはまったくなかった。「いいえ、先生。妊娠しているせいというより、監視され、監禁されているせいという可能性のほうがはるかに大きいと思いますわ。あたくしの顔が黄色いのは」と、おかしそうな、やさしい微笑をもらして、「閉じこめられていることと関係ありませんこと？　お医者さまに医術のことをお教えしようなどというつもりは毛頭ありませんが、そんなことはめっそうもないことですが、こもった空気を吸いさえしなければ……そう申し上げましたのよ、とても大きな方に、士官だと思いますが、ここで、さっき、でも……」

「軍艦の艦長というものは、実にたくさんのことが頭のなかを占めているものだ、そうお考えになるべきですね、マダム」

彼女は膝の上で両手を重ねると、瞳を伏せ、「ああ、そうですわね、きっと」と、低い声で素直に言った。

マチュリンは自分のもったいぶった職業口調に大いに満足しながら、その第一の役目を離れ、ミセス・ウォーガンの部屋を出ると、その場をあとにした。艦首艙《フオアピーク》に着くと、そこはいまや清潔で、可能なかぎり居心地もよくされていた。ながめわたしていると、頭上でてんやわんやの大騒ぎが始まった、総員が昼食《デイナー》へ駆けつける例の騒ぎだが、八点鐘の鐘の音と掌帆長の号笛が前触れしたとたんのことだった。それでもマチュリンは、ひどく不満げだが礼儀は心得ている船匠助手を十分近くも引きとめて、囚人たちに適切な居住区とはどういうものか、自分の考えを言って聞かせた。

それから、下甲板を艦尾方向へと進んでいった。左舷の砲門が開けられているので、明るくなっている。男たちでぎゅう詰めだった。三百名以上もの男たちが全員、大砲と大砲のあいだに吊られたテーブルについて、大声で話しながら、一人につき二ポンドの塩漬け牛肉と一ポンドの固パンを食べている（というのも今日は火曜日なのだ）。昼食時の食事甲板は、クリスマスの日以外は士官が立ち入ることのできない無礼講の場なので、マチュリンを知らない者たちは心配そうな、困った顔をした。しかし、レパード号のなかには、ドクター・マチュリンといっしょに航海したり、友だちから彼の医者ぶりを聞いて知っている者たちが大勢いた。彼らはマチュリンを非常に大事な人と見ているのだが、病室や処置室の外での彼の行動は奇妙で、海のこととなると無惨なほどなにも知らず——左舷《ポート》と右舷《スターボード》のちがいもろくにわからない、ほとんど無知と見ているといっていい。みんなが自慢できる紳士で、正真正銘の外科医であるだけでなく、艦隊一大胆なのこぎりの使い手だが、ほかの艦艇といっしょにいるときには、できるだけ姿が見えないように隠しておかなければならないような人物なのだ。

「どうか、そのままで」もぐもぐと口を動かす顔、顔、顔のあいだを進んでいきながら、マチュリンはそう大声を張った。親しげな顔もあれば、まごついている顔もある。彼自身はぼうっとしていた。ダイアナ・ビリャーズとミセス・ウォーガンを比較して、あれこれ考えにふけっていたのだ。そんな物思いから彼を引きだしたのは、とりわけ懐かしい顔だった。ジャック・オーブリー艦長付きの艇長《コクスン》バレット・ボンデンの大きな赤い顔が笑いかけていた。ボンデンはその場に立ちあがって、艦の揺れに合わせて体を揺すりながら、小さなスプーンをかかげている、マチュリンの気を引こうとしているのは確かだ。

「バレット・ボンデン」と、彼は声をかけた。「なにをしているんだ？　みんなをすわらせてくれ、お願いだ」

ボンデンの食卓仲間は弁髪を腰まで垂らした八名のたくましい軍艦乗りたちで、九人目にひ弱そうな定員外の男が腰かけていた。

「ヘラパースに食わしてやっているんで、ドクター」と、ボンデンは言って、「トム・デイヴィスがこの手桶んなかで固パン砕いて、ジョー・プレイスがこいつの汁におれんちの汁まぜて、とろとろの軽いパン粥つくって、そんで、おれがこのちっちゃいスプーンで、ほんとにちっちぇスプーンだ、送りこんでるんでさ、あんたさんに言われたようにね、先生。銀のティスプーンはキリックのやつが艦長室のを貸してくれたんで」

マチュリンは一番目の手桶をのぞいてみた。砕いた固パンが優に一ポンドも入っていた。二番目のをのぞくと、入っているパン粥の量はそれよりむしろ多かった。彼はヘラパースをよく見てみた（彼は主計長支給の服を着ていたので、これがあの若者とはほとんど認めがたかった）。その目はスプーンに釘付けになっていて、食いいるように見つめている。痛ましいほどだった。

「よし」と、マチュリンは口を開いた。「その手桶のなかの三分の一を食べさせたら、あとは五回に分けて食べさせるのだ、たとえば、八点鐘に一度ずつとか。そうすれば、まだこの男を船乗りにできる、死体ではなくてな。というのも、わかってもらわなければならないのだが、大事なのはスプーンの大きさではなくて、全体の量なのだ、パン粥のな」

大キャビンに入っていくと、レパード号の艦長は大量の書類に囲まれていた。膨大な問題が彼の頭を占めていることは明らかだった。だが、マチュリンは、オーブリー艦長が主計長の帳簿をぜんぶ見終わったら、すぐさまさらに問題を加えてやろうと腹を決めていた。それまで、彼はまたもの思いにふけった——ダイアナ・ビリャーズとミセス・

ウォーガンのあいだで、実際には似ていない点について……。二人とも髪は黒く、目は青い。年格好もほぼおなじだ。だが、ミセス・ウォーガンはダイアナより背丈が優に二インチは低く、この二インチは決定的なちがいだった——ノッポとチビほどのちがい。クレオパトラの鼻だ。しかし、なによりもダイアナには彼女が部屋をよぎるたびにスティーブンの心をうっとりとさせたこの上ない優雅さがそなわっていたが、ミセス・ウォーガンにはそれがない。顔は、いまのいままで彼女が乗りこえてきたことを考えると、ここで判断をくだすのは公平ではない。しかし、肌が色つやを失って黄色くなってはいるものの、似ている。何気なく見た者でさえ二人のあいだにはなにか近しい姻戚関係があると思うほど、見かけはよく似ている。だが、こんな短い時間で判断できるかぎりにおいて、ミセス・ウォーガンの顔はダイアナよりももっと温和な気性が作ったものだ。意志は充分に強い。だが、危険な仕事に従事しているにもかかわらず、外に表われた表情はダイアナよりもおだやかで、残酷でもなく、傲慢でもなく、おそらくダイアナより素朴で、情愛が深いだろう。それだけでは充分に言いつくしてはいないだろうが……。ダイアナがトラとすれば、ミセス・ウォーガンはヒョウだろう、たぶん。自分の知っているヒョウたちを思いだして、「彼女に気の毒だな」と、彼はつぶやいた。おだやかさも素朴さも驚くほどもちあわせていないヒョウたち……。「だが、とにかくダイアナより小さい。スケールが小さい」

「さあ、ベントン主計長」と、ジャック・オーブリー艦長が声をかけた。「これで吊り索《リス》も転桁索《ブレース》も、すべてきちんとしたな」

主計長が帳簿類をかかえて出てゆくと、「スティーブン、さあ、あいたぞ」

「では、どうか、きみの頭をぼくの囚人たちへ向けてくれたまえ。〝ぼくの囚人たち〟と言うのは、彼らの健康にぼくは責任があるからだ。彼らの健康は、言わせてもらえば、かなり危険だ」

「そう、そう。その点に関しては、プリングズ副長とおれとでもう対処した。艦首艙《フオアピーク》にはハンモックを吊すようにした、海軍流にな――あの汚いワラはもう一本たりとない。囚人たちは艦首楼で外気が吸える、一度に十二人ずつ、午前に一度と第一折半直に一度だ。きみの言っていた風取り帆《ウインド・セイル》は日暮れ前には取りつけが終わっているだろう。きみと司祭が報告してくれれば、手かせ足かせをはずしていい者がわかる。運動としては、艦のポンプを突くことができるだろうな」

「で、ミセス・ウォーガンもポンプを突くことになるのか？　医者として言うが、あんなじめじめした、悪臭のこもった、光の射さない食器棚みたいなところにいたら、彼女、長くはもたないぞ。彼女も外気を吸わなければだめだ」

「ああ、その点ではきみの勝ちだよ、スティーブン。どうしたらいい？　監督官の書類のなかに一枚の書き付けを見つけたんだ。彼は、保安と秩序維持に反しない範囲で、彼女に正当な便宜をすべて計るように、と命じられていたんだ――侍女をつけるとか、彼女の個人補給品を一トン半まで許すとか。運動に関してはなんの言及もないのだ」

「ボタニー湾行きの一般の輸送船ではどんな慣例になっているんだ、特別待遇を許された人物を運ぶ場合」

「さあ、知らん。看守たちに――あの間抜けなばかどもに――訊いてみたんだ。連中が教えてくれたのは、バリントンが、スリだが、おぼえているだろ、掌帆長と食事をいっしょにしていいと許されたってことだけさ。だが、そんなことは問題外だ。バリントンはただのはしこい小僧だが、ミセス・ウォーガンが上流婦人であることは確かだ……それはともかく、スティーブン、気づいたか、彼女とダイアナ、すごく似てるの」

「気づきませんでした、艦長」と、スティーブンは言って、そのあとしばらく黙りこんでしまった。

彼を傷つけるかもしれない名前を口にして、ジャックは後悔した――「また風下に海岸だな、ジャック」と、彼は心のなかでつぶやくと同時に、この数日間、スティーブンがひどく気難しくなっているのはどういうわけだろうか、と首をひねった。

「艦尾甲板を散歩するように彼女を招待することなど、断じてできん」と、ジャックは言った。「そんなことは不当だ、それは確かだ、彼女は有罪判決を受けているのだからな。非常に危険な女だ――つかまったとき、四方八方にピストルをぶっ放した、らしい」

「たしかに、あなたは犯罪者とかかわりにはなりたくないでしょう。しかし、囚人に外気を吸わせてよしとするなにかいい前例があるにちがいないとわたしは思います、司祭がなにか進言してくれるかもしれません。たったいまあなたがおっしゃったとおり、危険はあります。わたしにはあなたの心配も充分にわかります。彼女はポケットにピストルを二挺、ひそませているにちがいない。しかし、わたしに提案させてください、彼女には、一定の間隔をおいて舷側通路を散歩する自由があるはずです。暖かい日にはときどき、艦尾楼甲板にあがることも。艦尾楼にあがるには、神聖なる艦尾甲板を横切らなければならないので、あなたの決して不自然ではない心配から——あなたの臆病心から、とは言いませんが——あなたがカロネード砲にブドウ弾を装塡させて、彼女の散歩中、彼女に狙いをつけさせておくことはまちがいないでしょう、そう言わざるをえません。しかし、それでも、これは困難を解決する有効な方法だとわたしには思えるのです」

スティーブンが自分の患者をなんとしてでも守ろうとすることはジャックもよく知っていた。たとえもっとも船乗りらしくない連中でも、いったん自分の手中に入ってきた者に対してはそうなのだ。それに加えて、二人の女がそっくりなことにもジャックはひどく胸を突かれていたし、いまの友だちの口調がこれまでにないほど辛辣だったこともあって（スティーブンはちらっとも笑わなかったし、声には冷たいトゲがあった）喉まで出かかっていた言葉をのみこんだ。だが、それにはかなりな努力がいった。というのも、ジャックは辛抱強くもないし、長いこと我慢していられる男でもないからだ。それで、いまはスティーブンのせいで口がすべってしまったように彼には思えた。「その件は考えてみよう」と、かなりぎくしゃくした口調で言ってしまったのだ。ちょっと間があってから、ト、トトントンと太鼓が〈ロースト・ビーフ・オブ・オールド・イングランド〉の曲を打ち鳴らして、ドクター・マチュリンを士官室《ワードルーム》での昼食《ディナー》に招集しても、いまばかりはジャックも腹立たしくはならなかった。

レパード号の士官室《ワードルーム》はすばらしく大きくて、士官全員と、彼らが海軍流に温かくもてなしたいと思った招待客全員を収容するのに充分な広さがあった。長い部屋で、いちばん奥は広い艦尾窓になっていて、艦尾窓は片舷から片舷へいっぱいに広がっている。部屋の真ん中には長さ二十フィートのテーブルが縦に置かれているので、部屋は実際より長く見えた。両側には士官の個室が並んでいる。隔壁や舷側の壁には斬り込み槍や斧、斬り込み刀、ピストル、剣がそれぞれ趣向をこらして束ねて飾られていた。今日はこの部屋の定員が全員そろっており、そんなことはほとんど初めてだった。というのも、まれに見るほどひどい嵐をついて英仏海峡をくだり、ビスケー湾をわたってくるあいだ、昼食時に一度に六人以上の顔を見ることはめったになかったからだ。いまいないのは当直士官のターンブル一人だけだ。居並ぶ青い上着、それにまじって海兵隊員の緋色、従軍司祭の黒、水兵用椅子の後ろに控えるボーイたちの上着のうすい青。いまは新しい任務が始まったばかりで、みんな新品のぴかぴかだ。反射するきらめく陽射しを浴びて目にまばゆい光景だったが、そんな光景もスティーブン・マチュリンの不機嫌にはすこしも影響しなかった。彼はこれほどの漠とした苛立ちを感じたことはいままでほとんどなかったし、苛立ちをしずめる自信もなかったので、まるでスープ皿の底に救いがあるかのように、せっせとスプーンを動かしつづけた。ある意味で実際そうだった――大麦スープはとろりとしていて気持ちをやわらげ、内なる自分を外なる自分の外見に――自由人らしい外見に――調和するようにしてくれた。つぎの皿が出てくるころには、ちゃんと愛想のよい顔を作るのにほとんど努力はいらなかった。

士官室のテーブルを囲んだ会話はきわめて平凡で、ありきたりで、礼儀正しいものだった。これから二、三年、食卓仲間同士になる男たちには自然と警戒心がわいて、まずは自分のやり方でよいか探りを入れ、つぎには食卓仲間の性格をつかみたいと思っているのだ。それに、気分を害することを言ったり言われたりしたくない。そんなことになったら、これから一万マイルも心に残って、オーストラリアに着いたらとうとう爆発したということになりかねないのだ。

英国人はマチュリンも知っているとおり――そして、このテーブルについている男たちの大半が英国人だったが――それぞれの社会的背景のちがいにきわめて敏感だ。マチュリンはイントネーションのわずかなちがいに鋭く聞き耳をたてている自分に気づき、プリングズが南部訛りではっきりとrを響かせているのを聞きとって、とりわけうれしくなった。そういう話し方は、自分に確固とした自信をもってはいるが、他人に対して決して攻撃的になることはないある特殊な強さをひめている証拠だ。副長としてひとり立って、牛肉のかたまりを切り分けているプリングズをじっと見つめながら、マチュリンはふと、自分がなんとぼんやりしていたことか、と気づいた。彼はプリングズをずいぶん前から知っている。プリングズが脚のひょろ長い航海士だったころから。当時のプリングズは永遠の若さを授けられているかのようだった。マチュリンはいまのいままで、プリングズに円熟味が加わったのを見てとっていなかったのだ。たしかに、ジャック・オーブリーと――彼の敬愛する主人と――いっしょにいると、いまでもプリングズはとても若く見える。だが、ここでは、彼自身の士官室では、彼の大きさとゆったりとした威厳がのぞいて、マチュリンを驚かせたのだ。彼がハンプシャーに若さを置いてきたことは確かだ、たぶんずっと前に……。彼はキャプテン・クックやボウエンの例にならって、あのたぐいまれなほど有能で強い下甲板の指揮官への道を歩んでいる。そしてそれにマチュリンはいまのいままで気づかなかったのだ。

マチュリンは向かい側に並んだ男たちへ目を走らせた。海兵隊大尉のムーア、プリングズ副長の左どなりだ。つぎはグラント、本艦の二等海尉で、中年の几帳面そうな男だ。つづいてマクファースン、海兵隊の先任中尉だが、色黒のスコットランド高地人で、珍しく知的な顔をしている。そのとなりはラーキン、航海長だ。この地位にしては年若く、航海長として優秀だが、こんな早い時間から顔がワイン色になっているのは良くない前兆にちがいない。最後はベントン主計長。小太りの陽気な男で、目がうるんできらめいている。繁盛している居酒屋の主人か、羽振りのいい旅商人といった感じだ。両の頬ひげが顎の下でくっつきそうになっていた。ちゃらちゃらとたくさん装身具をつけている、海の上でもだ。彼は自分の容姿に、とりわけ形のいい脚に無邪気に満足していて、告白したところによると、〝女殺し〟なのだそうだ。

マチュリンの右どなりにかけているのは海兵隊の若い少尉で、軍服のちがいを別にすれば、マチュリンが自分の従僕に選んだ海兵隊員とそっくりだった。その従僕は本艦に割りあてられた六十人の海兵隊員のなかでいちばんのばかだった。二人はどちらも唇がぶ厚くて青白く、肌はくすんでつやがない。目は牡蠣のような色をして飛びだしているので、くつろいでいると、どちらの顔も感情を害されてびっくり眼になっているように見える。しかも、額は二人とも、極端に骨が飛びでているような印象を与える。その若い少尉の名前はハワード。彼はマチュリンの注意を引くことができなくて、向こうどなりの男と話している。その男は士官候補生室から来た客で、バイロンという——貴族社会について熱心に話しているので、大きな青白い顔が真っ赤になっていた。マチュリンの左どなりにいる三等海尉のバビントンが前に乗り合わせたことのあるもう一人の船乗り仲間だ。彼はまだほんの少年に見えるのに、一年ほど前、マチュリンは地中海で信じられないほどさまざまな病気を治してやったのだった。バビントンの早熟な、女性への絶え間ない情熱は彼の成長を妨げたが、ほかのことに対するやる気を鈍らせはしなかったので、狐狩りに招集されたときなどは、立派にやってのけた——彼がいま艦上に持ちこんでいるニューファンドランド犬は子牛ほどもあるが、青いカッターの番犬にはぴったりに見えた。そのカッターのなかに彼は自分の厚編みのガーンジー・ジャケットを敷き、カッターの船べりにさえだれにもさわらせないのだ。彼の行状はプリングズ副長の右どなりにかけている黒衣の男、フィッシャー司祭の知れるところとなった。マチュリンは注意深く司祭を見つめた。背が高く、運動選手のような男で、金髪。たぶん三十五歳ぐらいだろうか。ほかの男たちよりは男前で、やる気にあふれ、いささか神経質そうだ。いまムーア海兵隊大尉とワインを飲んでおり、差しのばした手の爪にスティーブンは気づいた——噛んで深爪になっているのに、手の甲と袖口からのぞいた手首に醜い発疹ができていたのだ。

「ミスタ・フィッシャー、司祭先生」ひと呼吸おいてからマチュリンは声をかけた。

「自己紹介する名誉をまだたまわっていなかったと思いますが。わたしはマチュリン、軍医です」丁寧な挨拶を交わしてから、彼は言った。「この艦《ふね》にもう一人、同業者がいるとはうれしいですね。というのも、精神的なことと肉体的なことは分かちがたく絡みあっていますから、たぶん、聖職者と医者は同業と呼んでもいいでしょう、病室で協力しあわなければならないことはまったく別としてもです。あの、司祭先生、医学を勉強されたことはおありですか、すこしでも?」

いや、フィッシャーは医学を勉強したことはなかった。マチュリンはつづけた——もしもあなたが地方の司祭に任命されていたら、勉強されていたでしょうにね……。地方の聖職者の多くは医学を勉強してましたから、前例に従わざるをえないのは確かでしょう。医学の知識があれば、聖職者は仕事がうまくできます——はるかにうまく。羊飼いというものは、自分の道具箱の使い方を実際にも比喩的にも知っていなければならない。というのも、医者として見てとったとおり、羊の病気にはすくなくとも二つの性質がかかわっている可能性があるからです……。

こんな話はこの場の雰囲気をちょっと白けさせた。しかし、フィシャー司祭に対する士官室の見方は全体として好ましいものだった。彼は努めて人を楽しませ、自分も楽しもうとしていたからだ。それに、士官たちが羊の群れ扱いされたことを嫌がっていたにしろ、聖職者のなかではこうした性格の話は許されるものなのだ。

士官たちへの見方はスティーブン・マチュリンの日記に反映していた。彼は昼食のあと、水葬式の時間まで最下甲板《オーロップ》の汚い自室で日記を書いた。水葬式のあとは司祭といっしょに囚人たちを調べて、報告することになっている。スティーブンは艦長の客なので、前の艦《ふね》のときのように艦長の広々としたすばらしい部屋の一部を自分の居室としてもよかったのだが、このレパード号では、軍医が不当な特権を与えられていると見られたくなかった。いずれにしても、彼は自分の生活環境になどまったく無関心なのだ。

「今日、司祭に会った」と、彼は書いた。「気のおけない人物で、いくらか学識もある。たぶんそれほど理性的なほうではなく、いくぶん激情に走るところがあるだろう。しかし、本人は自分のことを正しく見てはいないかもしれない。彼は神経質で、気難しいところがある。落ちつきに欠ける。しかし、食卓仲間としては貴重な存在であるかもしれない。わたしはかなり彼に惹かれているように感じるし、もしも陸《おか》にいたとしたら、つきあいをつづけるつもりの相手、と言うべきだろう。海では選択の余地などないが」さらに彼は自分の症状について書いた――食欲が回復しつつある――あの独特の、強い、薬に対する欲求はいくらか弱まった――たぶん彼の心の底には、自分がだめになっていくという危機感があったのだろう。「こんなにとらわれているとは」と、彼はつづけた。「こんなに古い友に！　亡くなったシンプソン医師の薬棚にあった二本の半ガロン入り瓶。あれは危険を表わしているのだろうか、それとも自衛手段か、つまりは、いまもなお有効な解決の証《あかし》だろうか――ほんとうに自由がよみがえるための」この点をあれこれ考えて、スティーブンは深い物思いにしずんでいった。唇は離れ、頭は片側へ傾き、目は大きく見開かれて自分の薬箱を見つめている。

甲板に軍医を連れてくるようにと遣わされた士官候補生はしばらくドクター・マチュリンのドアを叩いていたが、無駄だったので、ドアを開けて、声をかけた。「お邪魔したくはないのですが、ドクターは水葬式に参列されたいだろうって、艦長がお考えで」

「ありがとう、ありがとう、ミスタ――ミスタ・バイロン、じゃなかったかい？」と、スティーブン・マチュリンは言って、カンテラを若者の顔のほうへかかげた。「すぐあがっていく」

艦尾甲板に着いたとき、ちょうど最後の言葉がささげられて、水しぶきが四回あがったところだった。医者、監督官、それに二名の囚人。最後の二人は、実際に人間は船酔いで死ぬものだとわかった初めての症例だった。「しかし」と、マチュリンは助手のマーチンに言った。「窒息しかけていたのと、餓死しかけていたのと、本人の悪い生活習慣と、長い監禁生活、それが死因だな」

レパード号の航海日誌には死因やその見解を書くための時間など費やされはしなかった。事実だけにかぎられた。『二十二日、火曜日。風向・南西。針路・南二十七西。航走距離・四十五。現在位置・北緯四十二度四十分、西経十度十一分。フィニステレ岬より東微西十二リーグ。疾強風。快晴。総員、各自の作業に従事。五時、ウィリアム・シンプソン、ジョン・アレグザンダー、ロバート・スミス、エドワード・マーロウの遺体を海底にゆだねる。フォア・トップマストのフトック・シュラウドを張り詰める。去勢牛一頭、解体。重さ五百二十二ポンド』

一方、レパード号の艦長は、妻宛の手紙のつづきのなかで、書くのは水葬の影響だけにかぎった——乗組員たちをしらふにしておくには水葬に勝るものはないのだよ。今夜など、士官候補生たちは一人としてばかふざけしようとしない。けっこうなことだ。というのも、いままで一度も海に出たことのない若者たちは、海が荒れているときに、マストのてっぺんに駆けのぼって後支索《バックステー》をすべりおりてくることなど、安全を考えてすべきではないからだ——ボイルという子どもなど、英仏海峡の三角波のなかで艦《ふね》がまるで手綱を引きちぎろうとする若駒のように縦揺れ《ピッチング》している最中に、メイン・マストのてっぺんまで行きつこうとして、ジャックは心臓が口から飛びでるところだったのだ。「候補生はぜんぶで十名いる」と、彼は書いた。「わたしは彼らの両親に対して責任があるのだ。まるでひな鳥を心配する雌鳥の心境だよ。なかには危険な目には遭わない者たちもいる、ムチ打ち刑は別としてな。ハーディングに頼まれて艦長付き従僕にしてやった小僧など——嫌な小悪党だ——早くもやつの配給酒《グロッグ》を支給停止にしなければならなかったんだよ。それから、もっと年上の連中のなかにもう二人いる。わたしによくしてくれた人たちの甥っこだが、わたしの艦尾甲板では目にしたくないようなならず者なんだ。しかし、水葬式に話を戻そう。ミスタ・フィッシャーは、従軍司祭だが、実に立派な態度で祈禱書を読んでくれて、乗組員一同、喜んでいた。おれは艦上に聖職者がいるのは好きではないのだが、彼がいなかったら、もっとひどい式になっただろうと思う。彼は紳士的な人物で、自分の任務をよく心得ているようだ。いま、スティーブンといっしょに、艦首艙《フオアピーク》で囚人たちを、哀れで不運な連中を、選り分けているところだ。スティーブンは、と言うと、ひどく苛立っていて、幸福な状態とはまったく、まったくほど遠いと思う。艦内に女の囚人がいて、ダイアナに瓜二つなんだ。それで思いだして、彼は傷つけられているのだとわたしには思える。ぜんぜん似てない、って彼は言ったのだ——その口調が鋭くて、吐きだすようだったものだから、わたしはまったくふいを突かれてしまった。実に人目を引く若い女で、なにか重要人物であることはまちがいない。というのも、個室をあてがわれ、侍女までついている。ほかの囚人たちは——神よ、彼らを助けたまえ——ブタだって飼わないような穴蔵で寝起きして、食べているのにだ。しかし、いま天気はいい、これまで時化《しけ》られたからな。風は待望の南東風だ。愛しいレパード号は驚くほど頑丈な艦《ふね》だし、切りあがり性能もいい。いま書いたとおり、正横より一点後ろからの風を受けているので、今朝からずっと一時間に九マイルも突っ航《ぱし》っている。この分だと（というのも、風はこの方角で安定していてくれるにちがいないと思っているからだが）、いっとき漂蕩《ライツー》していたのに、二週間で島影が見えるところまで行けるかもしれない。そしたら、スティーブンは太陽を浴びて、泳いで、珍しいクモも見て、また元気が出るだろう。愛しいおまえ、夜になると、おれは馬小屋の排水溝のことを考えている。そして、おまえがホリッジ親方にちゃんと溝が深く掘ってあって、縁をレンガで固めていることを確かめてもらいたいと願っているだろうと思う……」

水葬式が本艦にもたらした厳粛な雰囲気についてはジャック・オーブリーが書いたとおりだったし、彼の若い紳士たちのなかの不愉快な数人についてもそのとおりだったが、囚人たちの調査に関してはまちがっていた。大西洋の、盛りあがり、さらに盛りあがってはゆっくりと落ちてゆく海面を見ているうちに、フィッシャー司祭は参ってしまい、なんとか自分の任務をまっとうしようというあっぱれな努力にもかかわらず、水葬式がすむとすぐに詫びを言って、引きあげざるをえなかったのだ。だから、囚人たちの調査はスティーブン・マチュリンが一人でやった。そしていま彼は、オーブリーの頭の真上に——艦尾楼甲板に——立って、トム・プリングズ副長と話しながら、たばこを吸っていた。

「食事のときにいたあの若者、バイロンだが。あの詩人となにか関係があるのかい？」

「詩人ですって、ドクター？」

「アイ。有名なバイロン卿だ」

「ああ、提督のことですか。そうです、孫だったと思います、いや、あるいは甥の息子だったかも」

「提督だって、トム？」

「ええ、そうですよ。有名なジャック・バイロン卿。いまでも〝時化《しけ》のジャック〟って呼ばれてますよ。提督のことは海軍中で知らない者はいません。有名なんですけどね！　提督がまだ士官候補生だったとき、わたしの祖父はいっしょに航海しましてね、つぎに乗り合わせたとき、彼はインディファティガブル号の提督で、わたしの祖父は掌帆長だったんですよ。ウェイジャー号が座礁したあとチリですごした若い日々のことを、二人はしょっちゅう話していたそうです。提督はなんと時化が好きだったことか！　うちのジャック艦長に勝るとも劣らず、ですよ。委細かまわず総帆張って突っ航《ぱし》りながら、大声で笑うんです、ハッハッハと。しかし、提督が詩人の家系の一員だったとは、聞いたおぼえがないですね。わたしが船乗りになりたいってあこがれるようになったのは、提督の話を聞いたのがきっかけなんです。祖父のしてくれた難破の話を」

チリ群島の海図にも記載のない海域で、冷たい嵐のさなかにウェイジャー号が難破した話は、スティーブンも読んだことがあった。「だけど、その難破はたしか、悲惨きわまりないものだったはずだけど？　恋の女神キュテレイアもいないし、サンゴ礁の浜辺もヤシの木もない、〝豊穣の角〟を花や果物でいっぱいにしてくれる色黒の女たちもいなかったんだろ？　ロビンソン・クルーソーの補給品だってなかっただろ？　わたしの記憶によると、彼らは溺死した乗組員の肝臓を食べたとか」

「まったくそのとおりです、ドクター。おぞましい日々だったそうです、祖父の話によると。でも、祖父はむかしを振りかえるのが好きだったんです、あれこれ考えにふけるのが。瞑想的なタイプでしてね。アルファベットとか比例算以外には教育なんてぜんぜん受けてないのに。難破のことも、あれこれ考えるのも、好きだったんです。生涯で七回も難破しましてね、難破したときの人間を見なきゃ、その人間のことは決してわからん、というのがじいさんの口癖でした。船艙はびくともしてないのに、ほかのところはほとんどばらばらになっていたのを見たときには、度肝を抜かれたって言ってました——規律は吹き飛び、善良な乗組員や落ちついた年長の艦首楼員や、准士官たちまで酒庫に押し入って、ぐでんぐでんに酔っぱらい、命令は拒否するわ、船室は略奪するわ、アイルランドの緑色党員みたいな格好はするわ、けんかして、士官たちに悪口雑言吐いて、ボートのなかに飛びこんで、怯えた陸者《おかもの》の群れみたいにボートを水びたしにして……下甲板にはむかしから信じられていることがあるんです——いったん艦《ふね》が座礁したら、あるいはいったん舵が利かなくなったら、艦長の権威は吹き飛ぶ。それが掟ってもんだ、そう連中は言います。そして、連中のばかな頭からはなんにも出てこない」

カカーン、カカーンと四点鐘が鳴った。マチュリンはレパード号の航跡のなかへタバコを放りなげると、プリングズ副長に別れを告げた。報告しなければならないと気づいたのだ。

大キャビンに入ると、「ジャック」と、彼は声をかけた。「食事の前に、きみに苛立った物の言い方をしてしまった。許してくれたまえ」

ジャックが真っ赤になって、それは気づかなかったなあ、と言ったので、スティーブンはさきをつづけた。「ぼくは医者にふさわしい振る舞いを捨てかけていた、たぶん、無分別な振る舞いだったと思う。薬の影響は、きみたちタバコ常飲者がパイプを手からもぎとられたときに起こる症状に似てなくもない。ときどき、ああ、苛立ちが爆発するのに負けてしまうんだ」

「きみは苛立つ原因をいろいろとかかえているんだ、あの囚人たちを引きうけているのだからな。とにかく、ミセス・ウォーガンのことではきみの言うとおりだった。彼女にはかならずや、艦尾楼で外気を吸えるようにしよう」

「結構だ。さて、ほかの連中のことだが。二人はもっとも重度の精神薄弱とわかった、厳密に医学的な意味で。三人は、監督官を殺したと見られている大男も含めてだが、ワルだ。もう一人は死体盗掘者だとわかった。死体の需要が多いときには、盗掘者は需要を満たすために手っ取り早い方法を使うことがある。したがって、たぶん、この男はぼくの殺人者リストのなかに含めるべきだろう。五人はばかな小者で、意志が弱く、知恵も足りないから、商店や屋台で盗みをくりかえして捕まったのだ。あとはみんな、田舎の人間だ。キジや野ウサギを捕りすぎたのだろう。ここには大悪党はいない、そうぼくは思う。だから、きみとしては、囚人たちを新兵待機艦から来た新米たちと交代させても大丈夫だと思う。二人は——アダムと呼ばれている兄弟だが——まったくぼくは脱帽したよ。アダム兄弟は森のなかで動くものはなんでも知っているんだ。ようやく二人を捕まえたときには、監視官五人と巡査三人がかりだったそうだ。これがぼくのリストだ。手かせ足かせは絶対に勧めない。この〝浮かんだ牢獄〟に逃げ場はないからな。ただし、バツ印のついている男たちはしばらくのあいだ、ほかの者たちから隔絶して運動させたほうがいい。ただばかなことが起こるのを避けるためだけど」

「だが、殺人者は、こいつは、手かせ足かせはめておかなければならないな、引き渡すまでは」

「きっと、あれは複数の犯行だったにちがいない。監督官は自分の権力を最大限使って、囚人を虐待していたし、聞いた話だと、囚人たちの金とこの航海のためのわずかな食料をもうほとんど巻きあげてしまっていたということだ。だれ言うとなく囚人たちは監督官に襲いかかったのだとぼくは思う、監督官が自分のカンテラを落として、真っ暗になった混乱のなかで。一人で、しかも手かせ足かせはめられていては、あんな怪我を負わせることはできなかっただろう。もちろん、半ギニー欲しいとか、自分の首を守りたいというために、情報を喜んで提供しようという者は大勢いるだろう。だけど、そんなことをしてなんになる？　ニュー・ホランドでは看守たちに彼らのおぞましい仕事をちゃんとやってもらうことにして、それまでは、手かせ足かせははずしてやってくれ。あんなもの、ただ武器になるだけだからな」

「よし。それで、女たちのほうはどうだった？」

「ミセス・ホースは、売春斡旋人で堕胎施行者だが、生まれたときにわずかにもっていた人間性も捨ててしまったように思える。長いあいだがむしゃらにやってきて、邪悪の深みに落ちている。あんな邪悪な女はめったに見たことがないし、彼女に輪をかけて邪悪な女など一度もお目にかかったことがない。しかし、そう長いこと困らせられることはないだろうな。肝臓だけでも、赤道を越える前に、命取りになるだろう。腹水や全体的な合併症は言うまでもない。それでも、水銀と、ジギタリス製剤、黒ビール、とがった套管針でなにができるか、やってみるよ。それに対して、サルフーリティ・ボーズウェルは、ジプシー女だが、女がもっと立派だった時代の女性だ。彼女の夫はビッチャデイ・パウドルにされた、と彼女は言ったんだが、つまり、流刑にされた。それで、彼女もビッチャデイ・パウドルにされるようにしたんだ、夫に合流するために。彼女は夫の弟に自分を孕ませた——むかしのユダヤ人を思いださせる行為だが——お腹に赤ん坊がいるので、絞首台は勘弁してくれと泣きつけるようにするためだ。そうしておいて、白昼、判事に嚙みついた、夫に判決をくだした判事に……。赤ん坊はあと五ヵ月で生まれる、たぶん、喜望峰とボタニー湾のあいだで」

「おう、おう」と、ジャックが低く声をあげた。「まったく厄介なことになったもんだ。しかも、国王陛下の軍艦で。おれは前から、女を艦《ふね》に乗せることには断固反対してきたんだが、これで女どもの正体見たり、だ」

「ツバメが一羽来ただけで、夏になったとは言えないぞ、ジャック、きみがいつも言っているようにな。彼女はぼくの未来も予言したんだ。聞きたいかい？」

「どうぞ」

「順調な航海になるそうだ。あまり長くもならない、ぼくの願っているとおりに」

「順調な航海だって？」ジャックは明るい表情になった。「やあ、そう聞いて、ほんとにうれしいよ。よかった。ああいう女の言うことには決まってなにかある、いくらきみがばかにして頭を振ろうとだ、スティーブン。エプソン・ダウンズにジプシー女がいたんだが、その女がおれに言ったんだ、女難の相あり。そんな的を射たこと、きみだって言えないだろうが。さあ、スティーブン、食事をつきあえ――キリックがパルメザン・チーズのトーストを作ってくれるぞ――それから、やっと音楽を楽しめる。抜錨した夜以来、ヴァイオリンに触れてもいないんだ」

スティーブン・マチュリンと助手のポール・マーチンは午後の回診をした。病室には肋骨や鎖骨を折った者、ひどい打撲傷を負った者、指をつぶした者たちがあふれていた——激しい嵐のあとだし、陸者《おかもの》が大勢乗っているのだから、仕方がないことだ。それに、例の発疹の出ている者たちもいた。これは、海軍軍医にはもっともおなじみの病気だが、マーチンの臨床体験にはないものだった。そこで、マチュリンは彼を急きたてた。「水銀剤を塗るんだ、水銀中毒にならないていどに、たっぷりと。病根はできるだけ早期のうちに根絶するのだ。粉薬を飲ませろ、水薬もだ、けちるな。性病の薬は在庫がかなり減っているが、いったん艦《ふね》が陸《おか》から充分に離れたら、薬の必要はなくなるし、感染の心配もなくなるのだからな」

しかし、マーチン助手は患者の名前の横に投与した薬を記録しておかなければならない。というのも、愚かな好色漢たちは自分の愚かな行為に対して、苦しみだけでなくコインでも代価を支払わなければならないのだ。薬代は給料からさっ引かれるというわけだ。

二人は囚人の居住区へ行った。ここでは二人の男に奇妙な症状が出ていて、マチュリンもマーチンも首をひねった。その症状は船酔いとはまったく関係がなかった。マーチン助手はまず眼鏡をかけると、つづいて聴診器をあてながら患者をためつすがめつし、体をひっくりかえし、触診した。ここでもまたドクター・マチュリンは助手の選択が正しかったかどうか、迷った。この男は頭はいいが、それはまちがいないが、人の情というものがまったく欠けているように思える。彼は患者をまるで解剖模型のように扱う、まったく人間ではないかのように……。非人間的で、機械的な医者だ。「マーチン助手、その患者の場合は」と、彼は声をかけた。「症状の進み方を見て、診断をくださなければならない。それまでは、青い錠剤と黒い水薬を与えてくれたまえ」

そこでマチュリンは、亡くなったシンプソン監督官の鍵束を手にすると、艦尾へ向かい、ミセス・ウォーガンの部屋へ行った。じゃらじゃら鍵を鳴らしながら。錨索庫のなかのネズミの数が減っているのに彼は気づいた。艦のネズミは優秀な天気予報官だから、ジプシー女の予言は実現しそうだった、すくなくともこの数日は……。しかし、このネズミたちのなかで何匹か――二匹だった――こんどはオスだったが、ひどい病気にかかっているようだった。

ノックした。鍵がはずされた。見ると、ミセス・ウォーガンは涙をこぼしていた。「さあ、さあ」と、マチュリンは涙など無視して、急きたてた。「一瞬もむだにしないでください、頼みます。運動にお連れしにきました、マダム。外気を吸うと、健康にいいのです。だが、一瞬たりともむだにはできない。あの鐘が鳴ったらすぐに、戦闘配置になるのです。そうしたら、われわれはどこにいられます？　どうか、頭から肩までウールのものをかけてください。海風は体にこたえます、こんな毒気のこもったなかにいた身にはね。そんな靴はお勧めできません。上の揺れはここよりはるかに激しいですから。半ブーツか、へり地製のスリッパ、あるいは、ほんとうは裸足がいいのですが」

ミセス・ウォーガンはあちらを向くと、そっと鼻をかみ、青いカシミヤのショールへ手をのばし、赤いヒールの靴を蹴ってぬぎすてた。そこで、ドクター・マチュリンの心配りに一千回も礼を言うと、完璧に用意ができましたわ、ときっぱり言った。

マチュリンはミセス・ウォーガンの先にたって昇降ばしごを一つ、また一つとのぼると、中央昇降口《メイン・ハッチ》へ向かった。一度、補助帆のこんもりした山に蹴つまずいて二人ともころんだが、ようやく艦尾甲板に出た。その午後はこれまでにないほど輝きわたっていて、ハンモック収納カゴの向こうから安定した風が吹きこんでいた。塩辛くて、生気に満ちている。右舷手すりのこちら端で、当直士官のバビントンとターンブルが話していた。士官候補生が三人、傾いた下弦の月を六分儀で忙しくとらえて、太陽からの角距離を計っている。太陽は茫漠ときらめく西の海にすでに大きく傾いていた。たちまちぴたりと話し声がやんだ。六分儀がさがった。バビントン海尉が優に五フィート六インチある体をぴんとのばして、さっと古ぼけたクレイ・パイプをポケットにしまった。レパード号は半点、風へ切りあがって、艦首帆がかすかにばたついた。

「おい、詰め開き《フル・アンド・バイ》だぞ」と、ターンブル海尉が怒鳴った。「おまえの目は節穴か。操舵長《コーターマスター》、舵から気をそらすな。それ以上、艦首を風に向けるなよ」

マチュリンはミセス・ウォーガンを案内して、坂になった甲板を横切っていき、艦尾手すりまでたどりついた。そこで、舷側通路を指さして、「あそこが舷側通路《ギャングウェイ》です」と説明した。「暖かい日には、あそこで散歩するんです」

ヒュー、と中央甲板《ウエスト》で作業中の男たちから低く口笛が鳴った。ターンブル四等海尉が怒鳴った。「クラーク、すぐにその男の名前を書きとめろ。おい、きさま、艦首《おもて》へすっ飛んでけ、背中に七回だ。クラーク、ムチ打ちだ、手加減するな」

「そして、ここが艦尾甲板《コーターデッキ》です」と、マチュリンは説明をつづけて、くるりと後ろを向き、「あそこの一段高いところ、あそこは艦尾楼《プープ》と呼ばれています。あなたが今日、散歩していい場所です、それに、晴れたときも。あの階段のところまでご案内しましょう」

士官室の山羊とバビントン海尉のニューファンドランド犬が舵輪の脇の鶏小屋から離れて、二人のまえへやってきた。

「怖がらないでください、マダム」と、バビントンが大声をあげて、ちょっと笑いながら近づいてきた。愚かな若者はもっと歯並を見せれば、もっと勝算はあっただろうに……。「その犬は羊のようにおとなしいですから」

ミセス・ウォーガンはちょっと小首をかしげただけで、あとはなんの受け答えもしなかった。彼女の差しだした手を犬はくんくん嗅ぐと、尻尾を振りふり彼女のあとからついていった。

艦尾楼にはだれもいなかったので、ミセス・ウォーガンは行ったり来たりしだし、ときどきレパード号が重ったるく弾むと、そのたびによろめいた。マチュリンは分け波が後方へ消えるまで見送ってから、艦尾手すりに寄りかかって、夫人をながめた。裸足に青いショール、うるんだ瞳と黒い髪がすこしのぞいている。その姿は、マチュリンが若いころに出会ったアイルランド娘たちに驚くほどよく似ていた。それに、やはり悲しそうだった。九八年の叛乱のあと、何度も何度も目にした悲しみの表情。そんな悲しそうな表情にマチュリンはびっくりした。というのも、彼女には悲しがる原因はたくさんあるし、彼女のまえには一万五千マイルもの海が横たわっているし、その果てで待っている運命はまったく避けがたいものなのに、マチュリンは、太陽のもとに連れだされれば彼女の気持ちが晴れるとばかり思っていたのだ。

「警告させてください、落ちこんでいてはだめです」と、マチュリンは声をかけた。「ふさぎこんでばかりいたら、泣いて、病気なってしまうのは目に見えてますよ」

彼女はなんとか笑ってみせようとして、「たぶん、ただネイプルズ・ビスケットのせいですわ、先生。すくなくとも千回は食べなくてはならないんですもの」

「ネイプルズ・ビスケット、代わりばえもなく？　艦《ふね》ではぜんぜん食事を出してくれないんですか？」

「まあ、いいえ。そのうちにちゃんと味わえるようになると思いますわ。どうかあたくしが不平を言っただなんて思わないでください」

「最後にまともな食事をしたのは、いつですか？」

「ああ、かなり前だったにちがいありません……クラージズ・ストリートで、と思いますわ」

そのクラージズ・ストリートというのをとくに意識している気配はないな、とマチュリンは見てとった。「ネイプルズ・ビスケットばかり食べていたとすると――顔が黄色いのも説明がつきます」彼はポケットから乾燥カタロニア・ソーセージ（サラミソーセージのようなもの）を取りだして、ランセットで端の皮をむき、「お腹、すいてますか、いま？」

「まあ、あたくしったら、ええ！　たぶん海風のせいですわ！」

マチュリンは夫人に何切れかやり、よく嚙むべきですよと助言すると、彼女がまた涙をこぼしそうになったのに気づいた。それに、彼女がニューファンドランド犬にこっそり数切れすべり落としてやったのにも、飲みこもうとしたかたまりがほとんど喉を落ちていかないのにも気づいた。左舷の艦尾楼昇降ばしごの上にひょいとバビントン海尉の顔が現われた。彼ははしごをのぼりきると、自分の犬をきょろきょろ探す仕草をしてから、ふいに目に入ったふりをして近づいてきた。「さあ、ポラックス、お邪魔してはいけないよ。マダム、これがおねだりなどしなかったと思うのですが？」

しかし、ミセス・ウォーガンは、「ええ、海尉さま」とひどく低い声で言っただけで顔を伏せ、あちらを向いてしまった。バビントンは、マチュリンの目に燃える冷たい炎をあびて、自分の立場を貫くことはできなかった。ターンブル海尉は——バビントンのあとを引きついだのだが——もっと首尾は上々だった。彼は操舵手と掌帆手を連れてやってきて、旗ざおになにかしようとした。ところが、最初の命令を出しもしないうちに、大声で、「おまえ、旦那！」と怒鳴った。「いったいぜんたい、ここでなにしようと思ってるんだ、くそったれ？」怒鳴りつけられたのは、うれしそうに顔を輝かせて艦尾楼に駆けあがってきた若い男だった。その表情が一変した。若者は足を止めた。「艦首《おもて》へ行け」ターンブル海尉がどやしつけた。「アトキンズ、その男にムチだ」

掌帆手のアトキンズがまえへ走っていった、三本よりの籐ムチを高くかかげて。ひと振り、ふた振り、ひょい、ひょいと若者は体をかわし、そのまま下へ消えた。

こんな無礼はマチュリンは慣れっこだったが、ミセス・ウォーガンにどんな影響を与えただろうか、と彼は振りかえってみた。驚いたことに、彼女は頬をピンク色に輝かせていた。肌にはもう黄色いくすみはまったくなく、顔を水平線へ向けてじっとなにか考えている。また話しかけると、彼女の表情はやはりびっくりするほど変わっていた。きらめく瞳、見るからに高揚した気分、急にしゃべりたくなったようす、突きあげてくる強い喜びを隠そうとしてもだめなのだ。ドクター・マチュリン、どうかお願いですから、あのロープとか、あそこのマストとか、この帆の名前、教えていただけませんこと？……失礼ですけど、なんてよくご存じなのかしら。でも、もちろん船乗りさんですものね……失礼ですけど、ほんのもうひと切れ、ご無心してもよろしいかしら、あのとってもおいしいソーセージを、ほんのうすくひと切れ……ときどき彼女はしゃべるのをやめようとするのだが、ちょっと口をつぐんでいるうちにまた言葉が湧きだしてくる。その言葉はかならずしも辻褄があっているとはかぎらなかった。

「こんどのほうがよく飲みこめましたね」と、マチュリンは言った。すると、その言葉はとくにおかしいものではなかったのに、ミセス・ウォーガンは笑いだした。喉を鳴らして笑って、笑って、笑いが止まらない。心の底からおかしがっている。それが実に自然で、実に魅力的だったので、マチュリンは口がぽかんと開き、心のなかでつぶやいた。「いや、いや、これはヒステリーではない。ヒステリーで気がふれて、金切り声をあげているのではない」

ミセス・ウォーガンはマチュリンと目が会うと、気持ちを落ちつかせ、真顔になって、「どうか、あたくしを無礼な女だとお取りにならないでいただきたいのですが、ポケットにそのソーセージを入れているのはお恥ずかしくありません？——そんな脂っぽいものを、そんなに立派な上着に入れて」

マチュリンは視線をおとした。ああ、ほんとうだ、ばかな従僕が今日の昼食《ディナー》のために金筋を飾ったいちばんいい上着を出しておいたにちがいない。いまや片脇に大きな脂じみができていた。「気がつかなかった」と、彼は指先でこすると、脂じみはさらに広がってしまった。「ぼくのいちばんいい上着なのに」

「たぶんハンカチで包んでおいたら？　ハンカチはお持ちではない？　さあ、どうぞ、これをお使いになって」と、ミセス・ウォーガンは胸のあいだからハンカチを引っぱりだした。そのハンカチでソーセージをきちんと包み、両端を結びあわせると、愛情のこもった、としか表現のしようのない顔をして、「これはあたくしに持っていてほしいとお思いですか、先生？　もっと脂じみが大きくなったら、悲しいほどお恥ずかしいでしょう。でもチョーク・ボールをお使いになれば、きっとすぐにとれるにちがいありませんわ」

「チョーク・ボールってなんですか？」と、マチュリンは悲しい思いで上着をまだ見つめながら、訊きかえした。その瞬間、彼は、「さあ、さあ、いっときもむだにはできません」と声をあげた。「ご覧なさい、歩哨が艦首《おもて》へ行きます。あと二分で、戦闘配置につきます。こちらは時間切れです」彼は夫人の手をとって、昇降ばしごのほうへ連れていった。すると、艦尾楼の前端で風が、気まぐれで分別のない風が、彼女のペチコートをとらえた。だが、艦尾甲板中の目、目、目は厳格な礼儀作法にしたがって、艦首からそれはしなかった。というのも、風上側の手すりのそばにジャック・オーブリー艦長がいたのだ。

昇降ばしごの下でミセス・ウォーガンはスカートを押さえこむと、「それで、ソーセージは、先生?」と訊いた。

マチュリンは唇に指を一本あてた。夫人を下の甲板に連れてゆくと、あの背の高い紳士が、艦長ですが、艦尾甲板にいるときは、絶対に、絶対にものをしゃべってはいけません、と教えた。それに、そのソーセージはあなたがご自分で食べなければいけません、艦《ふね》の食事に胃をならすように努力しなければなりません、と告げた。それから、

「艦《ふね》の食事は健康にいいですし、固いですが、ならすようにしたら、口に合ってくるでしょう、思慮分別のある人の場合にはね」頭上で、ドロドロと太鼓の連打音がしたとたんに、マチュリンは病室《コックピット》の自分の戦闘部署へと急いだ。

スティーブン・マチュリンはチェロを持って艦長室に入っていった。艦長室にいると、背の高い紳士はふだんよりいっそう背が高く見えた。

「やあ、きみか、スティーブン」と、ジャック・オーブリーは声をあげた。頑固でいかめしい顔が明るくなって、「ターンブル海尉だと思ったんだ。二、三分、待ってくれないか? 彼と話があるんだ。艦尾回廊《スターンギャラリー》でグラント海尉のこの観察報告書を読んでいてくれ。きみにはきっとおもしろいぞ——いろいろな鳥のことが書いてある」

スティーブンは几帳面な文字の並んだうすい本を手にすると、海面へバルコニーのように張りだした美しい艦尾回廊に出て、揺り椅子に腰を降ろした。その本は一八〇〇年に英国海軍ジェームズ・グラント海尉の指揮のもと、六十トンブリッグ、レディ・ネルソン号で行なわれた発見の航海の記録だった。この航海は英国から喜望峰をかわし、バス海峡を通ってニュー・ホランドへ行ったもので、十一ヵ月を費やした。

ときどきジャックの、つまり艦長の声が聞こえた。冷静で一歩距離をおいた威厳に満ちた声。大声を張りあげていないのに、驚くほど力があり、驚くほど相手を圧倒する声。ターンブル海尉はこれまでオーブリー艦長と航海をしたことがないので、初めのうち、野蛮だ、無能だ、紳士らしからぬ振る舞いだ、と叱責されて、なんとか自己弁護しようとしていたが、すぐに彼の声は聞こえなくなった。そして、猛烈に腹をたてている艦長が思いっきりはっきりと告げた——あの水兵たちは海へ出たばかりでまだ自分の仕事がのみこめていない、それなのに、仕事がわかっていないと言ってムチをくらわせたり、叩いたり、殴ったり、罵倒したりするのはばかでなければやることではないぞ……士官たる者、自分の当直員の名前はぜんぶおぼえておくものだ……ヘラパースのことを、「おい、旦那」などと呼ぶのはまったくたるんどる……それに、紳士たる者、ご婦人に聞こえるところで、口汚い言葉など使いはしない——その点ではポーツマス・ポイントの売春宿の主人のほうがターンブル海尉よりましだ。規律正しく整然とした艦《ふね》と、脅しのはびこる不幸な艦《ふね》とはまったく別物だ……水兵というものはむかしから、立派な船乗りである士官を尊敬するものだ、こづきまわす必要などない……だが、今日の午後、このオーブリー艦長が艦首帆の調整具合を点検したときのような、あんなぶざまな調整をしておいて、どうしてターンブル海尉は水兵たちから尊敬を得られると思うのだ？――それから、艦首帆の正しい調整の仕方を教えるオーブリー艦長の言葉がつづいた。ターンブル海尉は当然、板のようにぴんと張った帆と腹のようにふくらんだ帆と、両者の風の流れのちがいを思いだしたことだろう。ジャックが自分の士官を叱責するのを聞いたのはスティーブンには何年かぶりのことだった。驚くほど叱り方がうまくなり、効果を増しているのに彼は衝撃を受けた。私情を交えず、神のように、厳とした威厳のこもった叱り方。生来そういう素質をもちあわせた人間でなければ、そんな叱り方はまねも振りもできないだろう。キース卿ならできたかもしれないだろうが、あるいはコリングウッド卿なら……ほかにはこんな畏敬の念をおぼえるような資質をもった人間はほとんどいないだろう。

「やあ、スティーブン」すぐ背後にジャックの親しそうな声がした。「終わったよ、すっかり。こっちへ来て、一杯やろう」

「これはほんとに興味深い報告書だな」と、スティーブンは本を振った。「この著者が、まさしくわれわれがこれからゆく海域を航海したとはな。それに、観察眼のない男ではない。ただし、〝ミズナギドリ〟という名前でどの鳥を意味しているのか、ぼくにはわからないが。この著者、うちのグラント海尉となにか親戚関係にあるのかい？」

「本人だよ。彼がレディ・ネルソン号に乗っていたんだ。だから、本艦に彼を乗せるように要請されたんだ」そう言ったジャックの顔に不快そうな翳りがよぎった。「経験があるから、ってさ。だが、あいつはおれが行こうとしているほど南へは下っていないのだ。ずっとほぼ三十八度線沿いに進んでいた。おれのほうは四十度線を越えるつもりなのに――おぼえているだろう、あの懐かしいサプライズ号を、スティーブン、それにあそこに吹いていた西風も？」

スティーブンは、吠える四十度線《ロアリング・フォーティーズ》海域（南緯四十度から五十度の海域で、一年中、西北西から北西の強風が吹いている航海の難所）をゆく懐かしいサプライズ号をはっきりと思いだした。目を閉じた。しかし、一方ではあそこはアルバトロスのいる緯度でもあるのだ。

「教えてくれ」考えたすえに、スティーブンは切りだした。「こんな偉業を成し遂げたのに、どうしてグラント海尉は昇進しなかったんだ？　これは偉業なのに、たしかに、あんな小さな船《シップ》で」

「レディ・ネルソン号はブリッグ型だよ、シップ型じゃない、スティーブン」と、ジャックが言った。「ブリッグだ。しかし、偉業は偉業だった、きみの言うとおりな。とりわけ、あの艦《ふね》は、垂下竜骨なんぞという堕落したものを取りつけていたのだからな。垂下竜骨をつけたおぞましいポリクレスト号に乗った身としては、もう金輪際、あんなものは見たくない。昇進に関しては」と、彼はあいまいな口調でつづけた。「ああ、昇進というのは、絶頂期にあるときには両刃の剣だ。グラントはわざわざ文官たちの不興を買うようなことをしたのだと思う、海でも陸でも。彼は文官たちの錨索孔をふさいだ。すると、彼らはグラントの錨索を切った。たぶん彼は世渡りの知恵をろくにもっていなかったんだろうな。ほかにもグラントに対する不満の原因はなにかあると思う。一度など、あいつは海尉名簿のいちばん下にいたのだから。それでおれは、トム・プリングズを副長にすることができたんだ。で、彼がいまはグラントより先任というわけだ。しかし、そんなことはどうでもいい」ジャックはヴァイオリンに手をのばした。航海用のヴァイオリンだ。高価なアマティ家製のヴァイオリンは熱帯の暑さにも極地の寒さにもさらしてはいけないのだ。「キリック！　キリック！　おーい！　手を貸せ」

キリックの声が近づいてくるのが聞こえた。「気の休まるときがねえ、まったく、この艦《ふね》にゃ、気の休まるときがねえ」ドアが開いたとたんに、「艦長《サー》？」

「ドクターにチーズ・トーストだ、おれには羊の厚切りを五、六枚。それから、エルミタージュ・ワインを二本。聞こえたのか？　さて、スティーブン、Aの音をくれ」

二人は弦の調子を合わせた、あのむせび泣くような心地よい音に。調子を合わせながら、ジャックが言った。「あのおなじみのコレルリ（イタリアのヴァイオリニストで作曲家、一六五三〜一七一三）、ハ長調はどうだい？」

「喜んで」と、スティーブンは答え、弓を構えた。ちょっと間をとってから、ジャック の目をとらえた。二人ともうなずきあった。スティーブンが弓を弦にあてると、チェロ は深く気品のある歌をうたいだし、すぐにヴァイオリンの高く通る音がつづいた、完璧 に楽譜どおりだった。調べは大キャビンに満ち、片方が片方に語りかけ、もつれあいな がら二人の音が一つになると、今度はヴァイオリンの音だけが高く響いた。二人は複雑 な音のまさしく核心に入っていて、心楽しく探りあい、艦《ふね》のことも、荷のことも、二人 の心のなかからはるかに、はるかに遠ざかっていった。

4

毎日正午に――空が晴れていれば――レパード号は太陽で自分の現在位置を決める。日ごとに太陽は南の空に高くのぼるようになっていた。決定的瞬間が近づくと、つまり、太陽が子午線を通過する瞬間だが、艦長はじめ航海長、当直士官全員、それに若い紳士全員が六分儀を構えて、息をこらし、太陽の下辺を水平線までさげて、その結果を記録する。ラーキン航海長が、「正午です」と当直士官に報告する。当直士官は艦尾甲板を艦長のところまでよぎっていって、軍帽をぬぎ、「失礼します、艦長、正午です」と報告する。艦長は、たとえ二、三ヤード向こうの航海長の声が聞こえなかったとしても、自分の六分儀で完璧にわかっているので、「正午とせよ、バビントン海尉」と返す（そのときの当直士官によって、グラントとも、ターンブルともなるが）。こうして、海上での一日と翌日の境が決定されるのだ。

ジャック・オーブリー艦長の観測結果はたいてい、ラーキン航海長やグラント海尉の結果と二、三秒の誤差しかないが、ときどきラーキンが朝の一杯で目がかすんでいるときは食い違いがあり、そんな場合、オーブリーは自分の観測結果を航海日誌に記録することにする。たいていは数字の羅列とたまに災難の記述があるだけの無味乾燥な簡潔な記録は、その意味のわかる者の目には、〝快晴・疾風〟、すばらしい航走距離、一日に二百マイルもの快走、そして、どんどん減っていく経度の連なり、なのであって、恍惚感にも似た感情を湧かせる。「北緯四十二度五分、西経十二度四十一分――北緯三十七度三十一分、西経十四度四十九分――北緯三十四度十七分、西経十五度三分――北緯三十二度十七分、西経十五度二十七分」この位置でレパード号は、正午にマデイラ諸島を右舷正横はるかに見て通りすぎ、翌日にはドライ・サルヴェージ諸島もかわした。メイン・マストのトップ台からスティーブン・マチュリンはこの島々を恋いこがれるような思いで見つめた。以前だったらジャック・オーブリー艦長に、艦《ふね》を止めて、南南西へ航《はし》りつづけるこんな乱暴で無茶な航海は中断して、自分に休みをくれ、半日でもいいから、あの興味深い岩礁に住む昆虫やクモガタ網の個体群を調査させてくれ、と頼んだだろうが、いまは余計な口出しはひかえた。カナリア諸島のぼうっとした島影が東の水平線にくる時間もくる時間もつづいていて、やがて左舷はるか遠くの水平線上にテネリフェ山の白い頂がせりあがってきたときも、彼は口出しはひかえた。いったん海軍の不変の日課が始まったら、休むひまなどない緊迫した空気が張りつめるので、いくら自分が頼んでもほんのわずかの変更もさせることはできないと、長年の悲しい体験から悟っていたのだ。

この日課は、ドライ・サルヴェージ諸島を通過するずっと前から始まっていた。鎮守府長官が水兵を略奪したにもかかわらず、レパード号の乗組員は正真正銘の軍艦乗りが異例なほど高い割合を占めていた。彼らはフィニステレ岬が後方に遠ざかるや、自分たちのなれた生活様式に落ちつき、甲板を整頓し、新米水兵たちの先頭にたった。フィニステレ岬の緯度から北回帰線までほとんどずっと正横より後方から強い風が小やみなく吹きつづけ――凪いだのはたった一日しかなく――すばらしい航《はし》りだった。おかげで万事やすやすと進み、ポーツマスの濃霧が別世界のことになるまでに、日曜礼拝のための祈禱台が設置されることは一度だけだった。輝く夜明けが来る前に各甲板には水がまかれ、擦り石《ホーリーストーン》がかけられ、乾かされる。掌帆長の号笛の合図でハンモックが上甲板にあげられる。ジャック・オーブリー艦長はスティーブン・マチュリンと朝食をとる。朝直の当直士官と士官候補生が一名、相伴することもよくある。それから若い紳士諸君に『マッケイの経度測定法』を読ませる。ドクター・マチュリンとマーチン助手が回診をする。囚人たちは運動をさせられる。三十分砂時計が、ひっくりかえされる、またひっくりかえされる、またひっくりかえされる。時鐘が打ち鳴らされて、当直が交代する。つづけざまに四回、昼食のディナーが出てくる――乗組員たちの昼食、囚人たちの昼食、士官室の昼食、艦長室の昼食。午後の時間はどんどんすぎて、第一折半直が始まり、戦闘配置、掌帆長の号笛でハンモックが下へ降ろされる前に、夕方の砲撃訓練。というのも、オーブリーは比較的裕福な艦長だったので、大砲一門につき公的に認められている砲弾百発と公的に認められている分量の火薬を余分に補充してあったのだ。だから、レパード号では、たそがれの空へ猛々しくひと吠えかふた吠えして、オレンジ色の火炎を吐きだすことなしに一日を終えることはめったになかった。この航海の初めから、五十門のうちほぼすべての砲の砲手長《ガン・キャプテン》は優秀だったし、半数以上の砲の砲員も優秀だったので、オーブリーとしては、赤道を越えるまでには、五十門すべてのチームを完璧にするつもりだった。みごとな運用術とすばらしい操船術で艦《ふね》を敵の射程内へ持ちこんでも、大口径砲が敵艦をすばやく徹底的に叩くことができなければ、なんにもならない、そう彼は固く信じているのだ。

じきに艦内生活は決まりきったものとなったので、記録をつける必要のない者たちは、教会とか洗濯日、あるいは〝総員、懲罰立ち会い〟の残忍な号笛の音でしか、日にちを思いだすことはできなくなった（艦首から艦尾まで洗濯ロープが張られて、きれいな衣服がずらりと干されている光景は妙に軍艦らしからぬ平和な感じで、とりわけ洗濯物のなかに女物がまじっているいまはそうだった）。懲罰は、レパード号では週に一度しか行なわれず、懲罰のある日はすなわち土曜日なのだ。

くる日もくる日もミセス・ウォーガンは艦尾楼を散歩した。ときには侍女がいっしょのこともあり、ドクター・マチュリンはしょっちゅういっしょで、犬と山羊はいつもいっしょだった。だが、彼女はほんとうは幽霊だったのかもしれない。彼女がいると、あたりにざわめきが生じたが、艦尾甲板を横切る姿は見えないのだ。というのも、オーブリー艦長が、横目を流したり、ばかなことをしたり、言葉をかけたりすることを禁じるとりわけ厳しい命令を出していただけでなく、士官室でも士官次室でも、実は艦中で、ミセス・ウォーガンはドクターの専有物だと考えられるようになっていたので、だれもドクターとけんかしたくなかったのだ。それでも、姿が見えないというのは言いすぎだ。陸《おか》からの距離がだんだん大きくなっていくにつれて、みんなの女欲しさは強まってゆく。とびきりの美人というものは——夫人は初めて姿を見せたときからはるかに美しさを増しており——大勢の男たちの盗み目や、大勢の男たちの切ないため息を誘わずにはおかないのだ。

それでも、毎日がまったく平穏無事だったわけではない。やる気満々、総帆をあげて航《はし》るのが大好きな艦長の指揮下で驀進している艦は、常に緊張感に満ちている。いつ何時、どこかの海軍工廠の不手際が露呈するかわからないし、一度など実際、なんの前触れもなくヤードの昇降用環《バーレル》の滑車索が切れた。また、あるときは、メイン・トップスル・ヤードにあてた添え木の、まいはだの詰め方が悪かったので、ヤードが割れ、急いで甲板に降ろさなければならなかった。それに、風上側のはるかかなたに遠いジベックの船影が一つある以外、いまはなにも見えないが、本艦は測深可能な海域から出ているので、いつでも、この瞬間にでも敵の艦船が視界に入ってくる可能性がある。相手が軍艦だったら戦闘、商船だったらひと財産、という潜在的可能性があるのだ。たった一日の凪ぎの日ですら、心躍るような興奮することが起こった。

ことが起こったのは土曜日、判決日だった。ピーピー、ピーピーと、午前直の六点鐘に掌帆長と掌帆手たちの号笛の音が陰鬱に鳴りひびいた。総員が艦尾に集合し、艦尾甲板の両舷に各当直班がまとまりなくかたまった。彼らに整然とした集団を作らせることは配給酒支給時以外はむりだし、ポケットから両手を出させることもむりだ。みんなだらんとした姿勢で、じろじろと見つめている――銃剣を装着したマスケット銃を手に、艦尾楼に完璧な緋色の列を作っている海兵隊員たちを。艦尾楼の前端に立てかけられた格子板を。艦長の背後に並んだ士官と若い紳士たちを。みんな金筋を飾った軍帽をかぶり、長剣か短剣を腰にさげている。先任衛兵伍長が罪人たちを引ったててきた。三人は酔っぱらいの罪――一週間の配給酒支給停止と、非番のときにそれぞれ四時間、六時間、八時間、ポンプを突くことが命じられた。帆足綱係のジェイコブ・スタイルズから彼の私物のタバコ四ポンドと、銀時計を盗んだかどでトルコ人が一人、引きだされた。盗まれた物が差しだされ、宣誓証言がされ、事件が立証された。罪人は黙秘。

「この男の上官たる士官は、なにか弁護することはあるか？」と、オーブリー艦長が訊いた。

バイロン士官候補生が訴えた——この男は去勢されてますし、時計は動かなかったんです。

「そんなことは弁明にはならない」と、オーブリー艦長が言いかえした。「この男に結婚できる見込みがあるかどうかなど、問題にもならない。時計の状態もだ」そこで、トルコ人へ命じた。「ぬげ」こんどは操舵長へ、「その男をしっかりと縛りつけろ」

「縛りました」と、操舵長が言った。トルコ人は格子板に手足を広げて縛りつけられていた。

オーブリー艦長はじめ士官全員が軍帽をぬいだ。書記官が本を手渡した。オーブリー艦長は『戦時服務規定』第三十条を読みあげた。「艦隊内において盗みを犯した者は何人であろうと、懲罰として死刑」——恐ろしい間——「もしくは、状況を鑑みて、軍法会議が判決をくだすとおり」そこで彼はまた軍帽をかぶり、「ムチ打ち九回。スケルトン掌帆手、己の義務を果たせ」

掌帆手は赤いベーズ織りの袋から九尾の猫ムチを取りだした。九回、思いっきりムチが振りおろされ、九回、喉が裏返ったような甲高いぞっとする悲鳴があがり、その音と声はこの日をまったく特別な日にするに充分だった。そして、〝熊いじめ〟とか〝牛いじめ〟、賞金付きの拳闘試合、さらし台の刑、死刑執行などに楽しみをおぼえる者たちには満足のいくものだった――たぶん、いまの乗組員の十分の九は、そういう輩だろう。

つづいて出てきたのはヘラパースだった。フォア・マストのトップ台員で、右舷当直員だ。罪状は、金曜の夜、当直開始のときの点呼に集合していなかったこと。彼は真っ青だった。むりもない。というのも、この規律違反を犯して以来、食卓仲間たちは彼に悪ふざけをしてきたのだ――これは艦内でいちばん悪い罪だぞ、そう彼らは真顔で告げ、罰はムチ打ち五百回だな、そのあとは運がよければ船底くぐりの刑か……。さらに悪いことに、ヘラパースは生涯で初めて（というのも、オーブリー艦長は盗み以外の罪ではムチ打ち刑をめったにしないからだが）猫ムチのすさまじい効果をたったいま、その目で見、その耳で聞いたのだ。

「なにか弁明することはあるか？」と、艦長が訊いた。

「ありません、艦長、ただ、点呼のとき、いなかったのをとても後悔しているということだけで……」

「この男の上官たる士官は、なにか弁護することはあるか？」

ヘラパースはこれまで規律違反を犯したことはありませんし、不器用ではありますが、積極的で従順であります、今後は任務に身を入れることはまちがいありません、とバビントン海尉が述べた。オーブリー艦長はヘラパースに向かって、おまえのやったことは愚かで悪いことだ、もしもみんながまねしたら、本艦は無法地帯となってしまう、そう厳しく言ってから、バビントン海尉の言ったことを肝に銘じ、任務に身を入れること、と申しわたして、彼を解放した。

そのあと、レパード号は、上空高く流れる風にロイヤルスルだけふくらませて、ガラスのような海を亡霊のように渡っていた。オーブリー艦長は雑用艇を降ろして、艦のまわりを漕ぎまわらせて釣り合いを調べるように命じ、それから水浴びしようとした。ちょうどそのころマイケル・ヘラパースは、心の底からほっとして、任務に身を入れよう、自分の仕事の基本的なことを勉強しようと決心した。彼は体が細くて軽いので、フォア・マストのトップ台に割りあてられていた。つまり、トップ台より上のヤードの担当なのだが、片目のトップ台長のミラーは、ヘラパースをトップ台より上へは一度もあげようとしなかった。台の上で、命令に従ってロープを引くようにさせていたのだ。いまミラーは艦首楼にすわりこんで、帆布のズボンを縫っていた。彼を取りかこんで、ほかの男たちもズボンを縫ったり、麦わら帽子を編んだり、明日の礼拝にそなえて弁髪を梳いたりしている。みんないまは非番なのだ。ヘラパースはミラー・トップ台長に近づいていって、声をかけた。「ミスタ・ミラー、すみませんが、ぼくはロイヤル・ヤードにのぼりたいんですが」

ミラーは艦長付き艇長ボンデンのいとこで、ボンデンがヘラパースのことを「かわいそうに、不運なやつだ、害になるやつじゃねえ」と褒めていたのをおぼえていた。ともかく、ミラーは人のいい男だった。彼は恐ろしい顔をヘラパースへ振りむけた。火薬箱が爆発して火薬を浴び、ひどいあばたになっているのだ。きらめく片目がヘラパースに釘付けになり、温かい、哀れむような目つきになった。「よし、相棒、あんたを上さ連れってってくれるやつを探してやる。こんなおだやかな日はまたとねえだろう、上でも静かだぞ。生まれたての羊だって、マストのてっぺんから落ちはすめえ。ただし、その手は注意しろ。副長は静索を血で汚されるの、嫌がるからな」

実際、ヘラパースのやわかい手のひらは、毛羽だったロープを引くせいで、深い傷が無数についていて、犯罪的なシミを残す危険があった。二人一組でせっせと弁髪を結いあっている男たちへ、ミラーは視線をまわし、今風に短く切った頭髪の若者に目をとめた。「ジョー」と、彼は声をかけた。「ちょっとヘラパースをマストの上さ連れてってやってくれ。どこに足をかけるか、教えてやるんだ。ヤードの渡り方も教えてやれ。ただし、ばかみてえに飛び跳ねさせちゃならねえぞ」そこで彼はこっそりと付け加えた。

「きっと、こいつの夕方の配給酒、ちょっくら拝めるだろうて」

フォア・マストを上へ、上へと二人はのぼってゆき、トップ台を越え、檣頭横材《クロスツリー》を越え、さらに高くのぼっていった。のぼるにつれて、水平線が大きく広がってゆく。ジョーは楽々とのぼってゆき、くっくっと笑い声をたてながら、「ヘラパースにロープを教えてやりましょうね」とつぶやいている。二人はヤードの先端に出てちょっと止まり、ふざけあう若い紳士が二人、駆けおりていくのを通してやった。そこでジョーがヤードの上の歩き方をヘラパースに教えた。「さあ、いいか」と、ジョーが言った。「気をつけなよ、相棒。ここには段索《ラットライン》はないからな」

ロイヤル・ヤードそのものは中央部が直径六インチあり、足場もしっかりしていた。両側に信じられないほど大きく海が広がっていて、頭上には空が、下には帆がやはり信じられないほど大きく広がっていた。「すばらしい！」ヘラパースは歓声をあげた。

「思ってもみなかった……」

「マストのてっぺんまでよじのぼるから、見てろ」と、ジョーが言った。

「ぼくはヤードの上を渡ってみるよ」と、ヘラパースは渡りだした。ジョーはマストのてっぺんに着いて、下を見た。ちょうどそのとき、ヘラパースがヤードを踏みはずすのが見えた。彼の顔が恐ろしいスピードで小さくなってゆく。ジョーを見あげる恐怖にとりつかれた目。トゲルン・ヤードの右舷側の吊り索にヘラパースはななめにぶつかって跳ねかえると、トップスルをきれいに飛びこえて、すさまじい水しぶきをたてて海へ突っこんだ。ジョーは金切り声を張りあげた。甲高くかすれた声で、「人が落ちたぞー」

その叫び声はすぐさま甲板でとらえられた。艦首楼を水兵たちがぐるぐる歩きだした、長い髪をだらりと垂らしたまま……。海兵隊員が水しぶきのそばへほうきとバケツを放りなげた。

ジャック・オーブリーは叫び声を聞き、水しぶきを見たとき、すでに素っ裸になっていた。船べりから澄んだ海水のなかへ滑りこむと、驚くほど深いところにぼんやりと人間の形が見わけられた。ぐいっと潜っていって、人影を救いあげ、艦まで泳いだ。あと百ヤードほどのところで、ロープを投げろ、と怒鳴り、気を失っているヘラパースを舷側から引きあげさせて、自分もそのあとにつづいた。「プリングズ副長」と、オーブリーは叫んだ。ひどく腹がたっていた。「このばか騒ぎをいますぐやめさせろ。人が落ちると、いつでもこのくそったれのばか騒ぎだ。きみはあのばかどもをしずめろ。艦首へ行け。艦首から艦尾まで黙らせるんだ」そこで、ふつうの口調に戻って、「ドクターに来てくれるように伝えろ」

ドクター・マチュリンはさっきからミセス・ウォーガンといっしょに艦尾楼にいたので、もうこちらへ向かっているところかとオーブリーは振りかえると、夫人のびっくりして大きく見開いた瞳にぶつかった。オーブリーは少年のように真っ赤になり、ちゃんと服を着ているプリングズを引きよせて盾にすると、中央昇降口に駆けこんだ。

この場面にやんやと卑猥な言葉が湧きおこり、これは愚行であるとしてかなりの判決がくだされ、当該者たちの配給酒支給が停止された。『戦時服務規定』第三十六条違反というわけだ——「艦隊に所属するいかなる者、あるいは者たちによって犯された重大ではない罪、すなわち本条項に該当しない罪は、科すべき懲罰が指示されていないゆえ、海上で用いられている規定および慣例に従って罰すべし」つまり、〝艦長のマント〟とか〝艦長のつなぎ服〟とか言われる艦長判決がくだされたのだ。このことは別として、オーブリー艦長が溺れた者を助けたということは当然のことと受けとられた。彼がすでに二十人近い者を助けたことは海軍中で知らない者はいないのだ。その大半は、彼自身があっけらかんと認めているとおり、まるで助ける価値のない者たちだった。そのうちの二人はまさしくいま、レパード号に乗っていた。一人はフィンランド語しか話せない男で、もう一人はボウルトンという名前のまったく愚かしい男だった。フィンランド人はなにも言わなかったが、ボウルトンのほうはヘラパースにおそろしく嫉妬して、彼のことを向こうみずな出しゃばりだとか、下司野郎、情けない体つきだとか、ひどく胸に突き刺さる言葉で非難した。「やつは生きのびる、いいか、よく聞け」と、ボウルトンは言った。「やつは生きのびるさ、吊されるまでは――首くくられてな。やつは、絞首刑になっていただろうによ、陸《おか》にいたらさ、かわいそうにな……」

「もちろん、やつは生きのびるさ」と、ボウルトンの食卓仲間たちが相づちを打った。「ドクターがあいつの胸を押して、水を吐かして、あいつを苦しめてるもんをぜんぶ、薬で出させてくれるんじゃねえのか？」というのも、ドクター・マチュリンが自分の掌中にある者たちを守ってくれるのは、あたりまえと言ってもいいからだった――あのドクターは軍医といっても内科医だ、ふつうの外科医じゃねえ、プリンス・ビリー、つまりクラレンス公爵ののどぼとけや指を治したし、キース提督を手でまさぐって、ぴたりと痛風を治しちまったんだ。陸《おか》じゃあ、一人頭一ギニー払っても、いや、五ギニー、十ギニー払ったって、診てもれえねえだろうよ。

この事件はそれ以上の騒ぎは引きおこさなかったし、ジャック・オーブリーがソフィーへの手紙のつづきを書きはじめたときも、いっさいふれられはしなかった。

「レパード号
ポルト・プライヤ港にて

いまわれわれはここにいるのだよ、愛しいおまえ、マデイラ諸島でも、カナリア諸島でもなくて、カーボベルデ諸島のサンティアゴ島に！　そうと聞いて、きみが目をまん丸くするにちがいないと思う。ビスケー湾を出た瞬間から、風はすばらしい追い風になり、小やみなく吹きつづけたので、それを最大限利用しないなど、わたしにはがまんがならなかった。じっさいわれわれは予想よりはるかに高緯度で北東の貿易風をとらえ、二十六日で北回帰線を通過して、英仏海峡での退屈な時間と漂蹰《ライツー》していた時間の埋めあわせをしたのだよ。レパード号は、新式の艦尾材《スターンポスト》と舵針《ピントル》は別として——それもほとんど心配の種とはなっていないが——わたしを最高に満足させてくれている。サプライズ号に勝るとも劣らない。上手まわしはすばやくいくし、舵は利きやすいし、あと数トン、食料を食べれば、下手まわしだって艦隊一になるだろう。いまは艦尾の脚が深いので、心もちまわりが遅い。一言で言えば、レパード号は期待していた以上の艦《ふね》だ。それも、期待しすぎていたのにだ。新入り水兵の大半はものになってきたし、前からの乗り合わせ仲間たちは以前と変わらず完璧な軍艦乗りで、任務に邁進している。ただ、飲めるときにはいつも酔っぱらいすぎてしまう。この島には蒸留酒製造所があるのだ、やれやれだが、なんとかして乗組員たちをその工場に近づかせないようにしている。トム・プリングズ副長は艦《ふね》を最高の状態に保っている。わたしの仕事をほとんど代行してくれているので、わたしは太って、ひまだ。だから、スティーブンと何度もすばらしい演奏会をやった。彼は精神的にずっと落ちついたようだ。この暑さが彼には合っているのだろう。おれは死にそうだったよ。第一正装して、総督を表敬訪問したんだが、かんかん照りのなか、断崖に刻まれた悪路を汗だくで、息を切らしてのぼっていったんだよ、トカゲの群れを道連れにな。『どんな種類のトカゲだった、ジャック?』って、スティーブンが訊いた。『シャクネツ・トカゲ』っておれは答えた。クッソ暑いトカゲ、って言ったつもりだったんだ。ところで、おまえ、わたしはまちがっていたと思う、うちで預かっている女囚人がダイアナに瓜二つだって言ったこと。スティーブン・マチュリンは二人のちがいにすぐに気づいたにちがいない。いまではわたしにもはっきりわかる。それとは反対に、彼女は、競馬のとき、レディ・カニンガムのお仲間たちといっしょにいた女性にそっくりなんだ。きみが服装のことを言ってた女性だ。たぶんおなじ女性だと思う。ダイアナは華やかだが、彼女はちがう。似てないという理由は一つには、彼女は背があまり高くない。もう一つは、異常なほど人を責めたりしないのだ。それに、よく笑う——最初は低い声で、笑って、笑って、笑いやまないものだから、艦尾甲板中がにやにやするのを目にしたことがあるし、わたし自身、笑いを隠すのに風上をじっと見ていなければならないこともあった。彼女が自分から大騒ぎを引きおこしているわけではないんだ、かわいそうに。ところが、艦尾楼にスティーブンといっしょにいると、彼女は笑いっ放しなんで、スティーブンまで妙にきしんだ声をあげるのだよ。ダイアナが笑ったのをわたしは聞いたことがない、思いだせるかぎりでは。すくなくとも、腹から笑ったりはしない、ミセス・ウォーガンとちがって。だから、スティーブンはそれほどダイアナの心を占めていたのではないとわたしは受けとっている。だが、いまのところ、スティーブンの苛立ちはがまんできるていどにおさまっている。彼は目下、サンティアゴ島やほかの島々を歩きまわりたい思いと、われわれが送りとどけなければならないあの不幸な者たちを診てやる仕事と、その二つの板ばさみになっている。というのも、島には特別な種類のツノメドリがいるのだが、四人たちのなかにはまだ具合の悪い者たちがいて、スティーブンは彼らを苦しめている原因を見つけることができないでいるのだ。

しかし、艦《ふね》にいるからといって、なんでも見そこなっているわけではないよ。この諸島はほんとうに異常なほど黒くて、荒涼としている。火山の爆発が何度もあって、いまでもまた爆発する可能性が大きいのだ。このサンティアゴ島に向かって進んでいたとき、となりのフォゴ島が見えた。ここからちょっと南西寄りに二十リーグほど離れたところにあって、もくもくと上空へ煙を吐いていた。きのう、上陸してみた。脚をのばすためと、食卓用にウズラを二、三羽撃ち落とせるかやってみようと思って。それに、スティーブンのためになにか珍しい鳥と猿も捕まえようと思って。グラント二等海尉を連れていった、もっと打ちとけあえるかと期待してな。だが、よくなるどころか、かえって悪くなったように思えるよ。われわれは、ほとんど草の生えていない軽石や溶岩の上を何マイルも何マイルも歩いたが、土産は一つも持ち帰れなかった、二人の不機嫌以外には。ひどく暑くて、ほこりまみれになって、疲れて、喉がからからだった――干上がった川では一滴も水が見つからなかったんだ。グラントは、歩きながらずっと、この前にこの島に来たときにノガンやモルモットを見つけた場所をいちいち指さしていた。まるでこの島の主みたいに絶えず新しい道を勧めて、歩きながら、もしも自分が艦長の立場だったら、もっと水場に近いところに錨を入れていたでしょうに、ってほざいたのだ。ところが、彼はこの土地を知っていたにもかかわらず、結局は道に迷ってしまった。それで、海岸まで降りて、焼けつく丸石を踏みながら、這うようにして村落を見つけなければならなかったのだ。グラントは銃を落として、発射装置を壊してしまったうえ、暑さでかなり苛立ってきた。だが、このおれはそんな彼をがまんするように全力を尽くしたよ。きみがいっしょだったら、褒めてくれただろうになあ、ソフィー。彼はわたしより十か十五も年上だし、実にすばらしい航海者だし、ずっと不遇だったからな。だが、旗艦で初めて会ったときから、この男は報われることはないにちがいないと確信したんだ。一艦に艦長を二人おくことはできないし、彼は長いあいだ一人で指揮をとってきたし、レディ・ネルソン号での航海はすばらしかったし、この海域を知っているし、それで同僚たちの上に置かれたんだ。いい艦長になるかもしれないが、年をとりすぎているし、気位が高すぎて、二等海尉に甘んじていられないのだなあ。ああ、海軍本部がリチャードスンかネッド・サマーヘイズが欲しいっていうおれの嘆願に耳を傾けてくれさえすればよかったんだが——しかし、そんなことは起こりえないとしたら、海軍本部の言うとおり、ほかの不器用な海尉など必要ではなかったもんな。スティーブンはわたしとほぼおなじ見方だ。そう思う。だが、彼は士官室の食卓仲間だということを考えると、彼におれの士官たちのことをあれこれ言うことは、もちろんできない。ほんとうに、きみ以外には士官たちのことを話す相手はいないのだよ、愛しいおまえ。で、きみの耳にこっそりささやくが、喜望峰でターンブル海尉が艦《ふね》から降りて、若いマウアットがまた乗ってくれたらうれしいだろうな。だが、ああ、なんとおれは感謝の気持ちをもたない男なんだ。たしかにおれは二人の海尉と航海長、掌帆長があまり好きではないが、反面、プリングズ副長とバビントン海尉がいるし、二人の航海士は優秀だし、それに四、五人の候補生は従順だし、船匠と掌砲長はぴかいちだし、水兵たちの半分はおれの好きなタイプなんだからな。新しい指揮艦を持った艦長のうち、こんふうに言える者はそう多くはいないだろう。もういちど言うが、この航海はまるで休暇みたいだよ、扱いにくい艦長たちを相手に戦隊司令官を務めた身には、堕落天使になった気分だ——まったく海をゆくピクニックだ。

愛しいおまえ、この言葉を書いたあと、フィービー号が入ってきた。喜望峰から国へ帰る途中だ。あとの道のりは短い。この手紙をフランク・ギアに託すつもりだ。彼がいまは艦長なのだ（気の毒に、ディアリング艦長と乗組員の半数が黄熱病で死んでしまったのだ、リーワード諸島の海軍基地にいるときに）。思ったより早く、きみはこの手紙を受けとれるだろう、わたしの愛といっしょに。忘れないうちに書いておくが、代理委任状を同封するので、わたしの給料を受けとれるよ。それから、キンバー宛の手紙も入れる——読んでいい、よかったら。彼は約束したとおり、ぎりぎりまで経費を切りつめるべきだからな。それから、コリングズ宛に一通。馬のことだ。彼に忘れないでウィルコックスの干し草を買わせて、積みあげさせてくれ。その干し草で、新しい馬小屋と馬車置き場のあいだにななめに屋根をふいてくれればありがたい（それはキャレイがやってくれる）。きみに神のご加護を、ソフィー、わたしの代わりにかわいい子どもたちにキスをしてやってくれ。こんどジョージに会うまえに、あいつが半ズボンをはくようになっていると思うと、ひどく落ちこんでしまうよ。だけど、このスピードで進めば、早く家へ帰りついて、彼が最初の外出をするときには、子馬に乗せてやれる、きっと。ミスタ・スタンホープのフォックスハウンドを見にな。

大急ぎで書くよ、おまえ。というのも、掌帆長がドアの外でやきもきしているんだ。やつはもう本艦の錨索を陸《おか》の悪党に売ってしまったにちがいない。それでわたしを陸《おか》へやれば、錨索を運びだせるというわけだ。ほんとうにやつはひどく腐敗しきっている。どやしつけてやらないと。

では、もういちど、心から愛をこめて、

変わらぬ信頼と愛情をこめて、

ジャック・オーブリー」

ジャック・オーブリーが手紙を書いているあいだ、スティーブン・マチュリンはフィッシャー司祭と上陸していた。二人は教会を訪れ、そこの神父に会うと、話しこんだ。

ゴウメズ神父といい、背が低くて太っていて、かなりの年配で、混血だった。顔は褐色だったが、頭のてっぺんだけ髪の毛を剃りおとしていて、まわりを白髪がふちどっているものだから、てっぺんは真っ黒に見える。まわりに徳を放っているような人物だったので、教区民から愛され、尊敬されていることは明らかだった。神父が頼んでくれて、教区民の一人がマチュリンのために南洋アブラギリの実を三袋、見つける役を引きうけてくれた。この島ではまたとないほど完璧な南洋アブラギリの実を生産しているのだが、今年の実はまだ一般の市場に出まわっていなかったのだ。また、もう一人が、自分のいとこの家へ案内すると申しでた。いとこの家でドクターの言っている鳥をよく見かけたというのだ。いとこはブランコ・ツノメドリのひなを樽詰めにして売っており――このレントの村では塩漬けにしたひなを売っていいと公認されているのだが――親鳥のほうはドアに釘で打ちつけて看板代わりにしているという。

マチュリンは、フィッシャー司祭とゴウメズ神父を涼しいポーチに残して、出かけた。フィッシャー司祭の英語はラテン語なまりがあるので、ポルトガル人には理解できない部分があったし、ゴウメズ神父の信仰はとても深いうえ、フィッシャー司祭の教養をはるかに凌いでいたので、司祭は言葉に詰まることがよくあった。だが、二人が意思疎通できていたのは確かで、ものすごい早さで話していた。言葉というより共感と直感で通じあっているようにマチュリンには思えた。

結局、南洋アブラギリの実はきわめて質のいいものだったし、ツノメドリは正真正銘のブランコ・ツノメドリで、マチュリンが心配していたようなウでもカモメでもなかった。すばらしい収穫だったが、ツノメドリの腐敗がひどく進んでいたので、ばらばらにならないうちに、急いで艦《ふね》へ戻らなければならなかった。

患者たちをちょっと見まわり、マーチン助手と話をしてから、マチュリンは鳥を自分の部屋に持っていって、羽毛や体の各部分の外見を日記に正確に書きとめた。それから、悪臭に息をあえがせながら、あとで解剖するために、ワインのなかに鳥を放りこんだ。

そこでタバコに火をつけると、しばらく考えにふけっていたが、また日記をつづけた。

「あの神父のおかげで、わたしはいま、ブランコ・ツノメドリをだめにしても、苛立たずにすむ。神父と会ったことはわたしにとてもいい影響を与えている。たぶん、神父はわたしが会ったなかで三番目に高徳な人だろう。徳は彼から輝きあふれ、その質の高さはめったにないほどだ。それにはフィッシャー司祭も強く気づいたようだ。哀れな男だ、彼は悲しむべき状態にある、わたしはそう思う。だが、問題の原因がどこにあるかはまったくわからない。もしも、あれが例の隠すべき発疹だったとしたら、残念だ。わたしがそういう発疹を地位と身分とを問わずあらゆる男たちのなかによく見たことがあるということはだれも知らないが、人間の罪深い性質は非常に強く、時を問わないものだ。疑問——グラントのような人間でも、ゴウメズ神父に心を動かされるだろうか？　もしも時間が許せば、実験してみよう。報われることのない長くつらい任務で、底知れぬ辛酸をなめてきた男、それが二十五年もつづけば、しまいには希望など失せてしまうだろう。彼はなんとJAを恨んでいることか！　わたしの知るかぎりでは、彼には戦闘の経験がないが、ジャックの体には戦った証拠が縦横に刻みこまれている。ジャックが水浴しようと裸になったとき、海兵隊のマクファースン中尉がそのことを口にし、若い紳士諸君が畏敬の念をこめて見つめた。すると、グラントは感情的になって金切り声を張りあげた――『まったく運がよかったのだ、幸運だったのさ――自分から負傷しようという者は一人もおらん。すばらしい勇気をもって指揮した者でも、それを証明する傷のないことだってあるのさ』彼は自分が出世していないことをホワイト・ホールやなにかが一丸となってやっている陰謀だと言う――自分に対する嫉妬、自分の生まれが低いせいだと。『もしもわたしの父親が郷士か将軍か、議員だったら（明らかにこれはJAへの面当てだが）、わたしは十五年以上もまえに勅任艦長になっていたかもしれん……』だが、こんな言いぐさは説得力がないことはグラント自身にもわかっているにちがいない。なぜなら、彼はトラウブリッジ提督のもとで勤務したことがあるからだ、トラウブリッジ提督はパン屋の息子だ。ほとんどの船乗り同様、グラントも自分自身の仕事以外のことはまったく無知だ。実際のところ、彼はかなり本をたくさん読んでおり、大半の同僚たちより読書量は多いだろうが、年とってから始めた読書なので、人格の基礎を作るには役だっていない。ほかのだれも自分ほど本を読んでいないから、自分は無料の教科書だ、そう彼は思いこんでいる。謙虚さが足りない、まさしく自己満足のかたまりだ。たしかに彼は大変に賞賛すべき航海をやってのけた。だが、その航海を語る彼の話を聞いた者は、彼が一人でニュー・ホランド（オーストラリア）もヴァン・ディーマンズ・ランド（タスマニア）も発見したと思ってしまうかもしれない。それはちがうのだ。しかし、JAでさえ、人の評価基準が非常に高いジャックでも、グラントは一流の船乗りだと言っている。大変に良心的な男だとも、さらには義務を果たす男だとも——年老いた母親と未婚の妹二人を自分の海尉の給料、一月八ギニーで養っているのだそうだ。卑猥なことは口にしないし、海兵隊の士官たちがみだらなことをしゃべるのをやめさせようと努力しているとも。厳格で、形式張っていて、寛大さに欠ける男だ。フィッシャー司祭とはうまくやっている。彼が自由意志を強調するペラギウス派の邪教について話すのを、司祭はあっぱれなほど辛抱強く聞いている。グラントは『戦時服務規定』に劣らないほどよく聖書についても知っているようだ。わたしは神学者ではないし、この新興教派の教義については、彼らが〝ミサにおける忌まわしい偶像崇拝〟と呼んでいることを拒絶していること以外、ほとんど知らないが、自分の見聞したかぎりでは、彼らは主として倫理に関心をもっているようだ。神秘論や昔ながらの信仰は彼らには相容れないものだし、彼らの豪華で、ときとしてすばらしく現代的な建物とも相容れないらしい。では、そういった教派のなかのもっと厳格な信者はゴウメズ神父をどうやって受けいれるのだろうか？　わからない。この二、三日のあいだに囚人たちの病室でどんなことがわたしに振りかかってくるのか、それもわからない。前兆があることはわかっている――わかりすぎるくらい、ああ、――もしも、むかしから今日まで権威ある医者たちが言ってきたことに反して、潜伏期がなかったとしたら……？

わからないことだらけのあとで、あの不幸なヘラパースの謎がとけたと書けるのはうれしいことだ。彼が密航したのは、ミセス・ウォーガンへの愛のためだったのだ。彼が隠れていた場所、つまり、二つの樽のあいだのわずかな隙間や、そこに一週間も耐えていたこと、自分自身をゆだねた運命を考えると、あまり感心できたことではないが、彼の愛情や不屈の精神、あるいは無鉄砲さというものがわかってくる。それに、命取りにもなりかねない彼の頑固さを非難していいかもしれないが、非難したら、わたしのほうが理不尽ということになるだろう。ミセス・ウォーガン自身、この強い愛情の証に決して心を動かされていないわけではない。このことを考えると、わたしが夫人を艦尾楼に初めて連れていったときのあの奇妙な場面、長いこと理由が結びつけられなかった場面も、謎がとける。

その答えは、ミセス・ウォーガンの部屋のまえを走る廊下のうす暗がりのなかでヘラパースの姿を認めたとき、初めてわたしの心のなかで形を作りだしたのだった。彼はひざまずいて、夫人の日用品を差しいれる穴から夫人と話していた（まるでティスベーに恋したピューラモスのようだった）。わたしは隔壁、つまり取り外しのきく壁――のかげに隠れて、その人物が自分の患者であることを確認しようとした。というのも、ほかの者たちも、なんとか禁じられている会話を夫人としようと企てていたし、彼女のとなりの部屋の艦尾士官候補生室《アフター・コックピット》にいる候補生たちは壁にのぞき穴を開けて、魅力的な夫人を見ようとしていたのだ。だが、ヘラパースだった。彼が口にしているのはほとんど愛の言葉で、とりたてて彼独自の個性的な言葉ではなかったが、いかにも誠意にあふれ、心情が噴きだしたものだったから、強く心を動かされた。ミセス・ウォーガンのほうは、例の喉を鳴らすような意味もない笑い声以外、反応はほとんどわからなかった――このときは、その空笑いがいつになく幸せそうだった――しかし、二人は長いつきあいで、その関係は親密であり、こんな孤絶のなかで友だちを得て彼女が幸せに思っているのは明らかだった。二人は話に没頭していたので――穴のなかで手を握りあって――士官候補生室から候補生が急いでやってくるのがヘラパースの耳には届かなかった。わたしは咳払いをして警告したが、むだだった。彼は見つかってしまった。ここでなにをしている、と訊かれて、ヘラパースはひどく混乱してしまい、下へ手を洗いに行くところでしたが、道に迷ってしまいました、と答えた。その士官候補生は、若いバイロンだったが、人情がないわけではなかった。彼はヘラパースに任務に身を入れなければならないぞ、と言った。当直が始まったのを知らなかったのか、いまから走っていったとしても、点呼にはきっと間に合わないぞ、そうも言った。

その直後にミセス・ウォーガンを訪ねると、彼女の人目を意識した表情がぼくの推測を充分に裏付けた。裏付けが必要だったとすればだが……。彼女は自分の喜びをかなりうまく隠していたが、脈拍がそれを裏切っていた。だが、たとえ自制できない脈拍がなかったとしても、夫人が並の諜報員であることはわかっただろう。諜報員の才能があることはまちがいない、たしかな筋から情報を得ていたのだから。断固として、ひるむことなく……。しかし、指示を与えてくれる諜報員がいなくなると、哀れなほど途方にくれてしまった。黙秘を通すことがどれほど大事か、だれも彼女に教えてはいない。いずれ彼女は吐くだろう(性格のよさも働いて)。ときとして彼女の作り話は、哀れなヘラパースの作り話より下手なこともあるだろう。

わたしと夫人のあいだはたいそうよくなっている。彼女はわたしがアイルランド人で、自分の国が独立するのを願っていると知っている。わたしがすべての支配を、すべての植民地建設を憎悪していることも。七七年にまさしくこのレパード号が中立国アメリカのフリゲート艦チェサピーク号を攻撃して、乗組員を何人か殺し、アイルランド出身のアメリカ人船乗りを連行した。わたしなら〝正当なる宣戦布告〟と呼んだであろう反応をアメリカに起こさせかねなかったこの行為について話したとき、彼女はもうすこしで機密をもらしたにちがいなかった。彼女の瞳はきらめき、ぐいっと頭を起こしたのだ。ところが、わたしはばかな言葉をつづけてしまった。〝急がばまわれ〟だ、ジャックがいつも言うように……。彼女が自分のボスの名前より重要なことをわたしに教えられるかどうか、それは怪しいが、ボスの名前だって、つまり彼女に指令をくだす諜報員の名前だって待つ価値はある。たとえフランスとの繋がりがないとしても、ボスとその仲間は監視しなければならない。また、英国政府がアメリカ人を敵対視して不当に扱い、彼らの貿易を妨害したり、艦船を止めたり、乗組員を強制徴募したりして、アメリカを戦争に追いこんだら、このアメリカ人ボスとフランスのあいだに繋がりが生じることはほとんど必然的なことだから、このボスを拘束しなければならないことは確かだ。じわり、じわりとやる……。それに、たぶん、ヘラパースをうまく利用できるだろう。わたしの仕事はいやな仕事になる、ときどき。だから、ときどき、ヨーロッパを破壊しているナポレオンの非人間的な極悪非道の暴政を思いだして、自分を落ちつかせ、わたしもかつては純真な若者だったのだと自己弁護せざるをえなくなるのだ。

ルイーザ・ウォーガン。彼女とわたしとのあいだにはある種の愛情、あるいは温かさといったものが生まれていたようだ。自分に自覚はほとんどなかったのだが、彼女の恋人が現われたあと、その愛情が消えてしまったので、気づいたのだ。そんな感情はいやではない、ああ、まったくいやではない。ただ、なにかが欠けていて、それがなんなのかは、ほとんどわからない。こんなおぞましい、不快な、自己抑制しなければならない浮かぶ世界で味方が一人もいないとき、彼女がだれであれ差しだされたものにすがりつき、そのより所をあの手この手でなんとかもっと確実なものにしようとしたのは当然のことだ。愛情が消えたというのはただ一時的なことだ、そうにちがいないと思う。というのも、彼女は恋人にはほとんど会えないし、侍女以外の人間ともほとんど会えないからだ(しかも、彼女はダイアナ・ビリャーズを利用していたほどには、女の仲間たちを利用していないのだ)。だから、わたしが気遣ってやらなければならない。おれは女に追いかけられるんだよ、そう言う我慢のならないほどばかな伊達男たちがいる。彼らが出っくわすのは当然のことながら、侮蔑と不信だ。しかし、それとまったく似てなくもないことが起こるかもしれないし、このところは、わたしが一歩踏みこんでもそれほど残酷に拒絶されることはないだろうとも思っている。しかも、自分自身のなかに深いざわめきが決してないわけではない。自分の抑制と、いろいろな形のアヘンとが性欲抑制剤となって欲望を打ち消しているのだ。愛情をもういちど取りもどすべきだ、そう任務は要求していないか? もちろん、節度をもって、決して自分が欲情にふけるのではなく、むしろ尋問の過程として。その場合には、きれいな、澄んだ気持ちであることが肝心だ。なんと悪魔的なささやきか……。

こういう場合、ものの本によると、男は拒絶したらひどい怒りを買うという。そうかもしれないが、そんなことはわたしの経験外のことだ。それに、忘れてはいけないが、この種の話はみんな、自分の行為を性急な女欲しさのせいにしたがる男の側から出ているのだ。わたし自身は怪しいと思っている。黒髪のギリシャの女流詩人サッホーは、永遠の若者フェイオンに失恋して身を投げたが、フェイオンのことを憎んだだろうか？ いずれにしても、こんな話を自分にあてはめることはできない。わたしはフェイオンではない、生気に満ちた若者ではなくて、もしかしたら役にたつかもしれない味方にすぎないのだから。いま物質的な快適さを与えてくれる男、将来へのかすかな保証、でしかないのだ。せいぜいよく見たところで、ほかに相手が見つからないいま、不快ではない相手なのだ。しかし、うぬぼれて言うと、ある種の好意は実際にある。たしかに非常に強い好意ではないが、その好意は、わたしをベッドに受けいれるのにさほど自分に強いなくていいし、自分の節操を裏切るとも思わずにすむていどのものではあるのだ。というのも、この手のスポーツはたいして重大なことではなくて、楽しみや友情で、あるいは親切心で、もっと言えば、最小限の好意さえあれば好奇心ででもできることだ、彼女はそう考えるようなタイプの女にわたしには思えるからだ。そういう女にとって貞操観など、その行為が重大なことではないのと同様に、ほとんど意味のないことなのだ。二人きりで酒を飲もうというほどのことなのだ。こうした女の態度はひどく非難される、もちろん。そういう女たちは淫婦などと、ひどい呼び方をされる。いまの場合、こういったことがわたしの好意に影響を与えているとは思わない」

そこでスティーブン・マチュリンは手をとめると、前の情報部部長サー・ジョゼフ・ブレインが送ってきたフォルダーに目を通し、それからまたつづけた。

「彼女には密通相手が主に三人いた――一人はG・ハモンド。ホールトンの会員で、ホーン・トックの友人だ。トックは文筆家である。もう一人は資産家のバーデット。三人目はバーデットよりも資産家のブレッダルバン。彼女をいまの境遇に落とした海軍本部の非法官議員は別としてだ。一時は、マイクルという男が秘書として挙げられている。たぶん、ヘラパースのことだろう。これらの密通相手はかなり有名人だが、彼女の評判は保たれていた、すくなくともレディ・カニンガムやレディ・ジャージィとひんぱんにつきあいをつづけるほどには。彼女たちをとおしてミセス・ウォーガンはダイアナと知り合いになったにちがいない。かつてボルチモア出身のミスタ・ウォーガンという得体の知れない男がいて、最初にミスタ・ジョイの任務に加えられ、それからセント・ピーターズバーグの別の任務に加えられた。彼はいまもそこにいるのかもしれない。ジョン・ドウという名前で『苦悩する恋人たち』という喜劇と、『ある夫人による自由の考察』という詩集を出版している。ああ、どうしてブレイン部長はわたしのためにその本を見つけてくれなかったのだろう？　著書ほどその人間を暴露しているものはないのだ。資金源はわからない。フィラデルフィアから不定期な送金があったのだろうか？　モーガンやリービーなどロンドンの金貸しが危険を犯していたと考えられる。たぶん、高級売春宿と諜報員とが結びついているのだろう」

いつもよりすさまじく轟く音にスティーブン・マチュリンのインキ壺が震えた。彼はロウのかたまりをもっと耳の奥へ押しこんだが、役にはたたなかった。最後のボートに積まれた水が艦内に引きあげられているのだ。大きな水樽はつぎつぎと中央艙口《メイン・ハッチ》から本艦の腹のなかへ降ろされ、収納場所へと転がされてゆく。転がされながら、水樽はゴロゴロ、ゴロゴロと音を立て、その音は穴がふさがれ汚水が汲みだされた船艙のなかにこだまして、一トン、また一トンと並べられてゆく。それと同時に乗組員たちは抜錨準備にかかっていた。最後のボートが艦内に引きあげられるや、十八インチの錨索が錨索庫を満たしだした。大量の海水を落とし、ポルト・プレイア港独特の臭いを撒き散らして。すくなくともその臭いは最下甲板《オーロップ》にこもった悪臭に変化をつけてくれた。海軍の作業で黙ってやられるものはほとんどない。いまや錨索をたぐりこむ男たちはどら声で調子をとり、そのあいだにはののしり言葉がはさまれる。索巻き機《キャプスタン》の頭の上にのった笛吹は思いっきり横笛を吹き鳴らし、押し棒についた男たちは真鍮の肺を持った仲間たちに「そうれ、歩いてまわせ、歩いてまわせ」と励まされている。艦尾甲板から艦首楼まで命令が飛び交い、ひときわ大きな声が甲走って怒鳴った。「おーい、候補生ども——錨索あげるのを手伝わんか！」

まったくいつもよりもひどい騒ぎだった。というのも、ジャック・オーブリー艦長が最大の注意を払っていたのに、水兵たちが蒸留酒工場に近づかないようにしておくことができなかったのだ。大勢の者たちがぼうっとしている一方、浮かれ騒いでいる者たちもいた。ふざけたり、仲間を蹴つまずかせたり、こっけいなポーズをとったり、片足を引きずるまねをしたり、麻痺したまねをする者さえいて、だらしのない大声をあげて笑っている。

しかし、ついに騒ぎはおさまり、マチュリンが甲板に出てみると、見えるかぎりでは六人以外全員が忙しくロープを巻きたばねたり、錨を吊りあげたり、整理整頓したりしていた。問題の六人は風下側の舷側通路に寝ころがっていた。彼らの上に雑巾箒係《スワッバー》が冷ややかに海水ホースを向け、仲間たちが艦首ポンプを突いている。帆はすでに素面の者たちがあげ終わっていた。各トゲルンスルはもう一時間前に帆足綱《シート》がいっぱいに張りこまれていたので、小さな町ははるか艦尾のかなたに遠ざかっていた。頭上を見あげると、深いブルーの空を白い雲が南西へよどみなく流れていた。風は暖かいが強く、囲われた泊地にいたあとだけにとてもありがたいほど新鮮だった。見まわしていると、この航海で初めてネッタイチョウが見えた。陽射しをあびて、白く輝いている。くちばしの黄色いネッタイチョウで、長い尾をぴんと後ろへ張って、すばやく力強く羽ばたいて南へどんどん飛んでいった。見えなくなるまで見送ってから、ドクター・マチュリンは四人の病室へ行こうと艦首のほうへ進んでいった。

四人の病室は強い酢の臭いがした。酢で消毒させたのだ。塗りたての白いペンキでかなり明るくなっているし、雑巾箒係《スワッバー》は精いっぱい清潔にしておいてくれた。風取り帆《ウインドセイル》からは新鮮な海風が吹きこんでいる。三人の患者たちは相変わらずだった——熱は低く、体の消耗が激しく、脈は弱くてとぎれがちだ。吐く息は臭く、頭痛がひどく、瞳孔は収縮している。三人ともおなじ病気だ。だが、なんの病気だ？　この病状はマチュリンやマーチン助手、フィービー号の二人の軍医が読んだ医学書の病状経過のどれもたどっていないのだ。だが、三人の上にかがみこんで、注意深く見つめるうちに、じきに熱が出るだろうし、峠はそう先ではないし、まもなく敵の正体がわかるだけでなく、仲間たち全員の力で戦闘開始できるようになる、そうマチュリンは感じた。「ソウムズ、ひきつづき、水薬を飲ませてくれ」と、彼は助手に言うと、艦尾方向に進んで、もう一つの病室へ入っていった。その病室にはヘラパースは別として、患者は一人しかいない。マチュリンの古い乗り合わせ仲間ジャックラスキで、ポーランド人だ。彼はアルコール中毒による深い昏睡状態におちいっている。

「この連中の体はどうやって耐えているのだろうか」と、彼は声に出した。「わからない。ただ推測するしかないが、海風とか一日一度は固い食事、いつも多かれ少なかれ湿っている、重労働、一度に四時間以上は邪魔されずに眠れない、ダブリンの安宿だって天国に思えるほど、汗まみれの体を洗わないままぎゅう詰めに押しこまれる、実はそういったことが人間の体を芯から頑強に保っておくのに必要なのにちがいない。われわれの衛生に関する考え方はまったくまちがっているのかもしれない。ヘラパース、具合はどうだ？」

「ずっとよくなりました、ドクター・マチュリン、ありがとうございます」

マチュリンはヘラパースの目をのぞきこみ、額に手を触れ、それから脈をとった。

「手のひらを見せてごらん。傷のないところより、肉の出ているところのほうが多いぞ。またロープを引くときには、手袋をはめなければならないな。帆布で作ったミトンだ、皮膚が固くなるまでな、時間がかかるぞ。さあ、シャツをぬいでくれないか？　妙にやせているな、ヘラパース。仕事に戻るまでにいくらか肉をつけておかないとだめだ。艦《ふね》の食事はうまくはないかもしれないが、栄養はある。きみもわかっているとおり、ほかの食事では丈夫にはならないかもしれない。やかましすぎると、よくない。気位の高い胃は報われないのだ、ヘラパース」

「はい、先生」と、ヘラパースは答えて、「固パンはおいしいです――固パンはいくらか食べました、非番のときに」とそんなようなことをぶつぶつ言ってから、「教えていただきたいことが、あるんですが、先生？」と訊いた。

マチュリンが問いかけるような、あいまいな顔をすると、ヘラパースは先をつづけた。

「艦長にお礼が言いたいのです、海からぼくを救ってくれて。でも、ぼくの直属の上官をとおして言うべきなのか、そんなことはまったくすべきではないのか、わからなくて——途方にくれているんです」

「軍務のことは、副長が、ミスタ・プリングズが仲介役になるのだと思う。だけど、きみと艦長の関係は艦《ふね》のなかというより、むしろ海のなかでのことだ。だから、一個人と一個人の関係だ。わたしには、きみから直接お礼を言うのはしごく妥当なことだと思える。で、もし、わたしの予想どおり、その手紙が艦長宛のものなら、わたしが配達役を引きうけるよ」

その手紙を持ったまま、マチュリンはミセス・ウォーガンの部屋の鍵を開けた。船匠の助手たちが彼女の部屋の外側に釘でブリキ板を打ちつけていたが、そのやかましい音に負けない大声を張りあげて、もしお暇なら、艦尾楼にお伴しますが、と誘った。いつもより夫人が落ちつきなく見えるのに彼は気づいた。それに、艦尾甲板をよぎってゆくと、静かな甲板に奇妙な緊張感が満ちているのにも気づいた。艦尾楼には彼女のために小さな日よけ《オーニング》が取りつけてあった。その影が甲板の中央に影を落とすなかで、彼女は艦長室の天窓の周囲を何度もまわった。しばらくしてから、彼女がためらいがちに訊いた。

「ドクター・マチュリン、患者さんがよくなっておられるといいって、願っているのですが」

「どの患者ですか、マダム?」

「長い巻き毛の若者ですわ。海に落ちたときに、艦長さまがとっても勇敢に助けられた
あの若者ですけど」

「あの若いイカロス? 彼の髪が巻き毛だったなんて、ぜんぜん気づきませんでしたよ。

ああ、彼なら元気になっています、たしかに。肋骨が二、三本折れているだけです。肋骨の二、三本なんてなんだって言うんです? 人間には二十四本もあるんですから。『創世記』がなんと言おうとね。彼をいまの悪い状態から回復させてみせます。でも、そうしたところで、結局は彼を栄養失調と体力不足で苦しめるだけなのではないのかって、ときどき思います――すべてはむだな骨折りになってしまうのではないかと……。それで思いだした、彼から艦長宛の手紙を預かっているんです。失礼させていただいて……」


マチュリンは艦尾楼の昇降ばしごを降りると、艦長室のドアのところまで行った。ところが、海兵隊の番兵が彼を引きとめた。いまはムーア大尉しか入れられないと言う。そこでマチュリンは引きかえすと、ちょうどまた一羽、ネッタイチョウを見つけた。ミセス・ウォーガンにネッタイチョウの巣作りの習慣についてちょっと熱っぽく話していると、足下で番兵がマスケット銃の音をたてながら、ドアを開け、大声で「ムーア大尉です、艦長」と叫んだ。

「ムーア大尉」と、ジャック・オーブリー艦長が言った。「きみを呼んだのは、ある士官たちがわたしの緊急命令に従わないことをよしとして、錨索庫の後ろにいる女囚人と接触を図ろうとした、そんなことが耳に入ったからだ」

ムーア大尉の顔が上着のように真っ赤になって、やがて、うす黄色になった。「艦長」と、彼は口を切った。

「命令に従わなかった結果は、わかっているな、ムーア大尉、わたしが思うに……」

「たぶん、あたくしたち、向こうへ行ったほうがいいと思いますが」と、ミセス・ウォーガンが言った。だが、離れてもむだだった。オーブリー艦長の声は強く、寝室や食堂をへだてている艦尾甲板では聞こえなかったものの、艦尾楼では天窓からあがってきて、甲板中に広がったのだ。

「……さらには」と、恐ろしい声はつづいた。「きみの少尉の一人が兵器係に賄賂を使って、彼女の部屋の合い鍵を作らせようとしたのだ」

「まあ！」ミセス・ウォーガンが叫び声をあげた。

「……もしもこのゆゆしき事態があの極悪非道の女とひと月航海してきた結果だとすると、半年以上も航海した最後には、いったいどうなる？　なにか言うことはあるか、ムーア大尉？」

ひどくおずおずと、ひどくためらいがちに、ムーア大尉は言った——とつぜん、熱帯の暑さに……部下たちもすぐに慣れると思いますが……新鮮な肉をあんなにたくさん、ロブスターも、サンティアゴ島で……。

「わたしはいま、頭のなかで秤にかけている」と、オーブリー艦長は暑さも牛肉もロブスターも手を振って追いはらい、「サンティアゴ島に引きかえして、この信用ならない者たちを陸《おか》にあげ、自分の欲情を抑えることのできる者たちだけで航海をつづけるのがわたしの義務ではないかどうか」

「たとえば、あの去勢されたトルコ人みたいな者たちで……」と、マチュリンは小さくひとりごちた。

「わたしの命令書を見るに――問題の士官全員が署名したものだが――いかなる軍法会議も彼らを即刻、クビにすることは疑いの余地はない。弁護の余地なしだ――明確な命令がくだされて、それが破られた。しかし、ばかげた出来心の仕業だったかもしれないことで部下をクビにしたくはない。しかしだ、いいか、ムーア大尉」と、オーブリー艦長はぞっとするような冷たく、恐ろしい声で言った。「わたしの艦《ふね》を売春宿にはさせん。びしっとした統制のとれた艦《ふね》にする。わたしの命令には従わせる。もしもまた再発するきざしがすこしでもあったら、一片の情けもかけずクビにする。さて、大尉、たとえきみの隊員のなかでわたしの命令を理解した者がいるとしてもだ、上官がこんな不始末をしでかしたのだから、夫人の戸口には番兵を立ててもらいたい。それから、ハワード少尉にただちに会いたいと伝えてくれたまえ」

ハワード少尉は手間取らなかった。彼は、眠っていたムーア大尉よりずっと早くこの事態を耳にしていたので、尋問にそなえてすくなくとも一時間も前から準備していたのだ。ヒゲを二度剃り、軍服は一点のしみもなくし、首帯《ネックバンド》はできるかぎりぴんと巻いた。そして、ブランデーの水割りを四杯も飲んだ。彼の言ったことは艦尾楼へ届かなかったが、内容は爆発した艦長の言葉から推測できた。

「浅ましいぞ、少尉、浅ましい！　そんな紳士の風上にもおけない卑劣な、恥ずべきごまかしの弁明など、わたしは一度も聞いたことがない。そんな言い訳を聞いたら、貧民窟生まれの極悪非道の下司野郎でも、恥じ入ってしまうぞ……キリック、おーい、キリック」けたたましく呼び鈴を鳴らして、「番兵を呼んで、ハワード少尉を連れていけ。この男は病気だ。それから、バビントン海尉に伝言だ」

バビントン三等海尉は予想していた呼び出しを受けると、プリングズ副長に哀れな顔を投げ、唇をなめて、心配げに気遣う彼の犬のようなばかげた顔をして、艦長室に足を踏みいれ、深々と頭をさげた。

しかし、バビントンの尋問は艦尾回廊《スターンギャラリー》で行なわれた。回廊は海の上へ張り出しているので、話し声は弱められてしまう。しかもレパード号はフェゴ島の風上側を詰め開きで航《はし》っていたので、そんな小さな話し声まで風で吹き飛ばされてしまった。

「あそこの煙が」と、マチュリンは言って、「フェゴ島です。火山なんです」

「まあ」と、ミセス・ウォーガンは声をあげた。「なんてことでしょう」彼女はちょっと口をつぐんでから、「すると、あたくし、火山をこの目で見たのですね、話に聞いただけでなく」この言葉は二人がつきあううえで暗黙のうちに了解していた規則に反するものだったが、ミセス・ウォーガンは明らかに動揺していた。しかも、すぐにまたタイミング悪くヘラパースのことをもちだして、その動揺を暴露してしまった。「では、その患者さんは読み書きができるのですね？　きっとふつうの水兵さんのなかでは珍しいことなのでしょうね？」

　マチュリンはややしばらく考えた。夫人はこの問いかけをこちらが信じてしまうほど平静に、ただの好奇心というふうにしたものの、訊くタイミングがひどくまずかったので、マチュリンは彼女にプロの技量に欠ける報いを受けさせてやりたいという気になった。しかし、彼にはやさしい感情もあったし、夫人がほかの名前といっしょに〝極悪非道の女〟と呼ばれたばかりだったから、こう答えた。「彼はふつうの水兵ではないのです。どうやら良家の子弟らしく、かなり教育もあります。なにか不幸か悩み事でもあって海へ逃げてきたのでしょう。おそらく、恋愛沙汰で。たぶん薄情な恋人から逃れてきたんでしょうね」

「なんてロマンチックな見方でしょう。でも、女の人のことでぼろぼろになっているとしても、どうして死んでしまうことがあるんですの？　人間は恋では死なないものですわ」

「死にませんか、マダム？　しかし、わたしは、そういった人たちがかなり落ちこんで、非常に奇妙な経過をたどった例を知っています。幸福も、職歴も、財産も、名声も、名誉も、土地も、そして精神もだめにして、家族や友人との繋がりを断ち、気がふれてしまったのです。しかし、この患者の場合は、傷ついた心のせいというより空腹で死んでしまうのではないかと心配しているのです。あなたには、水兵たちのごたまぜ生活など想像もつかないでしょう、プライバシーがまったくないことも。水兵たちは全体として、とてもいい人たちです。しかし、ちがった環境で育った者にとっては、水兵という集団は耐えがたいものになる場合もあるのです。たとえば、彼らの食べ物、食べ方――音をたてる、大口開けてかぶりつく、野蛮な身振り、腹を鳴らす、げっぷをする、ふざけて怒鳴りちらす――もっと例をあげるのはひかえましょう。ですが、これははっきりと言えます、教育があって、あまり頑強な体でもないし、活力もなく、海のことはドーバー海峡の渡し船以外には知らず、引きこもった生活をしていて、しかも不幸な出来事のためにひどく消耗していた人間は、こうしたことが絡みあって、病気のような状態になることがあるのです。つまり、食欲不振です。あの男は豊かななかで文字通り餓死するかもしれないのです。かわいそうなヘラパースは――ヘラパースというのがあの男の名前なのですが——すでに骨と皮です。わたしは自分の携帯用スープを飲ませたし、艦長はご自分の食卓からチキンを彼に届けてくれました。しかし、わたしとしては、彼の水葬に立ち会うことになると思いますね、骨だけになって、おいしいと思って食べられるようにならないと……時鐘だ！　時鐘です！　さあ、ぐずぐずしているひまはありません」

戸口には早くも海兵隊の番兵が立っていた。それで、ミセス・ウォーガンは声をひそめて、「あの若い方が助けられるところに居合わせたものですから、あたくし、なんだか気になりまして。あたくしのところには食べ物の貯えがたくさんあります。あなたさまのご親切にすがって、このネープルズ・ビスケットをひと缶とタンを一枚、届けることをお許しねがえないでしょうか？」

スティーブン・マチュリンはもういちど艦長室へ行ってみた。こんどは入室が許された。ジャック・オーブリーは老けこんで、疲れているように見えた。

「くそっ、まったく不愉快な午後だったよ、スティーブン」と、ジャックは口を切った。「なんと疲れるもんかなあ、腹をたてると。あの淫乱な色狂いどもは、ミセス・ウォーガンに恋文を送っていたんだ、だれかれとなく買収してな——半ズボンを降ろさずにはいられないのだ、下劣な小僧どもめ。夕方にムチ打ちにしてくれる、候補生室の全員だ。形だけじゃないぞ、絶対にな。あの大砲にしがみつかせて、むきだしの尻に思いっきり二十回だ。あいつらなんか、みんな腐っちまえ。信じられるか、スティーブン？　やつらは彼女の部屋の隔壁にのぞき穴を開けて、行列作って、彼女が着替えをするのをのぞいていたんだ。ああ、なんて下劣なやつらなんだ。あの女を追いだしてやりたいって、このおれがどんなに願っていることか。むかしからおれは女が嫌いだったんだ、頭から足までな。むかしからおれは言っていたんだ、こんなことが起こるって、な。最初から反対したんだ。はすっぱな、あばずれ女だからって。あの女がいなかったら、この航海は楽しいものだっただろうよ、まるで……」ややしばらく、ジャックの頭には楽しいことの典型的な例が思い浮かばなかった。それで、怒ってうなるように付け加えた。「くそったれの白鳥みたいに」

「ヘラパースからきみへ手紙だ」

「ええ？　ああ、ヘラパースか。そうか。ありがとう。失礼」ジャックは手紙を読むと、にっこりと笑って、「実にいい手紙だ」と言った。「おれだって、これ以上いい手紙は書けないだろうな。助けた相手からこんな礼儀正しい手紙をもらったのは初めてだ。こんないい手紙もだ。字もきれいだ。うん、実にありがたく受けとったよ。彼にもうひと切れ、チキンをやろう。おーい、キリック！　くそっ、あの耳なしめ。キリック、コールド・チキンがひと切れ残っているだろう？　そいつをヘラパースに届けてくれ、病室のだ。スティーブン。あの男、ワインは飲めるのか？　おーい、キリック、ワインはいいぞ。その代わり、おれたちにシェリーを一本、持ってきてくれ」

ボトルが半分ほどあいたとき、「なあ、聞いてくれ」と、スティーブンは切りだした。「問題の夫人のことでは、きみはひどすぎるよ。不当だ。彼女はエヴァの罪を負っている、たしかにな。だけど、ほかの点では責められることはない。流し目を送ったこともないし、ウインクしたこともないし、ハンカチを落としたこともない。そこで、きみに頼まなければならないのだが、ミセス・ウォーガンに関してはぼくの自由にまかせてほしいんだ」

「きみもか、スティーブン？」ジャックは声を張りあげて、真っ赤になった。「絶対に、おれは――」

「誤解しないでくれ、ジャック、お願いだ」そう言うと、スティーブンはジャックのそばに椅子を引きよせて、彼の耳元で話しだした。「これは肉欲から出た頼みではないのだ。これしか言えないが、実は、彼女の逮捕は諜報活動がらみのことだったんだ。監督官への指示書のなかに『疑義をはさむことなく、すべての便宜をドクター・マチュリンに与えること』とあったのは、そういうことなのだ。あのときはきみに説明しなかった。というのも、こういう問題に関しては、できるだけしゃべらないほうがよかったのだ。しかし、いまはもうぼくが口出しするのを許してくれるだろうな、あの海兵隊員は廊下を行ったり来たりしていたほうがいい、ドアに聞き耳をたてないように。聞き耳をたてるのは退屈なことではない、いずれ彼もそう悟るだろう。そのときは、番兵役解任だ」

「しゃべらないほうがよかった、か……」と、ジャックは言った。「そうだろうな。きみの言うとおりなのだろう」

ジャックは行ったり来たりしだした、両手を後ろに組んで……。彼はかぎりなくスティーブンを信頼しているが、いま心の底にはなにかわだかまるものがあった——だまされたとか、計られたとかいうのではない。たぶん〝うまく言いくるめられた〟というのが適当な言葉だろう。そんなことはまったく考えていなかったのだ。それで傷ついた。彼はヴァイオリンを取りあげると、開け放した艦尾窓のまえに立って、航跡を見はるかし、Gの弦から低い音を弾いていき、そのまま弾きつづけた。即興の曲は言葉で表現できなかった自分の気持ちを表わしてくれた。しかし、スティーブンが背後に来て、ヴァイオリンの音より大きな声で「許してくれ、ジャック。ぼくは遠回しに言わざるをえないときがあるんだ。好きでそうしているわけではないのだ」と言ったとき、曲が変わった。そして、とつぜん、楽しい爪弾きで終わり、彼はまた腰を降ろした。

ボトルがあいたとき、二人はネッタイチョウや朝食で食べたトビウオのことを話していた。それから、非常に奇妙な気象現象についても。はるか上空の霞がずっと下のほうの積雲とおなじ方向へ流れているのだ——こういう現象をジャックは貿易風帯では一度も見たことがなかった。貿易風帯では上空の風は常に下の風と反対方向に流れているのだ。さらに海そのものの珍しい現象にも話は進んだ。

「明日はきみたちのところで食事をすることになっているが」と、ジャックが言った。ちょっと黙りこんでから、「考えているんだ、今日のいやなことのあとだから、断ったほうがいいかどうか」

「そんなことをしたら、プリングズががっかりするぞ」と、スティーブンは応えた。「それに、マクファースンもだ、中尉はもうあれこれと調達している。羊の胃袋に臓物を詰めて、ハギスの下ごしらえをしたし、珍しい赤ワインも用意した。フィッシャー司祭もがっかりする。まちがいなくホールズ候補生もだ。彼も客として来ることになっているんだ」

「ホールズは立って食べることになるな、おれが行ったら……。だけど、行くべきなのだろうな。白けた、とがった雰囲気になるかもしれない。トム・プリングズ副長が望んでいるような楽しい晩餐にはならないかもしれないが……」


レパード号はこの航海で、いや、ほかの航海とくらべてもいちばんの航走距離を稼いでいた。艦尾ななめ後方からすばらしい風を各トゲルンスルにはらんで、ぐんぐん波を切り裂いてゆく。砂時計が引っくりかえされるたびに、測程儀《ログ》が海中へ投げられて艦尾後方へ走り、そのつど十ノットか十一ノットも記録して、みんなの心を心地よい興奮で満たした。だが、士官室での晩餐は最初、オーブリー艦長にとってやはり重苦しいものだった。たぶん、ハギスはこういう場合の料理としてはまったくふさわしくなかったのだろう。また、たぶん、仕事とつきあいを完全に分けることはできないのだろう。ハワード海兵隊少尉はまだあまりにもショックが強くて、ほとんど仲間に加わろうとしなかったが、バビントン三等海尉とムーア海兵隊大尉は最善を尽くしてせいぜい社交的な態度でオーブリーと飲み交わした。ベントン主計長のひょうきんな話はなんとも愉快だったし、フィッシャー司祭は、実在することがちゃんと立証されたという珍しい幽霊の話をした。オーブリー艦長自身は、短いがこの場にふさわしい話をみごとに一席ぶった。ハギスのぐにゃぐにゃした残りがオーブリーの大好物に——ブタの頭の塩漬けだったが——取ってかわったころには、いかにも海軍らしいにぎやかなやりとりは最高潮に向かっていた。ところが、グラント二等海尉が赤道を通過するのにいちばんいい位置といったなんともこの場にふさわしくない話を急にしだした。もっともいい位置は西経十二度しかない、と彼は主張した。もっと大きい経度だとセント・ロケ島へつっかけてしまうし、もっと小さい経度だとアフリカからの逆潮やうねり、気まぐれな風につかまってしまうと言うのだ。二十一度か二度で赤道を越える、そうオーブリー艦長がすでにはっきりと言っていたので、グラントの話は間が悪いということはだれにとっても明らかだった。だが、マクファースン海兵隊中尉が新しい話題をもちだそうとすると、グラントは片手をあげて、「黙れ、わたしが話しているのだぞ」と制し、もぞもぞと落ちつかない聴衆をまえに学者ぶった固い声で長々と話しつづけたので、とうとうプリングズ副長が口をはさんだ。「グラント海尉、あなたは何度、赤道を越えたことがあるのだ？」

「ああ、二度、そう話したでしょうが」と、グラントが面食らった顔になった。

「オーブリー艦長は二十回は越えられたにちがいないと思いますが。そうではありませんか、艦長？」

「ああ、いや」と、オーブリーは答えた。「正確にはちがう。十八回を越えてはいない。というのは、アマゾン河の河口を通ったのは、勘定に入れていないのでな。さあ、ホールズ候補生、ワインを」

「それでもです」と、ラーキン航海長が横から言った。彼は午前直のあいだにしたたかに飲んでいたので、酔っぱらった頭はまだグラントの話の最初のあたりをさまよっていて、「西経十二度より小さい経度というのは、大いに、言うべきことが、あります」と言った。

「おい、その口に蓋をしろ」となりの男がそうささやくと、室内はしーんと静まりかえった。その静寂を破ったのは伝令だった――「ミスタ・マーチンからドクター・マチュリンに、申し訳ありませんが、ご都合がつきしだい、お出で願いたいとのことです」

「失礼します、紳士諸君」と、マチュリンは言って、ナプキンを畳んだ。「またご同席したいと思っています、チーズが、サンティアゴ山羊のミルクチーズが出る前に」

四人の病室で、「さて、どうした?」と、マチュリンはマーチン助手に訊いた。マーチンはなにも答えないで、指さした。

「イエスに、マリアにヨセフか」そうマチュリンはつぶやいた。三人の患者とも赤紫色の発疹が出ていたのだが、それが異様に大きく広がって、なんとも不吉に黒ずんでいた。もう疑う余地はない——これは発疹チフスだ、それも、ひどく悪性の発疹チフスだ。見た瞬間にマチュリンはそう確信したのだが、気休めのため、ほかの症状も調べてみた——点状出血、脾臓の肥大、乾いて茶色くなった舌、汚物、どんどん高くなる熱——ない症状はなかった。

「もう、どういうことかわかったな」と、彼は言って、背中を起こした。「ミスタ・マーチン、きみは非常に詳細な記録をとっていたはずだ。わたしたちの所見を合わせたら、この病気の研究文献に重大な資料を加えることになるのはまちがいないと思う。これまでの症状の変化の仕方は実に興味深いもので、その謎もいま解けて、納得がいった。カンタリスをちょっととってくれたまえ。ソウムズにテルペンチン浣腸剤を三本、用意させてくれ。それから、その大ばさみをこっちへくれ」

そこで患者たちに向かった。三人ともいまはかなり気分がよくなっているようだ。彼は英語で話しかけた。「さあ、これからこの病気の根っこに攻撃をかけるぞ。がんばれよ」

三人とも笑みを浮かべた。三人のなかでいちばん強そうな男が言った――また英国をこの目にできるでがしょうね。ミスタ・ウイルソンの土地で、また野ウサギを捕まえたいでがす……。マチュリンを見る三人の目には感謝の思いがあふれていた。

マチュリンとマーチンは持っている薬をぜんぶ使い、知っている病状緩和法をぜんぶやった――スポンジでぬぐう、冷水をかける、頭髪を剃る――しかし、病気の進行は異例的にゆっくりだったのに、いまや異例的に速くなっていた。あと一日の四分の一を残すだけとなったとき、マチュリンは艦尾へメモを送り、大砲を撃たないように頼んだ。もっとも、このころには二人の患者は目は見開いているものの、昏睡状態におちいっており、海面のはるか下にいるので、砲声がしたところで目をさますことはなかっただろうが……。号笛が吹かれて、ハンモックが下にしまいこまれたころには、三番目の男がうわごとを言いだし、明かりが消されたとき、その男もまた昏睡状態におちいった。

病室では明かりはともされたままで、患者たちのぎらつく目のなかにマチュリンは底知れぬ絶望感と不信感、それに深い非難の色を見てとった。午前二時から四時のあいだに、三人全員が死んだ。マチュリンとマーチンは彼らの目を閉じさせてやり、夜が明けたらすぐに縫帆手を呼びにやるように看護手に命じて、自分たちのベッドへと引きあげた。艦尾の自室へ向かいながら、マチュリンは気づいた――行き脚がなくなっている。

レパード号が航《はし》っていることを物語る無数の物音がしない、ふつうならすぐ頭上を洗いすぎる波の音が完全に消えている……。

5

レパード号は北緯十二度三十分で北東の貿易風を失った。ジャック・オーブリーの予想よりはるかに早かった。風をすっかり失ってしまったという思いを受けいれまいと、彼はできるだけ長く抵抗していたが、やがてそうと認めざるをえなくなった。今年は赤道無風帯が例年よりずっと北へ移動していたということも……。艦《ふね》がその真ん中に、どん中に、入りこんでしまったということも……。まさしく弱い風がとぎれがちに息をつくうちに、最後にひと息ついて完全に絶えてしまったのだ。レパード号はくる日もくる日もその場にとどまったまま、艦首がコンパスの三十二点をぜんぶたどり、活気は失せ、帆はだらりと垂れたままだった。ときには激しく横揺れして、ほとんどの乗組員がくりかえし船酔いしたり、トゲルンマストが海へ落ちてしまわないうちにとオーブリーの命令で降ろされたりしたが、ときにはまったく微動すらしなかった。しかも、一日中、かげろうのたつ太陽から暑熱が照りつけた。大気はよどみ、朝直のときでさえ新鮮さはよみがえらず、夜には水平線のぐるりで稲光が走った。暖かい雨が夜よりも昼間のほうに多く、激しく、強く降りそそぎ、甲板に出ている者たちは息もろくにつけず、両舷の排水孔はまるで威勢のいいホースのように雨水を噴きだした。

こんな目も見えなくなるほどの雨のあと、ときどきかすかに風が立つことがあり、オーブリーはその風を利用するため、ボートを漕がせて、艦首を引きまわさせようとした。だが、風が艦《ふね》まで届くことはめったになかった。たいていは半マイルも向こうの海面をしわだてるばかりで、そんなときは、漕ぎ手座に二人ずつつけて、漕ぎに漕いだが、そこまで行かないうちに風はやんでしまう——十回に九回は骨折り損のくたびれもうけだった。しかも、風はそんな風の例にもれず、どの方角から来てもおかしくはなく、本艦を進ませもすれば押し戻しもするのだ。レパード号はほとんどずっとおなじ二、三平方マイルのなかにいて、海面に浮かぶ自分の汚物や空樽、士官室から捨てられた空瓶に取りかこまれていた。ところが、この海域は海域自体が移動していた。オーブリーは、正午の太陽観測や、あるいは二つの天体の出没方位角測定がよくできるときにはかならず、本艦の現在位置を測定した。月とアルタイルで完璧な天測ができたときには、彼の愛用の時辰儀《クロノメーター》は——製作者が誇りとする逸品なのだが——グリニッチ時との時差がまだ数秒以内だと証明したし、レパード号が身をもんでいるこの海域はごくゆっくりとやや南寄りの西へと円を描くように漂い流れていることも証明された。この円運動が完結するまでには膨大な時間がかかるので、彼は船位推算から頭を引きはなしてしまった。ほかのすべての船乗りと同様に、オーブリーもまた赤道無風帯に入った艦船のことを聞いて知っていた。何週間も何ヵ月もなすすべなく漂ったまま、保存食料を食べつくし、船底にはびこった海藻まで食べる。そんな厳しい経験を彼自身していた。だから、空を、海を、流れる海藻を、鳥や魚を、空気の感じを調べるうちに、そうしたもののほんのささいな変化も海で育った人間には大きな意味をもつので、彼は、レパード号がいま非常に厄介な事態に巻きこまれていると悟った。レパード号はいまや暗澹たる艦《ふね》だった、暑熱と病気と将来への不安に押しひしがれた……。

一度、クジラの群れが通りすぎていった。両舷を埋めつくすマッコウクジラの群れで、潮を噴いて海面をぐんぐん進んでいき、半分ほど潜ったと思うと潜行して、はるか行く手にまた現われた。なめらかな真っ黒い巨大な山は五十ほどもあり、みるみる遠ざかっていくものもあれば、本艦のそばまで近づいてくるものもあり、オーブリーにはその潮吹き穴が開くのまで見えた。一頭は母クジラで、レパード号のランチほど体長のある子クジラを連れていた。本艦の乗組員のなかにはクジラ獲りが五、六人もいたが、クジラの群れが通りすぎていっても、物音ひとつたてなかった。乗組員たちはみな、発疹チフスにおびえ、気力を失い、本艦の曳航で疲れはて、ただ舷側の向こうへ目をやっただけだった。またあるときは、大量の海藻が現われた。たぶんはるか遠いサルガッソー海から遅い流れに乗って漂ってきたのだろう。海藻の上にはオーブリーが見たこともないほどたくさんの鳥がいた。

だが、スティーブン・マチュリンを呼びにやってもむだだった。彼は艦首に閉じこめられている。そこは一つの広い病室に変えられていた。隔壁で密閉され、立ち入り禁止の場所で、マチュリンは毎日行なわれる水葬の時以外、一度もそこから出てはこなかった。病気がはやりだしたごく初期のころ、彼は乗組員全員をボートかトップ台へ避難させておいて、艦中をひと区画ずつ大量の硫黄で燻蒸消毒した。そのあと、患者全員を連れて、その病室に引きこもった。さらに彼はオーブリーに頼んで、隔壁の隙間にまいはだを詰め、タールで塗りかためさせた。病気が伝染して広まるのをくいとめたいと思ったのだ。

むなしい願いだった。最初の一週間のうちに、航海日誌には、四人十四名、生き残っていた看守二名、看護手一名の水葬が記録された。すべて艦首で寝起きしているか、働いている者たちだった。彼らの名前はニーダム書記のみごとな銅板にも記録された。いま、毎日のリストを書いているのはニーダムの手よりはるかにたくましいオーブリーの手だった。というのも、書記もまた、二つのカノン砲弾を重石とし、ハンモックを経帷子として、舷側の向こうへ落ちていったのだ。フォア・マストより後ろの住人でこの病で死んだのは彼が初めてだった。

絶え間なく供給される新鮮な雨水は別として、環境はこれ以上はないというほど悪くなった。すさまじい暑さ、気力を奪う汚れた空気、過度の恐怖感と失望感、そういったものが乗組員全員の上におおいかぶさっていた。病気が下甲板を襲うと、ペストより早く男たちを殺していった。彼らは望みを捨て、発病するとほとんどすぐに薬を飲まなくなり、むしろできるだけ早くこの苦しみを終わらせようとするのではないかと、ときどきマチュリンは疑念を覚えた。それがじきに多くの患者に現実のこととなった——頭痛やだるさが生じ、ちょっと熱が出ると、まだ発疹も高熱も出ず、この暑熱のなかではもっと悪い症状が出もしないうちに、すぐにあきらめて、マチュリンには避けられると思える死へと落ちていく者が多くなったのだ。キナ皮とアンチモンを大量投与して、その効き目が現われてきてから、こういう者たちが多くなったと彼には思える。いま十一人が回復期にあった。彼らは危機を脱したのだ。だが、こうした明白な証拠があるにもかかわらず、死のうとする者たちがいた。あきらめて、死が訪れた瞬間、ほとんど感謝するのだ。

「わたしはこう思うのだが」と、マチュリンはマーチン助手に言った。「フランスの船が近づいてくるのが見えさえすれば、せっぱ詰まった太鼓の音と大砲の轟きが聞こえさえすれば、患者の何人かは治ってしまうだろうし、ここに来る者たちの数もすばらしい割合で減るだろう、って」

「ドクターのおっしゃるとおりです」と、マーチンが言って、帳簿を取りあげた。「アラブの名医レイジーズが言っているように、病気を治す要因の四分の三は本人の気持ちです。でも、だれが気持ちに投薬したり、気持ちを計ったりできます？」彼は両手で目を押さえると、さらにつづけた。「ロバーツの場合ですが、二十ドラムとおっしゃいましたよね？　書き留めておかなければならないので」

「そう、二十ドラムだ。彼ならその分量に耐えられると思う。そう書き留めておいてくれたまえ。わたしたちの記録は非常に重要なものになる。きみは完璧に記録しておいてくれたと思うが？」

「そうしてます」と、マーチンは疲れた声で言った。

「プリングズ副長です、ドクター」と、新しい看護手が告げた。

「なかへ通してくれ。……さて、プリングズ海尉、わたしの友よ、ひどく頭痛がして、寒気もする。みぞおちのあたりと手足にはっきりと悪寒がする、のだね？　そのとおりですか。ここに来たのはまったく正解だった」と、マチュリンは笑って言った。「感染してはいるが、軽いし、手遅れにならないうちにわたしたちが引きうけられたのだから。きみの症状にぴったりのいい薬がある。九錠ぜんぶ飲めば、症状はとまる。いいかい、肝に銘じておかなければならないぞ、トム、きみはいずれ将官旗をあげる人だ、九十九パーセント、わたしはそう思っている。トム・プリングズは決して弱音を吐かない男だったな」

一時間ほどして、マーチン助手がドクター・マチュリンに脈をとってくださいと頼んだ。マチュリンは彼の脈をとってみた。二人は顔を見合わせた。「たしかなところはわからない」と、マチュリンは言った。「ほかにも原因と思われることがたくさんあるからな――きのうの夕方からなにも食べてないだろう。ちょっとスープを飲んで、ここにいたまえ。甲板へはこんどはわたしが行くから」

マチュリンは索止め《クリート》にかけてあるいちばん上等な上着を取ると、着こんだ。というのも、レパード号ではこういう儀式をいまも正式な作法で行なっているからだ。ハンモックのなかに縫いこまれてずらりと並んだ死体へ向かって舷側通路を進んでゆくと、フィッシャー司祭の白い上っぱり《サープリス》が艦尾甲板に現われた。マチュリンはメイン・マストより艦尾へは進まず、そこで立ちどまって軍帽をぬいだ。祈禱書が朗読されて、死んだ船乗りたちが滑り板の上をすべっていっては、海藻でおおわれた海のなかへ落ちた。

水葬式のあと、マチュリンは十ヤードほど距離をへだててオーブリーと言葉を交わした――これほど物音のしない外でこれほど人声のない艦《ふね》の上ではたやすいことだった。そのあと、しばらく艦首楼を行ったり来たりした。病室に戻ったころには、マーチンの症状は疑いの余地はなくなっていた。

「二十ドラム、飲むか?」と、彼は訊いた。

「思い切って二十五ドラム、飲んでみます」と、マーチンが答えた。「それに、わたしの記録は、患者自身から見た病状経過になると思います」

その日から、マチュリンは一人きりになった。読み書きのできる助手が二人いた。ヘラパースと、フィッシャー司祭もいくぶんかは。だが、二人とも医者ではないし、薬の調合をすることも投薬の判断をすることもできなかった。しかも、膨大な需要があって薬棚が底をついてしまったとき、マチュリンは偽薬を使わざるをえなくなった。たいていは青か赤の色のついたチョークを粉にしたものだったが、そうなると、二人には任せられない。昼と夜がひとつづきに走りさっていき、切れ間ができるのは、フィッシャー司祭が白い上っぱりを着て、水葬のため甲板に運ばれてゆく死体のあとをついていったときだけだった。マーチンが死ぬ前にはもう、薬は形ばかりのものとなっていたが、患者の体と心をじかに手当する看護はまだ残っており、マチュリンはこの看護に全力をそそぎながら、自分にできることをすべてヘラパースに教えた。というのも、彼が言ったとおり、介護というのはまったく戦いのようなものだったからだ。それがマーチンを救った。実際、彼は危機をうまく脱し、発病から回復の第一段階まで病状を正確に書き記した、最後までまちがい一つないラテン語で。だが、その数日後に彼は肺炎に襲われて死んでしまったのだ。

それは果てしのない戦いのようだったが、カレンダーがほんの二十三日をすぎたころ、朝直のあいだにいつもよりずっと激しい豪雨が来て、北風をもたらした。その風はレパード号を南へと漂わせていき、南東の貿易風の吹いている海域の、まさしくちょうど端まで送ってくれたのだった。

病室からマチュリンは耳が聞こえなくなるほどの雨音に気づいたし、甲板に雨水が膝までたまって艦首の下へなだれおちるのにも気づいたし、さらには、人声のしない静かな甲板に展帆のための総員呼集の号笛が鳴り響くのも耳にした。だが、こうしたことはしょっちゅう起こったので、ほとんど注意を払わなかった。海藻がびっしりと生えて重くなった船体が進んでいるのに気づき、波切りがうねりを切りわける音が大きくなっていくのもわかったが、マチュリンはあまりにも疲労困憊していて、喜ぶことができなかった。それはちょうど、この数日、死者の数が減り、新たな患者も出なかったのに、満足感らしい満足感をおぼえなかったのとおなじだった。

マチュリンはすわったまま眠り、ときどき水を求める患者のためや、錯乱状態の患者を助手が吊り寝台に縛りつけるのを手伝ったりするために、起こされた。しかし、この朝、目がさめたとき、彼は艦《ふね》が別世界に入っていることに、艦《ふね》自体が別世界になっていることに、気づいた。ほんとうに新鮮な、吸いこめる風が風取り帆《ウインド・セイル》をほとばしり落ちてくる。ふたたび体中に生気がそそぎこまれた。

こんな寝起きの混乱した思いは、甲板にあがると、現実のことだと確認された。すでにレパード号は各トゲルンマストをあげており——人手が減っていたので、いつもなら十七分四十秒のところが、四十五分もかかっていたが――雲のような帆に風を受けて、五ノットか六ノットで西南西へと航《はし》っていた。光り輝く新しい一日、健康な新しい海、元気を呼びおこす澄みきった外気、生きかえった艦《ふね》。キリックが当直中で、コーヒーポットと固パンを持って、いま艦首のほうへ走ってきた。立ち入り禁止区域の端まで来ると、決められた場所に置いてあるロープ・コイルの上にそうっとそれらをのせると、立ち去りながら、大声で、「ドクター、おはようさんでーす。こんな朝、みんな待ち望んでおったんす」

マチュリンはうなずいて、一口コーヒーを飲むと、艦長はどうしてるー、と訊いた。

「たったいま、寝られたとこす」と、キリックが答えて、「子どもみてえに、大笑いしてなさったでーす。赤道無風帯を抜けたぞ、って言って。正真正銘のありがたい貿易風だって、言って。喜望峰に着くまで、帆にはひと触れもしないぞーって」

マチュリンは手すりのそばにたたずんで、コーヒーを飲み、コーヒーに固パンをひたして食べた。艦《ふね》は一変していた――男たちが走りまわり、低い声で楽しそうに話し、まるで別人のようで、第一斜檣の上では笑い声があがっていた。これまでもずっと日課はつづけられていたのだが、水兵たちはすくなくとも半死状態で、命令には従っていたものの、機械的で、のろのろと、大儀そうだった。いまのレパード号はポルト・プライヤを出港したばかりと言ってもいいほどだった、甲板にいる人数がひどく少ないことは別として……。

病室の変化はもっと驚くほどだった。昨日の夕方には死に瀕していた男たちがいまは吊り寝台から頭をあげて、弱々しいか細い声で懸命に話している。ちょっと回復した者など、実際に昇降ばしごまでたどりついて、這いのぼろうとしていた。回診したマチュリンは、生気のあふれる目に、表情に、言葉にぶつかった。ここ何週間も見たことのなかった生気、そんなものがあるとはほとんど思えなくなっていた生気に。

「今日は新しい患者が出るとは思えないな」と、マチュリンはヘラパースに言った。まちがいではなかった。新たに病室にやってきた者はいないし、死んだのは三人だけだった。その三人はぜんぶ、昏睡状態が異常なほど長引いていた患者だった。

それでも、マチュリンが隔離室を開いて、回復期に入って元気になった者たちを艦首楼へあげたり下甲板へ戻したりし、自分もまた艦尾へ行くようになるまでに丸一週間かかった。

「ジャック」と、スティーブン・マチュリンは声をかけた。「ちょっといっしょにいたいと思って来たんだ。それから、もしできれば、きみの小さいほうの船室を一つ、使わせてもらいたい。一昼夜、邪魔されずに眠りたいんだ、開け放した天窓の下で、大きな吊り寝台に揺られて、贅沢にね。心配する必要はないよ。頭から足まで新しい雨水をあびて、石けんで洗ってきたから。それに、伝染は終わったにちがいないと思う。もしも厄介なことが起こったら、ヘラパースが起こしにきてくれる。いまでは彼は症状をぜんぶ知っている。そんな人間はめったにいない。ヘラパースは期待を裏切らないよ。おい、ジャック！」と、スティーブンは声をあげて、小さな鏡のなかに映っている見知らぬ顔に眉をひそめた。「なんと、これがぼくか、ヒゲに埋まっている」三週間ものばしっ放しのヒゲだった。げっそりと肉が落ちて、やつれきった顔。その顔はエル・グレコの顔を彷彿とさせた、グレコほど長くはないが。「ヒゲ」と、彼は言って、引っぱった。「このヒゲはこのままにしておこう――カミソリの痛みが頭に残るだけだからね。ローマ皇帝たちもヒゲを剃らなかった、戦争中は」

ほかのときであれば、ジャックはローマ皇帝と英国海軍の軍医のちがいを指摘しただろうが、いまはただ、「ヘラパースは実によくやった、そうなのだな？」とだけ言った。

「ほんとうに、実によくやった、よ。立派な青年だ、寡黙で、知的で、信頼できる。ぼくはいま一人だから、彼をぼくの助手にしてほしいんだ。実際のところ、彼は医学も、手術も勉強してはいないが、ラテン語とフランス語が読めるんだ。ぼくの持っている医学書はたいてい、この二つの言語で書いてあるし、彼は読んだことは忘れないだろう。医師協会の免状一枚とばかげた迷信、中古のノコギリよりほかになんにも身につけずに艦へやってくる哀れなインチキ医者と彼はちがうよ」

「おれには乗組員を軍医助手にすることはできない。どう思う、スティーブン？　医療局がいっときでも黙認することはないだろう？　だがな、おれにできることを話そう。おれは彼を士官候補生にすることはできる。いま三人欠員があるから、ああ、残念だが……そうすれば、彼をきみの助手代理にできる」さらにジャックはつづけて、代理と正規の位の理論上のちがいを説明したが、スティーブンがぐっすりと眠りこんでいるのに気づいた。顎を胸につけて、ヒゲのなかで口をぽかりと開け、まぶたの下には黄色がかった白目が細い三日月形にのぞいているだけだった。ジャックは爪先だって、部屋を出た。

夜明けがとつぜん、あざやかに訪れた。きっかり六時に輝く太陽がのぼり、南東の風が威勢よく吹きだした。午前直が始まったとき、レパード号は赤道を通過した。だが、赤道通過の儀式はほとんどなかった。通過したと告げたのはただ、精進日の乾燥豆と干しブドウ入りプディングが豚肉に代わったことだけだった。

六点鐘が鳴ると、ヘラパースが病室の書類を持ってやってきて、報告を始めた。報告は横から口をはさまれることなくつづき、最後の厳しい数字にかかろうとしたとき、オーブリーは口をはさんだ。「ヘラパース、ドクター・マチュリンはきみの働きぶりを絶賛していて、きみに引きつづき、助手をつとめてもらいたいと望んでいる。海軍の規則では、正式な資格のないきみをわたしは軍医助手として名簿に載せることはできない。それで、きみを士官候補生に昇進させようと思う。そうすれば、きみはドクター・マチュリンの助手として働けるし、艦尾候補生室で先輩たちと同居できる。艦尾甲板を歩くこともできる。同意するか?」

「ドクター・マチュリンのすばらしいご評価に心から感謝申しあげます」と、ヘラパースが言った。「それから、あなたにも、艦長。大変にありがたいお申し出に。ですが、たぶん申しあげておくべきだと思うのですが、わたしはアメリカ国民なのです、なにか障害なるといけませんので」

「きみが?」と、オーブリーは点呼簿に目をおとした。ヘラパースの階級を変えるために、開いてあったのだ。「なるほど、そうだ。マサチューセッツ州ケンブリッジ生まれか。そうだな、きみが英国海軍で勅任士官になるには障害になると思う。こう言わなければならないのは誠に残念だが、航海士より上にあがる道はきみには閉ざされている」

「艦長」と、ヘラパースが言った。「わたしは、それをがまんするように努力しなければならないと思います」

オーブリーは鋭く彼を見すえた。スティーブン・マチュリン以外、おとがめなくオーブリー艦長をからかうことなどできない。だが、ヘラパースは実際に無礼の罪を犯したのだろうか? 若者の顔は落ちついていて、大まじめだった。マチュリンの顔にも笑いひとつ浮かんではいなかった。「きみはフランスと戦うのはいやではない、そう受けとっていいか?」と、オーブリーはつづけた。「それに、英国が戦っている国はどんな国とでも？」

「すくなくとも、いやではありません、艦長。九八年、まだほんの子どもだったとき、わたしはフランスと戦いました、ワシントン将軍のもとで。艦長のほかの敵とも戦うことができれば、幸せです。もちろん、英国の戦う相手がアメリカでなければですが、そんなことは神がお許しにならない」

「アーメン」と、オーブリーは言って、「よし、きみをわたしの艦尾甲板に迎えられるとはうれしい。グラント二等海尉がきみを若紳士諸君に紹介してくれるだろう。さあ、海尉への言付けだ。ストークス候補生は気の毒だった。彼はきみとちょうど体のサイズが同じぐらいだから、メイン・マストで彼の軍服が競売にかけられるときに、購入を希望するがいい」

ヘラパースは退室した。ジャック・オーブリーとスティーブン・マチュリンは書類を整理し、航海日誌と照らしあわせながら、ジャックが百十六人の名前にDD、つまり〝死亡免職《ディスチャージド・デス》〟と書いていった。上は海兵隊中尉のウィリアム・マクファースンと航海士のジェームズ・ストークスから、下は三等年少兵のジェイコブ・ホーリーまで。つらい仕事だった。というのも、出てくる名前、出てくる名前、二人の前の乗り合わせ仲間で、地中海や英仏海峡、大西洋、あるいはインド洋をいっしょに航海した者たちだった――ときにはそのぜんぶを――だから彼らの人柄を二人ともじかによく知っていたのだ。

「この記録を見て、いちばん悲しいのは」と、ジャックが口を切った。「志願者たちの症状が志願者でない者たちよりはるかに重いことだ。これまでは乗組員の優に三分の一は前から知っている者たちだった。いまはちがう。ところが、州供出人員《クオーターマン》のうち驚くべき数が回復している。これをどう説明する、スティーブン？」

「ただ推測するしかないが。軽い天然痘にかかると、免疫が得られる。だから、そうした州供出人員は、牢獄に入っていた者が多いので、牢獄熱、つまり発疹チフスの軽いのにかかっていた可能性がある。それで、ほかの者たちにはない抵抗力があったと……。だが、白状しなければならないが、ぼくの理由づけは実にあいまいなものだ。というのも、四人たちのうちで生きのびたのは三人にすぎないからだ。そのうちの一人はもう長くはもたないだろう。女性のことは別に考えている。女たちは女特有のすばらしいたくましさをもっているだけでなく、すくなくとも一人は妊娠しているので、そういう状態がほかのさまざまな病気に対して免疫を与えてくれるらしいのだ」

やれやれとジャックは頭を振って、残りの書類に目を通していった。「これがきみの言う回復期にある者たちだな、そう受けとっていいか？　あとどれくらいで元気になって、任務に復帰できると思う？」

「残念だが、数人の年少兵の場合をのぞいては、すぐに復帰できる希望をきみにもたせることはできない。この病気は後遺症が非常に厄介なんだ、ぼくには心配だ、厄介で、長引くんだ。ぼくの患者名簿のなかで六十五人に関しては、二十人はたぶん環境を変えれば、一カ月でかなり元気になるかもしれない。あとの二十人はもっと長くかかる。残りの二十五人は、やっと切り抜けたばかりのところなので、いくら環境を変えても、艦《ふね》にいるべきではなくて、設備の整った病院に移すべきだ」

ジャックは合計を書き留めて、その結果にヒューと口笛を吹いた。「ということは、だ、よくても残るのは二百人だ。そのうち当直につけるのはたぶん、百二十人かそこら。ひと当直六十名だ。神よお助けあれ！　ひと当直六十名だぞ、五十門艦で！」

「だけど、商船は積み荷を積んで地の果てまで行くって聞いているぞ、これより少ない人数で船を航《はし》らせて」

「船を航《はし》らせてか、それはそのとおりだ。だが、船を戦わせるとなると、まったく別問題だ。そうとも。われわれの計算では、砲員は一人が五ハンドレッドウエイト（一ハンドレッドウエイトは百二十ポンド）動かせる。本艦の二十四ポンド長砲はちょうど五十ハンドレッドウエイト以上あるし、十二ポンド砲は三十四ハンドレッドウエイトある。だから、片舷で戦うとなると、下甲板に百十名、上甲板に七十七名必要になる。反対舷やカロネード砲、九ポンド長砲は考えに入れないでな。しかもだ、きみもよく知っているとおり、スティーブン、戦っているあいだ、本艦を動かすのにも大勢の人員が必要だ。こいつはまったくおもしろくない、困ったことだぞ」

「きみが思っているよりもっと悪い、ジャック。ものごとはいつでも、きみが思っているより悪いものだ。と言うのも、きみは、回復期にある患者たちが、六十五名の回復期患者たちが、いますぐにも職場復帰できるかのように話しているからだ。ぼくがほかの環境、もっといい環境と言ったのにきみは気づかなかった。いま、ここの環境はよくない。ぼくの薬棚は空っぽだ、そうきみに教えておかなければならないな。キナ皮はない、ねり薬もない、アンチモンもない、ないないづくしだ。性病治療薬と、少量の白色合剤、つまり洗眼剤だが、そのごく少量の白色合剤以外になにもない。だから、ぼくは、六十人の回復期にある患者に答えてやることができないのだ、まったくな。もしも薬と治療食がなければ――海の真ん中で艦《ふね》には供給できないものだろうが――この病気は彼らの命を奪いさるかもしれない。このことは最初の名簿の者たちにいちばんあてはまる――きみの右手にある名簿だ、トマス・プリングズの名前がいちばん最初に載っている名簿。この名簿の者たちにはすぐに救済措置が必要なのだよ」

「喜望峰までもたないのか？」

「もたない、艦長。こんな温暖な気候でも、すでに十人以上に典型的な症状である脚のむくみが出ている。非常に危険な衰弱状態や、神経に重篤な症状も出ている。南回帰線より南の冷たい風と荒天のなかで一滴の薬もなかったら、回復期にある患者たちは、その大部分が死の宣告を受けるだろう。それに、たとえぼくの薬棚がいっぱいだったとしても、最初の名簿の者たちがアフリカを見る可能性はほとんどない」

ジャックはすぐには答えなかった。彼の頭はブラジルの港に立ち寄るプラス・マイナスを考えていた——海岸寄りに入ると、貿易風を失ってしまう。ちょうど南回帰線のあたりまでは、南東の貿易風は何週間も東寄りから吹きつづけることがよくあるので、船は上手まわしにつぐ上手まわしで間切らなければならないし、それでもほとんど距離は稼げないか、あるいは、西風を求めてもっと南へくだらなければならなくなるかもしれない。ここは思案のしどころだ。ジャックの顔はすでに悲しげだった。いまは険しく、冷ややかになっている。口を開いたとき、スティーブンに自分の方針を告げるのではなく、病室のプリングズや部下たちがワインを飲んでもいいかどうか訊いたのだった。彼は患者たちがどうしているか、見に行って、二十杯ほどワインをつきあいたいと思った。

いつ決断したか、ジャックは表明しなかったが、第一折半直の前だったにちがいない。

スティーブン・マチュリンはミセス・ウォーガンを連れて艦尾楼にあがった。そこで彼はポラックスの危険な攻撃をかわさざるをえないはめになった。バビントン海尉のニューファンドランド犬だ。ヒゲ面のマチュリンがポラックスにはだれかわからなかったのだ。ポラックスはミセス・ウォーガンが好きだったので、義務として夫人を守ろうとした。夫人が耳をつかんで引きはなし、ばかなことをしてはいけません、この方はお友だちよ、と言っても、犬はマチュリンを信用せず、自分のハムの後ろで身構えたまま、息を吐くときも吸うときもオルガンのようなうなり声をたてた。バビントンは下の甲板にいたので、ミセス・ウォーガンは犬を叱り、かわいい頭を叩きさえしたのだが、効果はなく、とうとう彼女は信号索を犬の首に巻いて、索止め栓座《ファイフ・レール》に縛りつけた。そうしておいて、二人は艦尾へ行き、航跡を見おろした。そこにたたずんでいると、年配の船匠の声が聞こえた。左舷側の艦尾ランタンを忙しそうに修理しながら、助手の一人へ訊きかえした。「ボブ、なに話してんじゃ？」

助手のボブは小さい声で言おうと思ったのに、アルフレッド・グレイ船匠はちょっと耳が遠いので、大きな声にならざるをえなかった。「おれんち、レシフェへ向かってんですぜ」

「ああ？」と、船匠が訊きかえして、「もぞもぞ言うな、カツ入れてくれるぞ。せ、い、か、く、にだ、ボブ、せ、い、か、く、に」

「レシフェ。だけど、ちょっと寄るだけだ。水の補給もなし、家畜もなし。野菜もおんなじ」

「ばあさんのために、カゴに入ったオウムを買うひまがあればいいんじゃがなあ」と、船匠が言った。「このあいだのオウムがむごたらしいことになったあと、ばあさん、悲しんでおったからのう。おい、ボブ、ここんとこ見てみろ、まったくひどいもんじゃ。

海軍工廠までがこんな腐った材木をよこすとは、信じられるか？　それに艦尾材もおんなじじゃ。下司どもが。やつらにとっちゃ、お袋とやるんだって屁でもねえ、日曜に旅すんのだってだ。だから、こんな古ぼけたふるいみてえな艦《ふね》でわしらを海へ出したんじゃ。畜生どもめ」

ゴホン、ゴホンとボブが意味ありげに咳払いして、グレイ船匠を肘で大きく突き、

「お客、お客、ですぜ、アルフレッド」

レパード号の行く先に関する噂は艦内に流れるほかの噂と同様に、きわめて正確だった。艦首はさらに西へ向いて、アフリカから離れていくのだ。正横より後ろからの風を受けており、さらにアッパーとローワーの補助帆《スタンスル》が張られだした。しかし、レパード号は赤道無風帯でびっしりとついた海藻をヒゲのように引きずっているので、波を分ける動きがいっそう重ったるくなっているのと同様に、当直の人数が減っているので、帆足《シー》綱《ト》を引きこむのにいつもよりはるかに長く時間がかかった。実際、〝戦闘配置につけ〟の太鼓が鳴らされるまでに、ロープ類をすべて輪がねて甲板に並べる作業はほとんど終わっていなかった。この作業が終わったあと、砲声があがったが、か細くて、とまどいがちで、一カ月前の傲然と鳴りどよもす砲声とは大違いだった。

夜になって、ジャックはスティーブンに、ブラジルの最寄りの港に入ることにしたと伝え、薬のリストを用意するように頼んだ。「補給品も水も充分にある」と、ジャック

は言って、「だから、外側の泊地に一時停船するだけのつもりだ、きみの薬が手に入れられる時間だけな。それから、もしも真っ先に必要だときみが言うなら、きみが名前をあげた患者たちを陸《おか》にあげる。この風がもてば、明日、サン・ロケ岬を視認するはずだし、陸岸に寄っても風が衰えなければ、それからすぐにレシフェも視認できるはずだ。グラントと新しい当直表を作りおわったら、家へ手紙を書く。なにか伝言はないか？」

「よろしくと、もちろん」そうスティーブン・マチュリンは言った。

翌日、マチュリンは回診を終えると、「ミスタ・ヘラパース」と声をかけた。「艦長の話だと、レシフェに寄ることになる、ブラジルのな。そこで、薬棚に補充できるかもしれないのだ。わたしはこれから、必要な物の一覧表を作ったり、手紙を書いたりするのにひどく時間がかかりそうなのだ。それで、頼んでもいいかな、ミセス・ウォーガンを艦尾楼にお連れするのを。オーロップのケーブル・ティアのアバフトの部屋に監禁されている不運なご婦人なんだが？」

「ドクター？」

「ああ、きみはまだわたしたちの海事用語にあまりなじんでいないのだったな、そうだった」と、マチュリンは大いに得意な気持ちで言った。「つまり、この下の階、最下甲《オーロッ》板《プ》の、真ん中あたりの、錨索庫《ケーブル・ティア》の、艦尾側《アバフト》の、右側にドアがある。ああ、われわれ流に言うと、右舷側《スターボード》だ。いや、左舷側《ポート》かな、きみは艦《ふね》の後ろのほうへ行くのだから。いや、気にするな。いたずらに学者ぶるのはよそう。小さなドアだ、下のほうに四角い穴のある——舷窓のようなもんだ——前は、海兵隊員が通路を際限なく行ったり来たりしていた。だが、いまはたぶん、だれもいないだろう。思いだすよ、もう何年も前、わたしがまだこんな水陸両用動物になっていなかったころ、本艦よりもずっと小さい艦《ふね》の底をさまよいながら、頭が妙にこんがらかってしまったのをね。さあ、道案内して、その夫人にきみを紹介しよう」

「ご心配なく、ドクター。ああ、どうぞ、ご心配なく」と、ヘラパースが金切り声を張りあげると、無口な彼がとつぜんぺらぺらしゃべりだした。「そのドアならよく知ってます。しょっちゅう——しょっちゅう、その特殊なドアを、目にしてますから。ここから艦尾候補生室《アフター・コックピット》へ行く手前にあるんです、ぼく、いま候補生室にハンモックを吊ってるんです。どうぞ、お時間をとられませんように」

「では、鍵だ」と、マチュリンは言って、「わたしがよろしく言っていたと、伝えてくれたまえ」

軍医助手の付き添いでミセス・ウォーガンが現われると、艦尾甲板には傍目をしのびながらもかなりな好奇心が引きおこされ、それ以上にやっかみが掻きたてられた。年上の候補生たちは彼女のせいでまだ尻が痛いのに——艦長は冗談でムチ打ったのではないのに——それでも、一人ならず艦尾楼に行く必要性を見つけだしたのだ、旗ざおがまだそこにちゃんと立っているのを確かめる必要性を、そして、艦尾手すりも……。夫人は、見た者が驚いてしまうような表情を浮かべているのを目撃された。レパード号の状況が要求しているとおり、彼女は控えめに自分を抑えてはいたが、連れと堰を切ったようにしゃべりあっているようだったのだ。ころころとばかみたいに喉を鳴らした笑い声が三度、聞こえ、当直士官からいかめしい年寄り操舵長まで艦尾甲板中が三度、ばかみたいににんまり笑った。

三度目に艦長室のドアが開く音がして、彼らの顔から笑いをぬぐいさった。みんな風下側へしりぞいた、大まじめな顔で。というのも、艦長が来たからだ。艦長は上空へ、帆の張り具合へ、コンパス箱へさっと目をくれると、まえへ行っては引きかえすいつもの行ったり来たりを始めた。引きかえすたびに、マストのてっぺんから呼び声がかからないかと、ぐいっと目を向けた。また笑い声が始まった。低いがすぐそばで、艦尾楼の手すりのそばから聞こえる。笑い声はいつまでもやまず、ほんとうに楽しそうにうねり、ころがり、オーブリーはどうしてもあらがうことができなかった。自分の立場が許さないし、気も重いのに、胃のあたりが笑い声に応えたくて突きあげてくるのだ。それで、背中をまわして、風へ面と向かった。「まったくもう、おれは厳格な禁欲主義者でいなければならないのに、どうも難しい」そう彼はひとりごちた。体のなかから突きあげてくるものがおさまらないとわかると、彼は艦首のほうへと歩きだして、メイン・マストの横静索《シュラウド》まで行った。そこで、上着をぬいで大砲の上に置き、脚を振りあげて舷側板《ブルワーク》の上にあがると、さらに、舷側板の上に立ててあるハンモック収納カゴを越え、落ちついた足運びで段索《ラットライン》をのぼりだした。「ああ」と、彼はのぼりながら、声に出した。「この航海ではほとんどマストにのぼっていなかった。それで艦長たちは太るし、精神状態が悪くなるんだ――不機嫌で、怒りっぽくなる、ああ、神よ、ジュピター、トナンスよ」彼はいまや急ぐ必要も、二十歳のアッパー・ヤード員を追いこす必要もない年齢に達している。それがよかった。というのも、トップ台でひと休みすると、早くも激しく息切れがしていたのだ。ちらっと彼は自分の太鼓腹へ目をやった。やれやれと首を横に振ると、艦尾甲板を見おろした。「おーい、ミスタ・フォーショー」大声を張った。彼が選んだのはいちばん若い士官候補生で、これが初めての航海というぐずで、ばかで、不運な子どもだった。「わたしの望遠鏡を、持ってこーい」

少年の不安そうな顔が現われるまで、オーブリーはいやどころか喜んで待った。フォーショーが激しく、危険なほど身をよじって短い脚をトップ台のへりにかけ、よじのぼってくると、黙って望遠鏡を差しだした。なんとか気持ちを静めようとしているのに、落ちついた言葉を吐くことができない、それはオーブリーには一目瞭然だった。

「いま思ったんだがな、ミスタ・フォーショー」と、オーブリーは切りだした。「きみがほかの縮帆員たちとマストで楽しんでいるのを見たことがない。高いところは苦手なのか？」

オーブリーはごくやさしく、ふつうの口調で言ったのだが、それでもフォーショーの顔は真っ赤になった。彼はどうしようもないほど支離滅裂な答えを返した。「それは、恐ろしいことでした、艦長。彼はぜんぜん気にしませんでした」

「ネルソン提督ならこんなこともできただろう」と、オーブリーは心のなかでつぶやいた。「だが、おれはできるかどうか、あやしい」それでも、彼はつづけた。「いちばん大事なのは、下を見ないことだ、コツをつかむまではな。そして、両手で横静索《シュラウド》をつかむこと、段索《ラットライン》ではなくて。さあ、いっしょにトゲルンの横材《クロスツリー》までのぼろう。のんびり行こうぜ」

空へ向かってのぼる、のぼる。「もうじき、家の階段をのぼってるような気分になるぞ——かならず上を見てるんだぞ——あんまり強くぶらさがるな——呼吸を落ちつかせて——下静索《フトック》はゆっくりとまわりこめ、さあ、トゲルン・シュラウドはかならず外側のロープをつかむんだ——それがロイヤルマストだ、いいな。本艦では場合によってはトゲルンマストの後ろ側にロイヤルマストを立てることがある、連結部《キャップ》からまっすぐ上にな。だが、そうすると、上が重くなる——それで、ロイヤルマストのための横材《クロスツリー》をつける。こいつはロイヤルの横静索を張る役もする。ほら、すばらしいじゃないか？」

オーブリーは西の水平線までつづく広大な海原を見はるかした。そして、そこに、あるべきはずのところに、黒いかたまりが横たわっていた、どんな雲よりもしっかりと。彼は望遠鏡を首からはずした。レンズのなかに、サン・ロケ岬がよくおぼえている形のままにあった。完璧な陸地初認《ランドフォール》だ。「ほら」と、彼は言って、そちらへ首をうなずかせた。「あれが南アメリカだ。きみはもう降りていいぞ、ターンブル海尉に知らせるのだ。降りるほうがはるかに楽だ。引力のおかげでな。だが、かならず上を見ていなければだめだぞ」

拝むようにじっと上を見すえるその丸い顔へ、オーブリーはときどき視線をおとした。顔の下の甲板へも。長くて、細くて、不思議なほど遠い甲板、波で白く縁取られている、その上に動く小さな人影。だが、大半の時間、彼は岬を見つめていた。「どんなにか神に願っていることか、スティーブンがプリングズを艦《ふね》に残してくれるように」そう彼は声に出して言った。「これから一年以上もあのグラントがおれの副長になるとしたら……」

見張員の叫び声がオーブリーの物思いを破った。いまや岬は彼の下のヤードの端からも見えたのだ。「おーい、甲板。右舷艦首二点に陸地だぞー」

その瞬間からレパード号の家族思いの者たちはペンとインクを取った。字が書けない者たちは読み書きのできる友だちに書きとらせた、やさしい英語のときもあるが、それよりもなんとかひねりだした大げさで、形式張った言葉が多かった。しかもその言い方が聞き取りにくいのだ。

どんどんたまってゆく郵便箱にミセス・ウォーガンも手紙を入れたいという希望を、スティーブン・マチュリンは約束どおりジャック・オーブリーに伝えた。

「中身を読んでみたい」と、スティーブンは言った。すると予想どおり、ジャックが顔をそむけた——すばやく。だが、ひどくすばやくだったわけではないので、きわめて不快そうな、そしてまさしく軽蔑にも近い表情を隠すことはできなかった。

オーブリー艦長は敵をあざむくためには最善を尽くす、偽りの国旗や偽りの信号旗を使って……この船は無害の商船だとか、中立船だとか、あるいは味方船だとか敵に信じさせるために……想像力豊かな心に湧いたほかのどんな策略をも使って。戦争ではすべてが正しいことなのだ。すべてが、手紙を開封することと、ドアに聞き耳をたてること以外は。一方、スティーブン・マチュリンは、もしもナポレオンを一インチでも地獄のふちへ近づかせることができるなら、喜んで郵便馬車を徹底的に荒らす。

「きみは、奪い取った急送文書なら大喜びで、躍りあがって読むだろう」と、スティーブンは言った。「なぜなら、それは公文書だと認めるからだ。もしもきみが公明正大ということを重視するなら、戦争にかかわるどんな文書もやはり公文書だと認めなければならない。そうしたばかばかしい偏見はきみの心のなかから追いだしてしまうべきだな」

ジャックは心のなかでは納得していなかった。だが、スティーブンは問題の手紙を受けとった。朝早く、レパード号がレシフェの沖合に停まったとき、スティーブンはプライバシーを守られた大キャビンのなかで椅子にかけて、手紙を両手にしていた。レパード号が停まったのは、泊地から充分に離れた沖合で、一マイル陸側には泊地を守る珊瑚礁がつづいていた。手紙のなかで最初に目にした文字によって彼はまったく予想もしていなかったほど強い衝撃を受けた。手紙の宛先はダイアナだったのだ。そんなことがありうるとは、彼は思ってもいなかった──二人はちょっとした知り合いだと想像していたのだ──しばらくしてようやく彼は自分を取りもどし、封蠟を切ろうとした。封蠟や封緘はスティーブンにとってはほとんど手こずるものではないし、この手紙のは暖めたうすいナイフを使えばよかった。それでも、彼は二度、中断しなければならなかった。手が震えていたのだ。もしも手紙の内容がダイアナの罪を証明するものだったら、自分は死んでしまう、そう思ったのだ。

最初に読んだとき、そんなふうなことはなにも書かれていなかった。ミセス・ウォーガンは親愛なるミセス・ビリャーズとつぜん離ればなれになったのをひどく嘆いていた──あのこと自体、とても恐ろしくて、おぞましくて、思い浮かべることもできないわ──一度など、この世とあの世の距離でへだてられるにちがいないと思ったわ。なぜって、あの憎むべき暴漢たちを見たとき、あたくし、動転して、ピストルを一発、あるいは二発も撃ってしまったんですもの。そして、もう一発は暴発したんだわ。それで、なんの害もなさない男女の逢瀬が議論の的となって、重大な犯罪になってしまった、そうらしいわ――でも、それでも、弁護士さんたちが事件をとても賢明に処理してくださったし、親切な友人たちが支援してくださったし、それで、ただこの世の距離だけでへだてられることですんだんですわ、しかも、そんなに長くはなく。ミセス・ビリャーズ、どうぞボルチモアのお友だちみんなによろしく伝えてください、とりわけ、キティ、ヴァン・バーレンとミセス・タフトに。それから、ミスタ・ジョンソンにはすべて問題ありません、って伝えてね。それに、もっと詳しいことはミスタ・コウルスンがお知らせします、とも。取りかえしのつかない罪悪は犯してません、と。航海の初めはとてもひどかったわ。艦《ふね》で伝染病が発生して。でも、それもしばらくのことで、いまはよくなっています。お天気はとても快適だし、あたくしの補給品は立派なほどもっているし。軍医さまとお友だちになりました。人相のよくない小さな人。たぶんご自分でそれに気づいているのね。だって、いまは恐ろしいヒゲを生やして、顔いっぱいに広がっているんですもの。ほんとうに見るも恐ろしいの。でも、人間はなんにでも慣れることができるわ。軍医さまとの会話は一日の快い休息になっています。彼は礼儀正しくて、たいていは親切だわ。でも、怒りっぽくなるときがあるのよ――素っ気なく答えるときも。これまであたくし、あえて出しゃばるようなことはしてないし、完全におとなしくしてますのに……。彼は水兵さんたちが言うように、〝受け流す〟必要なんてないのよ。それどころではないわ。あの方は心に傷を負っているにちがいありません。結婚はしておられない、それはわかります。学問はあるけど、あたくしの知っているある人たちとおなじように、一般の生活のごくふつうのことはぜんぜんと言っていいほど知らないんですのよ。十二カ月の航海に出たのよ、一枚のハンカチも持たないで！　いまあたくしの手持ちの亜麻糸の平織り布のへりを縫って、十二枚、作って差しあげているんですの。ノックがあって、現われたのが軍医さまじゃなく司祭さまだと、がっかりするのはたしかなのです。この軍医さまからあたくしは慰めをいただいているにちがいない、そう思うの。あたくしのほうは、この事の発端の司祭さまは赤毛で、とても不器用で、ひどくいやな感じであたくしに関心を見せて、いっしょにすわると、慈悲深い言葉を朗読なさるの。あたくしのほうは、この事の発端の逢瀬と聖書とを結びつけられるのがとてもいやですの。あたくしはいろいろ見てきました、見すぎたくらい、アメリカでそういうことを。あたくしは学校から出てきたばかりの、食い気一方の色気のない小娘じゃないわ。司祭さまの心のうちはわかるんです。そのほかは、ここの暮らしはそれほどひどいものではありません。退屈よ、もちろん、でも、女子修道院で暮らしたここ数年のように、耐えられないほど退屈ってわけではありません。侍女は、ロンドンの想像しうるかぎり下層の暮らしの、あるいは想像もできないような生活の話を楽しんでいるわ。いっしょに艦尾楼を行ったり来たりするおばかさんの犬もいるのよ。それにメス山羊も。その山羊はときどき腰を低くして、こんにちは、って言うのよ。本もたくさんあるわ。サミュエル・リチャードソンの『クラリッサ・ハーロウ』を読みとおしたおかげで、首を吊らなくてすんだわ（もっとも、使えるフックがなかったおかげでもあるけど）。愚かなそのクラリッサがひどい女たらしのラブレースから——あたくしは意識していい男ぶるやつがとっても嫌いなの——どうやって逃げるのか知りたくて、脇目もふらなかったわ。一行も飛ばしもしなかったの。この本は女性の世界では並ぶ物のない傑作であることはたしかですわ。ほんとうに、もしもミセス・ビリャーズがクラリッサとおなじように不運な境遇におかれたら、あたくしはリチャードソンの全作品にあるアドバイスよりもいいアドバイスなんてできないわ。解毒剤としてはヴォルテールの作品ね。ネイプルズ・ビスケットの貯えはつきないほどあります。でも、ミセス・ビリャーズはいまあたくしとはぜんぜん逆の心境のはずね——完全に自由な人生、お育ちのいい教養のある男性といっしょで。それはあなたの最愛の友、ルイーザ・ウォーガンがいつも願っているものよ——。

初めて読んだとき、ダイアナの罪をあばくものは一つもなかった。むしろ、その逆だった。手紙はダイアナを守ろうとして書かれたことは明らかだった。スティーブンの心はすでに彼女に無罪を言いわたしていたが、彼の頭はもういちど読めと、せっついた。もっとゆっくりと。三度目に読んだとき、彼は非常に注意深く一言、一言分析し、暗号かもしれないささいな印や言葉のくりかえしを探した。なにもなかった。

彼は椅子の背に寄りかかって、心から満足した。この手紙は率直ではない、もちろん。いちばん率直ではないのはヘラパースのことを書いていないことで、それはスティーブンを大いに喜ばせた。ミセス・ウォーガンはこの手紙が艦長に読まれる危険性があるとわかっているのだ(艦長がばかばかしい偏見の持ち主であるのを彼女が知らないことは確かだ)。そして、もしもなにか細心の注意を要する情報を伝える気なら、ヘラパースを使ってそうするつもりなのだ。彼女が、〝取りかえしのつかない罪悪は犯してない〟という点を詳しく述べたいと思っていることは大いにありうる。自分は妥協して自分の首を守らざるをえなかったのだ、そうボスに伝えたいと思っていることも。いくらかでも価値のある諜報員ならおなじことをしただろう。つまり、買収されなかった諜報員なら、という意味だ。ミセス・ウォーガンは買収されなかった。さらに、スティーブンは、彼女が恋人に準備させる時間を充分に与えたのだ。サー・ジョゼフ情報部前部長のためにスティーブンは手紙の写しを作った。自分が詳しく調べ、火で暖め、化学薬品を使ってみてもなにも見つけられなかった手紙に、前部長の暗号解読員が暗号を発見するかもしれない。そこで、スティーブンは封蠟をもとどおりにして、手紙を郵便袋のなかに戻した。それと同時に、新しく加えられた手紙に目を走らせて、特徴のあるヘラパースの文字で宛名の書かれたものはないか、探した。なかった。

「ジャック」と、スティーブンは声をかけた。「上陸許可は出すのか？」

「いや」と、ジャックは答えて、「おれは総督を訪問する、もちろんな。表敬訪問だ。それに、港で乗組員をちょっと集められるかどうか、やってみる。あと上陸できるのはきみと、きみが絶対に上陸させると言っている患者だけだ」ここでジャックは真剣にスティーブンの顔を見つめると、さらに言葉をつづけた。「一分もむだにはしないつもりだし、脱艦で一名たりとも失うようなことはしないつもりだ。ちょっとでもチャンスが与えられれば、彼らがどうやって逃げるか、きみも知っているな」

「これが、陸《おか》にあげなければならない者たちの名簿だ。まだ一時間とたっていない、最大の注意を払って診察してから」

「プリングズにどう言ったらいいか、わからん」と、ジャックは言って、名簿を見た。「落ちこんでしまうだろうな」

落ちこんでしまったようだった。プリングズはキャンバス袋に入れられて舷側から手渡しに降ろされると、雇った渡し船のなかにいるほかの者たちの仲間入りした。ひどく弱っていて、ちゃんとすわっていることもできないので、彼にはありがたいことだったろう。なぜなら、横たわって顔を隠していられたからだ。ひどくやせ細ってしまった者たちも何人かいたが、ほかはみんな見るも不憫なありさまだった。機嫌の悪い子どものようにいらついている者たちもたくさんいた。吊り網に入れられたエイリフという男はドクター・マチュリンの手で降ろされていたが、大声で怒鳴った。「そっとやれ、そうっとやれよ、このヒゲ面のションベンたれ。そうっとやれ、やれねえのか？」

ドクター・マチュリンは彼の命を救いはしたのかもしれないが、軍医の残酷なはさみが十年も辛抱してのばして、手入れしてきた弁髪も切りおとしてしまったのだ。いま、太陽の陽射しが白い禿頭に照りつけ、エイリフの憤懣やるかたない心に弁髪のないことをまさしく焼きつけているのだった。

「その男の名前を書きとめろ」新しい副長が怒鳴った。

「てめえで書きとめろ、この屁こきのフランス野郎」と、エイリフが言いかえした。

「そんでそいつを食っちまえ。ここじゃムチ打ちはなしさ」

ほかの患者たちが黙って非難しながら、舷側を降りていった。というのも、ひどい病気とか、思いがけない異常な緊急事態とか、酔っぱらっているとかで彼らも軍規を顧みないことはあるが、この悪態は許される範囲をかなり、相当、越えていたのだ——結局、艦《ふね》は燃えてもいないし、座礁してもいないし、エイリフは酔っぱらって怒鳴っているのでもなかった。マチュリンが患者たちのあとについていこうとしたとき、ヘラパースが、「ぼくもいっしょに行っていいですか、ドクター？」と訊いた。

「きみはだめだ、ミスタ・ヘラパース」と、マチュリンは答えて、「上陸許可は出されていないということだ。それに、われわれの記録を書き写すにはきみの時間が目いっぱい必要だし、きみの力もだ。見逃しても残念なことはなにもないよ。レシフェはひどくおもしろくない港だからな」

「そういうことでしたら、どうか、これをアメリカ領事にお渡し願えませんか？」ヘラパースは一通の手紙を差しだした。マチュリンはそれをポケットに入れた。

遅く、その夜遅く、艦上に物音はなく、ただ貿易風が索具を静かに掻き鳴らし、ときおり停泊当直員が動き、三十分ごとに時鐘が鳴らされて、歩哨から「万事異常なーし」の声があがるだけだった。スティーブン・マチュリンはろうそくの芯を切ると、ふちの赤くなった痛む目を両手で押さえ、それから日記を取りだして、書きはじめた。

「ジャックが完璧な陸地初認をしたとき、うれしさのあまり顔が輝くのを目にした。彼は潮流や海流、風の変化を計算していたから、この陸地初認は彼が正しかったことを証明した。それに、わたしの予想もこれ以上のぞめないほど正しかった。気の毒な夫人、彼女は手紙を暗号化しようとどんなにか骨折ったにちがいない。それに、フィッシャー司祭がかの『サウス宣教師の忍従』を読んで聞かせていたとき、どんなにか司祭をのろったにちがいない。彼女が暗号化する時間がなかったことから判断すると、ジョゼフ前部長の専門家たちは、暗号化していない部分から驚くほど完璧な絵をあぶりだすにちがいないないし、彼らの情報組織がまだ誕生期の段階にあるようすに大喜びするにちがいない。たぶん幼児の段階だ、だが、将来有望な、巨大な幼児ですらあるだろう。あの人のいい司祭が退屈な話をいっこうにやめず、彼女の貴重な時間がどんどんたっていったときの、彼女の気持ちがわかる。封蠟は髪の毛をはさんで二重に警戒した巧みなものだったが、彼女があせっていたことをはっきりと証明していた。明日、二人が会ったとき、二人の目が白イタチのつがいの目のように会うだろうことはほとんどまちがいない。というのも、手紙の写しとジョゼフ前部長にあてたわたしの手紙は長かったとしても、素知らぬ顔を作ることにかけては、わたしは彼女より慣れているからだ。暗号化するのにわたしは指を使って数える必要はない、シミを作っては書き直し、余白に計算することもほとんどない。それに、心の悩みに対処する必要もない。だが、輝く目から勝利の色は隠しておかなければならない。たぶん緑色の眼鏡をかけることになるだろう」

スティーブンは日記を閉じた。それ自体が暗号作成の記念碑的な仕事だった。そこで吊り寝台に横になった。眠気がこみあげてきて頭を襲ったが、頭はまだしばらく冴えていて、自分の仕事を果たした満足感とその汚い面と、両方を反芻していた――絶え間ない偽り、長年ついてきたウソはどんなにそのウソを正当化しても、ウソつきの体のいちばん奥底までしみこんでいる――場合によっては、諜報員の生活だけでなく、自分個人の本質もささげてしまう――クジラのことが頭に浮かんだ。士官室を二つのグループに分けている奇妙な不一致も頭に浮かんできた――グラント副長、ターンブル三等海尉、ラーキン航海長が一つのグループ、バビントン二等海尉、ムーア海兵隊大尉、新しく四等海尉代理になったバイロンがもう一つのグループ。主計長のベントンと取るにたらないハワード海兵隊中尉(マクファースン中尉が病死した結果、彼は中尉に昇進したのだ)がそのあいだにいる。たぶんフィッシャー司祭もだろう。このところ、司祭とグラントの親しさは増しているが。奇妙な男だ、司祭は。たぶん底が浅く、心の定まらない人間なのだろう。病気の伝染がいちばんひどかったときの司祭の行動にスティーブンは失望した、もっとも、失望しているひまがあったときの話だが——行動するよりも気休めを言う——自分自身の問題のほうにはるかにとらわれていた?——なぐさめを与えるよりもらいたがった? 汚い物を扱うのをいやがっていたことは確かだ。こうしたことから、ミセス・ウォーガンの健康を心配していることははっきりした。……しかし、二つのグループは敵意があって対立しているのではない、すくなくともあからさまな敵意ではない。むしろ、物事に対する態度がちがうのだ。たぶん、こうしたグループ化は艦内中で見られるだろう。ジャックの以前からの乗り合わせ仲間と志願者たちが一つのグループ、残りの乗組員たちがもう一つのグループ。「彼は水兵をもっと見つけるつもりなのだろうか?……」それが筋道のとおった最後の考えだった。

翌日、その答えは返ってきた——黒いポルトガル人が十二名。オーブリー艦長は午後にもう一度、やってみるつもりだった、夕方の潮でレパード号が出帆する前の最後のチャンスに。

「だけんど」と、艦長付き艇長のボンデンがオールを漕ぎながら言った。最後の荷を取りにマチュリンを薬屋へ送る途中だった。「艦長があと一人でも見つけられるか、怪しいもんす」

「ちょうど入ってきた英国船から何人か強制徴募できないかい？」

「ああ、できねえす、ドクター」と、ボンデンが笑い声をあげた。「外国の港じゃあ、できねえす、あの艦長だって、できねえす。それに、あの船は南太平洋行きの捕鯨船だ、だから、乗組員の大方は保護証を持っとるでしょうよ。たとえずっと沖合で出っくわしたとしても、だめすなあ。それに、あの船からは志願兵も出ねえでしょう、こんな年寄りレパード号じゃ、だめす、もしも前に艦長と乗り合わせたもんがいなければね。だめ、だめす、自分の自由意志でレパード号に来るもんなんていねえす、いま乗ってるのが評判の悪いばあさん船でもなけりゃ、だめす」

「だけど、レパード号が実にいい艦《ふね》であることは確かだろ？　新造艦よりいい、そう艦長は言っていたぞ」

「じゃあすね」と、ボンデンが言った。「賢いソロモン王を気取りたいわけじゃねえですが、ちょっとでも海に出たことのあるふつうのやつがどう言うか、おれにはわかるす。こう言うです、この年寄りレパード号は艦長はいいかもしれねえが、お説教屋のムチ屋じゃねえかもしれんが——おれたちが言ってるとおりね——うんざりするほどばあさんで、みじめなほど人手不足だ。こき使われるぞ、だから、レパード号なんぞくそっくらえ。どうしてか、って？　レパード号は浮かぶ棺桶、ついてねえ艦《ふね》だからすよ」

「いや、ちがう、ボンデン。艦長はわたしにはっきり言った、そのひと言ひと言おぼえている。レパード号は徹底的に修理した、スノッドグラスが推奨した斜め筋交い《ダイアゴナル・ブレース》と、ロバーツの勧めた鉄板の肘材《ニー》で、だから、いまや彼女は海軍一のすばらしい五十門艦だ、って」

「海軍一のすばらしい五十門艦というのは、ああ、正しいす、充分に。どうしてか？　競技場にあがる相手は、グランパス号だけだからすよ、おれんちがバルト海の棺桶って呼んでるほかの二、三隻はのぞいてね。だけど、その斜め筋交い《ダイアゴナル・ブレース》とか肘材《ニー》とかってやつに関しちゃ……さあ、ドクター」と、ボンデンは首だけ振りかえらせて、小さな舟の群れと外側のブイのあいだにボートを突っこんでいった。しばらくは口をきかなかったが、ふたたび口を開いたとき、その声は頑固で、けんか腰だった。「セイモア艦長やコクラン卿、ホスト艦長、ほかにもいろんな艦長のことをおれに話して聞かせることはできるすよ、だけんど、おれたちの艦長は艦隊一すばらしい戦う艦長だって、おれは言うね。おれはネルソン卿の下で働いたじゃないすか？　そうじゃないって言うやつを見てみたいわ。十四門ブリッグでスペインのフリゲート艦の目をぶっ飛ばして、そいつを降伏させたのはだれだったですかい？　ポリクレスト号が沈むまで戦って、敵の砲撃のなか、コルベットを奪ったのはだれだったですかい？」

「わかっているよ、ボンデン」と、マチュリンはおだやかな声で返した。「わたしもその場にいたから」

「二十八門フリゲート艦でフランスの七十四門艦を攻撃したのはだれだったですかい？」ボンデンは大声をあげた、さらに怒って。「だけんど、じゃあ」とつづけたとき、彼の口調はまったくちがっていて、低く、自信にあふれていた。「陸《おか》にいるときは、海に出てまだまもないときは――おれの言ってること、わかるすね、ドクター、つまり、はっきり言うと、端的にものを言う人間は正直者だって信じることとす、特許のある肘材《ニー》とか斜め筋交い《ダイアゴナル・ブレース》とか、くそったれの銀鉱山とか、すんません、こんな言葉使って、ドクター――とにかく、どんな艦長でも、自分の艦《ふね》はいちばんすばらしいって思うのが自然す。だけど、ときには、ニーだのダイアゴナル・ブレースだの詰めこまれていりゃあ、レパード号がいちばんじゃねえって思うこともあるのはまったくまっとうなんす、そう信じて、そう言いもするんす、ウソは言わねえで」

「おーい、レパード号」みごとなバーク型のアメリカ船、アサ・フォークス号の船長が大声で呼びかけた。ボートを認めたのだ。

「アサ・フォークス号」と、ボンデンが応答した。

船長が名前を言った口調をこんどは攻撃的に変え、侮蔑するような笑い声をたてて、

「人手が足りないんだろう？　うちにアイルランド生まれのリバプール野郎が三人いるぜ、それに、メラムプース号から逃げてきた操舵長も。あがってきて、強制徴募したらどうだい？」船上で爆笑が湧いて、「くそったれの、ばあさんレパード」と、あちこちからかけ声がかかった。

「あんたらの喫水線の上と港内の帆の縛り方からするとよ」いまやボートはアサ・フォークス号に並んでいて、ボンデンが声をあげた。「おれんちが欲しいような船乗りは、一匹もいねえようだな。忠告するよ、ボストン豆野郎、さっさと堕落の町ソドムに、マサチューセッツに、帰るこった、そんで、まともな船乗りを一人でも二人でも見つけるんだな」

アサ・フォークス号からいっせいに怒鳴り声があがり、ボートのほうへバケツの水が飛んできた。アメリカ船のほうへ一度も目をくれなかったボンデンが、「これで勝った」と言った。「さて、ドクター、最初にどこ行きますかい？」

「薬屋と病院と、アメリカ領事館に行かなければならないんだ。頼むから、この三カ所からほぼおなじ距離のところを選んでくれ」

マチュリンは仕事を片づけるのに長い時間がかかったが――予想どおり――この場所へボンデンよりも早く戻ってきた、船匠のために買ったオウムをぶらさげて。彼のあとからは二人の奴隷が薬を運んできた。全乗組員に十八カ月間、投与できるだけの分量だ。

それに、二人の修道女がウールでくるんだ冷えたプディングを持って、ついてきた。「百万遍もお礼を、シスター」と、マチュリンは言って、「これをあなたがたの貧しい人たちへ。そしてどうかスティーブン・マチュリンの魂のために祈ってください」奴隷たちには、「お二人、これをあなたたちの骨折りに。よい薬屋を紹介してくれて」そして、ボンデンへ、「さあ、帰るぞ、よかったら。ナイルのネルソンのようにオールを漕ぎに漕いでくれ」

内港を抜けて、泊地が見えてきたとき、マチュリンは、「ほら」とボンデンに声をかけた。「レパード号のすぐそばに妙なボートがいるぞ」

ボンデンは愛想よくうーんと声を出しただけだった。

四分の一マイルほど進んだとき、マチュリンはまた言った。「わたしのすべての海上経験を通しても、あんな奇妙なボートは見たことがないな」

ドクター・マチュリンのすべての海上経験を考えて、ボンデンはこっそりと笑いをもらし、そこで言った。「そうですかい、ドクター？」

「ブリッグのようだ、二本マストの、わかるな。だけど、前後あべこべだな」

ボンデンは首だけ振りむけた。彼の表情が一変した。彼は二倍もの力でオールを漕ぎだし、ボートを滑るように走らせながら、また振りかえった。「あれはおれたちのフリゲート艦す。フォア・マストを根本から失ったんで。第一斜檣は仮りもん。艦首はすっかりめちゃくちゃだ。ニンフ号、三十二門艦、もしまちがってなけりゃ。いい艦《ふね》なんす」

ボンデンはまちがっていなかった。フィールディング艦長指揮するニンフ号は喜望峰から急送公文書を持ってジャマイカへ行き、そして喜望峰へ戻る途中、赤道のちょっと北側で目もつぶれるような雨嵐のなか、オランダの七十四門艦ワークザームハイド号に遭遇したのだ。短い戦いがあり、ニンフ号はフォア・マストに損傷を受けた。だが、あえて全帆を張りあげ、二日の追跡戦ではるかに重量のある敵艦をきれいに引き離した。オランダ艦が艦首を風へ向けて、追跡をやめるころには、ニンフ号は陸地へ接近していた。すると、ほどなく、ブランコ岬の沖合で気まぐれな風に会って裏帆を打たせてしまい、フォア・マストを海へもっていかれてしまったのだ。幸い、オランダ艦はまったく見えず、最後に見えたときには南へ針路をとって、もう追跡してはいなかった。フィールディング艦長はレシフェへ艦《ふね》を持ちこんで、修理し、それからまた航海をつづけようとしていたのだ。

フィールディング艦長はオーブリーより先任だった。彼の意見によると、応急のフォア・マストを急いで立てて、レパード号を引きつれて海へ出、ワークザームハイド号を探しても、良い成果は得られないだろうということだった。ニンフ号が急送公文書を運んでいる途中だということを別にしても、それが野ガモの追跡を拒む理由だった。ワークザームハイド号はニンフ号より速くはないが、レパード号より速く、フィールディング艦長としては、のろのろ航《はし》っているレパード号を七十四門艦に襲われるままにしたくはないのだ。特に、レパード号はその場に着いても、ほとんど役にたたないくらい人手不足である。それに、ニンフ号からレパード号に一人たりと人手をさくこともできないのだ……きみは喜望峰で充分に人手を見つけられるだろう。自分がきみの立場だったら、ワークザームハイド号には近づかないよ。あれはすばらしい艦《ふね》だ。自分の仕事を心得ている断固とした男が艦長だ。乗組員も優秀だ――五分をちょっと越えるあいだに三回もニンフ号に片舷斉射をくらわしたのだ。

二人の別れはかなり冷ややかなものだった。オーブリーはマチュリンの持ってきてくれたプディングを自分よりも多く取りわけて、フィールディングにご馳走したのにだ。そんな行為は、この暑さと環境を考えると、海軍史上ほとんど例を見ることはないだろうと自分では思えるのにだ。

レパード号がいちばんいい艦首錨を吊りさげ、南アメリカ大陸が西の空にうすれていくと、「ぼくは、うれしいよ」と、スティーブン・マチュリンは言った。「ちょっと重大な情報を得たし、快速の用心深いニンフ号は、ぼくの写した手紙を本物よりずっと早く運んでくれるだろうからね」

J・C・ポロック

樹海戦線
沢川 進訳
カナダの森林地帯で元グリーンベレー隊員とソ連の特殊部隊が対決。傑作アクション巨篇

ミッションMIA
伏見威蕃訳
囚われの身となった戦友を救うべく、元グリーンベレーの五人がヴェトナム奥地に潜入！

トロイの馬
沢川 進訳
ソ連の科学者が自国の核兵器を無力化させる米国の極秘計画を持ってプラハで亡命を計る

デンネッカーの暗号
広瀬順弘訳
死んだ元SS中将が記した手帳の暗号。謎を解く元グリーンベレー隊員は黒い謀略の中へ

復讐戦
広瀬順弘訳
デルタ・フォースの元中佐ギャノンは、妻を惨殺した犯人を追って旧友と密林に向かう。

ジャック・ヒギンズ

鷲は舞い降りた〔完全版〕
菊池　光訳

チャーチルを誘拐せよ。シュタイナ中佐率いるドイツ軍精鋭が英国の片田舎に降り立った

鷲は飛び立った
菊池　光訳

IRAのデヴリンらは捕虜となったドイツ落下傘部隊の勇士シュタイナの救出に向かう。

嵐の眼
黒原敏行訳

標的は英国首相官邸。フセインの指令で元IRA闘士のテロリスト、ディロンが動きだす

悪魔と手を組め
黒原敏行訳

王党派が金塊輸送車を襲撃した。IRA、マフィアまで入り乱れた闘いにディロンが挑む

死にゆく者への祈り
井坂　清訳

元IRAのファロンは、逃亡用パスポートのために殺人を請け負うが、神父に目撃される

訳者略歴　横浜市立大学英文科卒，英米文学翻訳家　訳書『殊勲の駆逐艦』『奇跡の巡洋艦』『原潜救出』リーマン，『快速カッター発進』ストックウィン（以上早川書房刊）他多数

HM=Hayakawa Mystery
SF=Science Fiction
JA=Japanese Author
NV=Novel
NF=Nonfiction
FT=Fantasy

英国海軍の雄ジャック・オーブリー

囚人護送艦《しゅうじんごそうかん》、流刑大陸《るけいたいりく》へ

〔上〕

〈NV1083〉

二〇〇五年五月　二十日　印刷
二〇〇五年五月三十一日　発行

（定価はカバーに表示してあります）

著者　パトリック・オブライアン
訳者　大《おお》森《もり》洋《よう》子《こ》
発行者　早川　浩
発行所　株式会社　早川書房
郵便番号　一〇一‐〇〇四六
東京都千代田区神田多町二ノ二
電話　〇三‐三二五二‐三一一一（大代表）
振替　〇〇一六〇‐三‐四七七九九
http://www.hayakawa-online.co.jp

乱丁・落丁本は小社制作部宛お送り下さい。
送料小社負担にてお取りかえいたします。

印刷・株式会社亨有堂印刷所　製本・株式会社明光社
Printed and bound in Japan
ISBN4-15-041083-6 C0197